ことのは文庫

# 謎解き葬儀屋イオリの事件簿

## ——いつかの想いをつなぐお仕事——

持田ぐみ



MICRO MAGAZINE

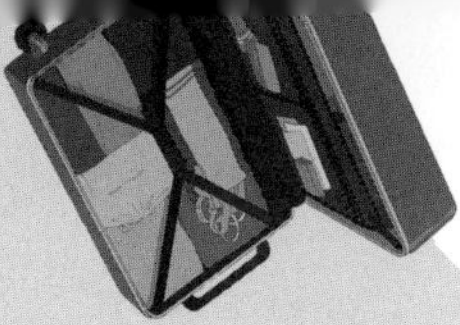

# 目次

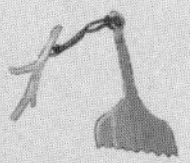

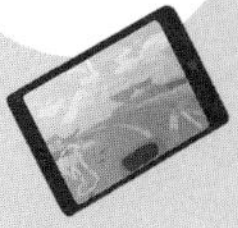



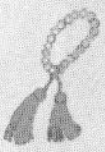

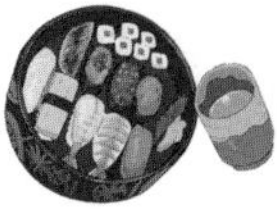

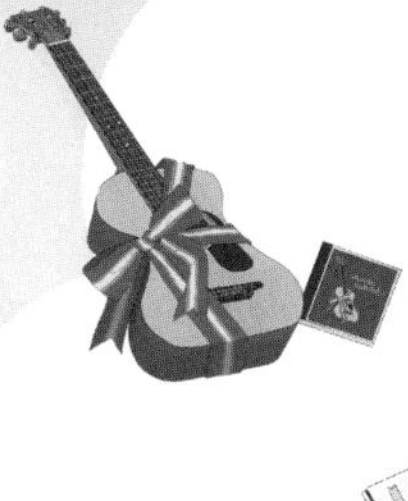

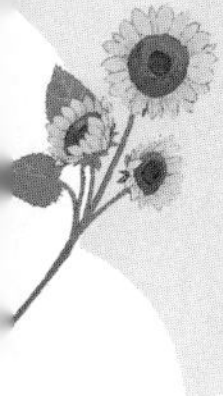

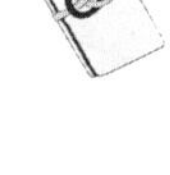

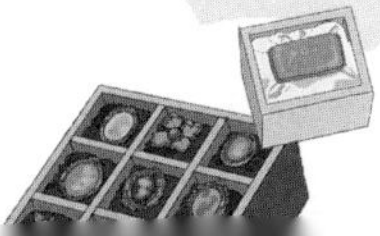

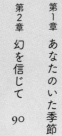

# 謎解き葬儀屋イオリの事件簿

――いつかの想いをつなぐお仕事――

# 第1章　あなたのいた季節

　白い端末にＩＤを当てると、退勤時刻が液晶画面に浮かび上がった。

「お疲れ様でした」

　機械の音声と同時に呟く。早番は私だけで、他の薬剤師スタッフは閉店の二十時まで勤務時間が残っている。白衣をロッカーにしまい、買ったばかりの春用コートに袖を通す。ひとり更衣室を出て、廊下へ続く重たい鉄扉をぐっと押し開けた。腕時計に目を落とすと十八時半を少し回ったところだった。

「西宮《にしみや》さん、ごめんね、残業させちゃって」

　店長の謝る声を反芻《はんすう》する。定時をほんの三十分過ぎただけなのに、気にかけてくれるのは恐縮だった。店長以外の先輩たちもみんな優しい人たちだ。ビルの通用口へ向かう足音はコツコツと軽快で、新しいコートの裾が揺れるリズムも小気味よい。

　出入り口にある詰所の警備員に挨拶をして『ＳＴＡＦＦ　ＯＮＬＹ』と書かれたドアから表へ出ると、駅へ向かうコンコースに出る。埃っぽい夜風が、行き交う人々の春の装いをはためかせていた。振り仰ぐとガラス張りの屋根越しに、今出てきた駅直結のオフィスビルが燦然《さんぜん》と煌《きら》めいている。

　私の職場である調剤薬局は、そのキラキラのずうっと下の方にある。本屋とカフェ、その奥に眼科、内科、歯科クリニックが入っている商業フロアだ。雨に濡れずに通えるし、薬剤師としての待遇もいい。休憩時間もきっちりもらえて、シフトも融通が利く。少なくとも、新卒で入った製薬会社からの転職先としては申し分なかった。

　薬剤師を目指したきっかけは、長野の祖母との短い会話だ。小学生だった私は、夕食のあと、つやつやした葡萄をデザートに頂きながら、祖母が食後に何種類もの薬を飲むのを見て、大変そうだし、可哀想だと思った。

「お薬、そんなに飲まなきゃいけないの」

　尋ねた私に、祖母はふわりと笑って答えた。

「そうよ。ちょっと大変だけど、飲んでいれば心臓もドキドキしないし、安心して輪花《りんか》ちゃんと遊べるのよ」

　薬を飲むことは大変だけど、可哀想なことではない。祖母の一言のおかげで、薬の力は病気や怪我で大変な人の可能性を広げるのだ、と悟った。お医者さんもすごいけれど、薬を作る人もすごい。沢山の人の苦しみを癒し、生活を支えている。小学校の卒業文集には『私の夢は薬の研究者』と書き、以来、薬学部を目指して勉強に励んだ。

　憧れの職場に実際に立ってみると、とても緊張感がある。

　処方箋に書かれたお薬を既往歴に合わせててきぱきと準備をしてお渡しするのはもちろ

ん、薬剤の在庫が限られた空間で適切に保管できるように、過不足なく発注する。新薬の勉強や、健康に関する論文のチェックも欠かせない。忙しい日々のなかで、お薬を渡した時の患者さんのほっとした顔を見ると、やりがいも感じる。

「はあ」

でも昼から零れるのはなぜかため息なのだ。心の中で、『何か』が『もっと』と叫んでいる。収入もやりがいも人間関係も満たす職場に、足りないものなんてないように思えるのに。

「明日……」

心の声が出かかった。明日、万里江《まりえ》ちゃんに相談してみようかな、と。

万里江ちゃんは私の父の妹、叔母に当たる人で、小さいころから可愛がってくれて仲がいい。進学や就職、恋愛についてもなんでも相談できる人だ。フラワーアーティストとしてホテルやレストランの装花を作る仕事をする傍ら、華道教室も開いている。

二月後半から体調を崩して入院中なので、明日お見舞いに行こうと思っていた。連絡はしていないけれど、病院も部屋番号も先月末のお休みに行ったから知っている。今回は直接行って驚かすつもりだ。お見舞いで悩み相談、というのもおかしな話なのかもしれないけれど、きっと話さずにはいられない。万里江ちゃんは、私の悩みを見抜くのも得意な人だから。

改札を入ると、駅構内に月替わりで店舗が替わる小さなイベントブースがある。送別会などの需要を見込んでだろう、可愛らしい春の花をかたどったアイシングクッキーが並んでいた。日持ちもするし、お見舞いの手土産にぴったりだ。

ガラスケースの前に立ち、水仙にしようか、アネモネにしようかと悩んでいたところへ携帯が短く振動した。ＬＩＮＥのメッセージを受信したようだ。弟の朔太郎《さくたろう》とのトークに新着がある。また買い忘れたものを頼む気かな、と嘆息し、画面を開いた。

メッセージは簡潔だった。

——万里江ちゃんが亡くなりました。姉ちゃんも急いで帰ってきてください。

携帯の青い光に照らされた私の顔が、ショーケースに映る。嘘だ、嘘だ。信じたくない。新しいコートの裾が汚れるのも構わず、私はその場に座り込んでしまった。


ドア越しに母が呼ぶ声がする。はーい、と返事をしたものの、姿見の中、喪服をまとった私はスツールから立ち上がることができない。瞼《まぶた》はパンパンに泣き腫らして、それでもまだじわっと涙がにじみ出る。

「輪花。もうすぐお父さんも帰ってくるから、準備できたら一緒にお念珠探すのを手伝ってくれない？」

ばたばたと慌ただしく動く母の気配がする。

「うん、わかった……ひょっひょ、ちょっと、待、ま、っ、っへ、て……」

涙と鼻水が止まらず、ふにゃふにゃの声になってしまったので伝わったかどうか。できることならこのまま泣き明かしたかった。けれどティッシュをまるまるひと箱使い果たしてしまい、仕方なく部屋から出る。リビングのカウチソファーに倒れ込み、また涙をこぼす。

万里江ちゃんが元々病弱なのは知っていた。でも、まさか死んでしまうなんて。もう会うことも話すこともできないなんて。

お花が大好きで、長い髪をふわふわウェーブにしていて、いつもにこにこと穏やかな万里江ちゃんに私はずっと憧れていた。ひんやりと冷房の効いた彼女のアトリエで、納品間近の大きなアレンジメントを製作する手を止め、いつも真剣に話を聴いてくれた。

昨年、私は製薬会社でMRとして働いていた。会社で覚えた違和感をはっきりさせてくれたのも万里江ちゃんだ。営業の一環として繰り返されるゴルフコンペ。新卒の女性社員はプレーしなくてもゴルフ場に赴き、コンペ後の会食に強制参加させられる。「若い子が好き」な医師の担当にさせられ、昼夜なく呼び出しを食らう。

男性社員も医師からの要求に応えるのに必死だったから、女性も我慢が必要だ、それで平等なのだという空気が出来ていて、私自身それに飲み込まれそうになっていた。

「それはセクハラよ」

私の話を聞くと、普段の温厚な万里江ちゃんからは考えられないくらい、ピリリとした口調で言い切った。

「でも、社会人ってそういうのに柔軟に対応できないといけないのかなって、思っちゃうんだよね」

　セクハラ、と言ってもらってなお、私はぶつぶつと呟いた。自分を採用してくれた会社に適応すべきだ、と真っ暗な隘路《あいろ》に自分を追い込む最中だった。何が正しいのかわからなくなって混乱している私に、万里江ちゃんは微笑んだ。

「輪ちゃんは何のために、薬剤師になったの？　病気の人や高齢の方の生活をサポートしたいんじゃなかったの？」

　万里江ちゃんの言葉は胸に刺さった。学生時代の自分が口にした台詞をまざまざと思いだしたからだった。

　今の調剤薬局に転職が決まり、それを電話で知らせたとき、万里江ちゃんは自分のことのように喜んでくれた。

「よかった。自分が幸せじゃないと、他人を幸せになんてできないから」

　ぬくもりのあるその言葉を聞いたのは、本当についい最近のことなのだ。病院にお見舞いに行った日は、薬で眠たそうにしていて、ほとんど話せなかった。あの時は、早く治して退院しよう、としか本人も周りも思っていなかった。

　万里江ちゃんは彼女の大好きな桜の季節に逝ってしまった。丸一日経ってもまだ現実感のない私の瞳は涙で溢れかえっている。

「ただいまぁ」

　銀行に行っていた父が帰宅したようだ。声がすっかり嗄《か》れている。父にとっても、かわいい妹だったのは間違いない。

「おかえりなさい」

私はのろのろと体を起こす。

「ねえ、あなた。お念珠、どこにしまったのか覚えてない？」

母が父に駆け寄り、コートを脱ぐのを手伝う。

「なんだ、見つからないのなら、時間もないし葬儀場で安いのを買ったらどうだい」

「だめです、そんな無駄遣い。長野の親戚も沢山来るから、お車代も要《い》りようでしょう。万里江さんの華道教室の生徒さんたちも来てくれるみたいだし、あなたの会社の人たちだって見えたら、かなりの人数になってしまうわ」

万里江叔母は、お教室の生徒さん達にも慕われていた。当然、みんなお別れに来るだろう。

「何度もあることじゃないし、数珠くらい買っても罰は当たらんだろう。それに、うちの会社関係の会葬は、役員だけにしてもらったよ」

しょぼくれている姿からは想像できないかもしれないけれど、父は都内や千葉に、温泉施設を展開する会社の取締役だ。平社員のときからこつこつ努力し、二十五年かけて今の役職に辿《たど》り着いた。異動も結構あったから、社内で交流のあった人はかなりの人数になる。万里江ちゃんのことを知らないビジネスマンたちが沢山会葬にきても、故人は喜ばないだろうと人数を調整したらしい。

「それにお前、着付けとヘアセットは行くんだろう？」

父に問われて、母がぐっと言葉を詰まらせた。父と同じ会社の経理部にいた母は、お金のことに少々うるさい。会社経営が軌道に乗った陰には母たち経理部が、鬼の形相で日々の領収書チェックをしていたから、という説もあるくらいだ。

その手腕は家庭でも発揮された。私たちが産まれる以前は父の薄給時代を乗り切ったし、私と弟の学費も専業主婦をしながら様々な副業に挑戦して貯金した。とはいえ身内の葬儀に際し、喪主の妻として隙のない格好をしたい、という気持ちも捨てきれなかったらしい。

「あ、俺、念珠の在り処、わかったかも」

洗面所で髪をセットしていた弟、朔太郎が閃いた、とばかりに指を鳴らした。

「前回、葬式に行ったときに使ったバッグの中！」

得意げに母の顔を見たが、

「それはもう見たのよ」

母はややがっかりした顔をする。

「姉ちゃんも母さん手伝ってやれよ。泣いてても万里江ちゃんは帰ってこないんだから。ちゃんと準備して通夜に間に合うことを考えろよな」

弟にもっともなことを言われ、何か言い返そうと思ったものの、飲み込むしかなかった。弟の瞳もいつになく赤かったからだ。万里江ちゃんは朔太郎にとっても優しい叔母だった。

ため息をついて、涙をぬぐいながら母に尋ねる。

「いつものクリーニングの袋は見た？　よくポケットに入れっぱなしのもの、カウンターで返されてそのまま袋に入れるでしょ」

「あら、そういえば」

母がクローゼットに駆け寄る足音がした。心当たりがあったようだ。

ふう、と息を吐《つ》いてリビングのテーブルに目をやると、午前中に選《よ》り分けた万里江ちゃんからの年賀状が広がったままになっていた。葬儀屋さんに頼んで机を借りて、式場に飾りたいと思っていたのだ。

それは少しだけ不思議な内容で、故人の個性がよく表れている。

『あけましておめでとう

今年は、季節をひとつ飛び越えていこうと思います。

春になったら一緒にお花見をしましょう。

みなさんにとってもよい一年になりますように』

季節をひとつ飛び越える。これを書いた昨年末。彼女は自分が死ぬことなんてまったく想像もしなかったのだろう。肺炎をこじらせて、四十代半ばでこの世を去るなんて。巡ってきた春を飛び越すどころか、彼女は迎えることすらできなかったのだ。そんなことを考えると、また涙が溢れてくる。

納棺式の時間まであと二時間。何もしなくてもあっという間に過ぎていく。

「お花……」

棺《ひつぎ》に入れる花を買ってこようか。桜も好きだったけれど、万里江ちゃんが好きだった花は、夏の花が多い。アジサイ、百合、ヒマワリ。好んで花材に使い、自室にも沢山飾っていた。ため息をついて葉書に目を落とした。ボールペンで書かれた文字は、本人に似て、儚げに細い。

美容室へ向かう母と別れて、一足先に父と私、それから朔太郎は車で葬儀場へ向かった。葬儀場のある江東区《こうとう》は、活気のある商店街や古いお寺が多く、下町の雰囲気が色濃く残る地域だ。清澄白河《きよすみしらかわ》にある叔母の家から徒歩十分とかからない場所を父は選んだ。

叔母が住んでいたのは最近、現代美術館が出来たエリアの古民家。小さいけれど庭もある、かわいい家だった。今日はその家に寄らず、まっすぐ式場のある建物へと車は進む。『なごみ典礼《てんれい》』と看板の出ている駐車場入り口で、小柄な警備員が車を誘導してくれる。車から荷物を降ろして建物の前に視線を向けると、いつの間にか、すらりと長身の男性スタッフがこちらへ向かって背筋を伸ばして立っていた。

病院で叔母を運んだスタッフとは違う。

父が、

「伊織《いおり》さん」

ほっとしたように彼へ呼びかけた。

「西宮様。お疲れ様でございます」

顔と名前がお互いわかっているところから、きっと彼が打ち合わせの担当者だったのだろう。

「宜《よろ》しくお願い致します」

「こちらこそ宜しくお願い致します。まずは式場とお控室へご案内致します」

どうぞ、とエレベーターのボタンを白手袋をはめた手で押してくれる。

「お先に、万里江様のご家族とおっしゃる方が一名様ご到着されましたので、式場にお通ししております」

エレベーターの中で、伊織さんが言うと、私と父と弟は顔を見合わせた。母が私たちを追い抜くはずもない。

「こちらです」

式場はエレベーターを降りて、まっすぐ正面だった。大きな叔母の写真が飾られた祭壇を目にすると、これが現実なのだという痛みが降り注ぐ。花がいっぱいに飾られた祭壇よりずっと手前、式場の隅の席にいる若い男性に、

「喪主様がご到着されました」

伊織さんが声をかけた。

「あ……」

口をぽかんと開けたまま、男性はこちらを振り向いた。

ライオンのたてがみのようにバサバサと広がる髪を揺らめかせ、ぴょこりと立ち上がる。彼も伊織さんに負けず背が高い。バスケットボール選手のような堂々とした体躯《たいく》。服は黒

い長袖のスウェットに、ダメージデニムとカジュアルだった。眉が太くて日焼けした男らしい顔立ちが、疲れを残しながら微笑む。

「どうも」

「小日向《こひなた》さん！」

万里江ちゃんの彼氏の、小日向夏也《なつや》さんだ。万里江ちゃんよりも十五歳年下で、清澄白河の家を一緒に借り、半同棲生活を送っていた。

「御無沙汰しております。万里江の……万里江さんの通夜をここでするとお聞きして」

彼もずっと泣いていたのだろう。喉の奥が詰まったような声だ。父は少しだけほっとしたような表情を見せ、小日向さんに、頭を下げた。

「どうも。海外にいらっしゃるとばかり思っていたので」

「こちらこそ、突然すみません。倒れたときにも、ホテルに伝言を残していただいたのに、予定が変わってしまって……結局間に合いませんでした」

憔悴《しょうすい》しきった様子で、口元を押さえた。

「お父さんが連絡したの？」

私の問いに、

「ああ。風邪で最初に倒れたときに、万里江に頼まれて、小日向さんが滞在しているバンコクのホテルに電話したんだ。直接は話せなくて、伝言を依頼したんだが」

「買い付けの予定が変わることはあまりないんですが、今回はいくつかトラブルがありまして。定宿に帰れないことが何度かあったんです」

小日向さんは、世界中の小物を取り扱うセレクトショップを営んでいる。私も一度見せてもらったことがあるけれど、ビーズ刺繍の綺麗な服など、思わず手に取りたくなるものばかりが並んでいる。

およそ二ヶ月に一度、買い付けの旅に出ては戻ってくる、という渡り鳥のような自由さは、万里江ちゃんを魅了した。万里江ちゃんのお花の仕事は、アーティスト、と名は付くものの、世間の年中行事と連動して繁忙期がやってくる。自分のタイミングで旅に出る小日向さんのことを万里江ちゃんは「とても眩しくて羨ましい」と言っていた。

いまの小日向さんは眩しいどころか、すっかり萎れてしまっている。自分の不在の間に散ってしまった美しい人を思い、ハンカチを取り出す代わりに、小さめのタオルで顔を覆った。

私もタオルにすればよかった。ハンカチじゃ、全然涙をぬぐい切れない。

「伝言を聞いたのが一昨日の夜でした。全ての予定を中止して戻ってきたのですが、間に合わなくて。本当にいつも不甲斐なくてすみません。ショップ起ち上げの時にもご迷惑をかけたのに、万里江の最期も看取れないなんて、僕は最低です。合わせる顔がないと思っていました」

「あのときのお金は、もう返してくれたじゃないですか」

大きな背を丸めて詫びる小日向さんに、父は力なく笑いかけた。

小日向さんがお店を出す時、銀行から思ったように融資してもらえず、父を頼った話は私もちらりと聞いていた。独立心の強い小日向さんは、返済した後も気に病んでいたようだ。

「納棺の儀式をこれからするのですが、立ち会われますか」

父が静かな声で尋ねると、小日向さんは首を振った。

「宜しければ、奥のお席でお茶をお出しします。いかがですか」

伊織さんがさりげなく切り出す。

「では、そちらで待たせていただきます」

こちらへどうぞ、と伊織さんが小日向さんを連れて式場の側面に延びる廊下へ消えた。

「花、きれいだな。好きな花を全部、というわけにはいかなかったけど、充分だろう」

ぽつりと父が言った。祭壇はチューリップにフリージアなど、春の花で彩られている。父も万里江ちゃんの好みはわかっているが、さすがに夏の花をリクエストする暇はなかったろう。

中央辺りに菊の花が放射状に並べられ、遺影と、本尊の絵を囲んでいた。その下に白い大きな台があり、茶碗に盛られたごはんとお団子が左右にバランスよく置かれている。

年賀状や写真をどこに飾れるかと考えていると、伊織さんが戻ってきた。

「お飾りするものがございましたら、宜しければこちらでご準備致しますが」

私の下げていた紙袋を見て、すぐに申し出てくれる。

「ありがとうございます」

私が袋を手渡すと、大切そうにそっと両手で支え持つ。

「トイレってどこっすか？」

朔太郎がやや横柄な口の利き方をしても、

「お廊下の突き当たり、右側でございます」

丁寧に、廊下の始まるところまで移動して方向を示してくれる。腰は低いが、卑屈ではない。なんだか優秀な執事のイメージだ。若いのに、すごい人だな。思わず動きに見いってしまう。所作の細部にまでいやみのない緊張感が宿っている。

そんな伊織さんに、親族控室へと案内してもらう。

エレベーターの左側にある広い和室。式場は土足なので、和室の入り口は靴を脱ぐ玄関のようなスペースがあり、なかにはトイレとシャワー室、簡易の流し台と冷蔵庫も備え付けられている。襖《ふすま》の中は押し入れだろう。正面奥に大きな窓があり、障子の格子がはまっている。

「喪主様、こちらがお部屋の鍵でございます。ご貴重品は必ずお手元か、こちらの金庫をご利用ください」

伊織さんが流れるような動きで、押し入れの襖を開ける。下段に耐火金庫が入っていた。

「金庫の鍵も、お部屋の鍵と一緒に付いております」

「じゃあ、お布施は一度ここに入れておいてもいいですか」

父が鞄に手を添えて尋ねた。葬儀代金の前金や僧侶に渡すお布施だろう。

「ええ、鍵の管理は皆様でお願い致します。スタッフがお預かりすることはありませんので」

微笑む伊織さんの言葉のうらには、金品の紛失をスタッフの盗難だと言い出す客の存在が透けて見えた。もちろん、父がそんなことをするとは思っていないだろうが、ひとこと告げておくことで予防線になる。

父は、クラッチバッグから封筒を出して中へしまった。その間に私は備え付けのティッシュで洟《はな》をかむ。朔太郎がちょうどトイレから戻ってきた。

「まだ少し準備に時間がかかりますので、こちらか、お清め場でお待ちください。またお声掛けに参ります」

伊織さんが退がる。

「ふーん、ここって一日ひと組しか葬儀やんないんだ」

館内のしおり、というファイルを開いて朔太郎がつぶやく。

館内図を見ると、この建物は三階まで。一階がエントランスホールと駐車場。二階が式場、控室、お清め場、それから僧侶の控室。三階が事務所と調理室。地下に霊安室と湯灌室。それぞれの階にはエレベーターか、階段で移動するようだ。非常口は、トイレのあった廊下の奥に、外付けの階段があるらしい。

私は控室を出て、非常口を確かめに行く。地震や火災で逃げ遅れるなんてごめんだから。

トイレは廊下の右側、非常口は左側にあった。くもりガラスの扉で、鍵が開いている――というか、段ボールを二つ折りにしたものが挟まれていて、わずかな隙間が空いていた。通気用だろうか？　外はどんな感じかな、と、さっと押し開ける。

「わ！」

すぐ外に、煙草を咥《くわ》えた女性がいた。

「あら、お客様」

黒いパンツスーツを着て、ローズピンクの口紅の濃いめのお化粧。だが、すらりとスタイルが良く、目元口元に皺こそあるが目鼻立ちがはっきりしているので似合っていた。明るいベージュに染まった髪。ふんわりと前髪は巻かれ、後ろは短めのボブショートにしている。

女性らしさのなかに、きりっと格好いい雰囲気も併せ持つ美人だった。大人のオンナって感じでとても素敵だ。私もこんな風に年を重ねられるだろうか。

「すみません、非常口を確認しないと気がすまなくて」

謝ると同時に、ふわり、と柑橘系の香りが鼻を掠《かす》めた。吸っていたのは紙巻き煙草ではなく、フレーバーを楽しむビタミンたばこのようだ。

「いいえ、こちらこそ失礼いたしました」

にっこり、と笑うと華やかさが増す。それ以上の口を挟ませないオーラも放たれていて、私はつい非常口を閉めた。

ああ、びっくりした。どうやら式場スタッフのバックヤードに足を踏み入れたらしい。扉が開いていたのは、おそらくオートロックで中からしか開かない仕様なのだ。煙草を吸う人が締め出されないように、段ボールを挟んで使っているのだろう。

扉はすぐに開くようだったので、安心して控室に戻る。途中で、ちらりと「お清め場」という札の出ている部屋をのぞく。

式場の様子が映るモニターが天井の一角から釣り下がっており、小日向さんはそれをぼんやり眺めて座っていた。といってもモニターのなかには誰もいない。恐らく、彼の目のなかに映っているもののほとんどが意味をなしていないのだろう。

「小日向さん」

声をかけると体のなかで何かが弾けたように、びくん、と肩が動き、ぱっと振り向いた。

「……ああ、輪花さん」

私だとわかると、ふにゃふにゃと崩れるような笑みを見せる。

「すみません、驚かせましたか」

「ああ、こちらこそ、ごめん。声が万里江に似てたんで。やっぱ血がつながっているからかな。まだ、地下に行かなくていいんですか」

地下で納棺することを知っているらしい。

「ええ、もうすぐ呼ばれると思います。あ、小日向さん、お荷物、どうされますか？」

通路をふさぐように、馬鹿でかいスーツケースが置かれている。大きなテディベアがふたつくらい平気で入ってしまいそうなサイズだ。

「ああ……、家にも寄らず来てしまったからなあ。ここ、クロークはないみたいだし」

「ご自宅に一度戻られますか？」

小日向さんは力なく首を振った。風になびくタンポポのように、広がった髪の毛も揺れる。

「お恥ずかしながら、もう動けなくて。万里江のいない家を思っただけでも……今夜もできれば、ここに泊まりたいくらいですが、それはさすがにご迷惑だと思うので、式が終わったら帰ります」

私は唇を噛んで頷いた。小日向さんの気持ちがよくわかる。家の中は万里江ちゃんが入院する前と同じ状態だ。万里江ちゃんの気配が残る部屋に戻る寂しさを思うと、胸が痛んだ。

「じゃあ、親族控室に置かれますか？　鍵をかけちゃいますけど、お帰りまで使わないものは置いておけますよ」

私が提案すると、小日向さんは、申し訳なさそうにスーツケースの持ち手に手を伸ばした。

「ああ……ここじゃ確かに通路をふさいで邪魔かもしれませんね。では、お父様にご迷惑でないか、聞いていただけますか」

わかりました、と笑顔で請け合って控室へ戻り、父に聞いてみる。

「ねー、小日向さんのスーツケース、ここに置いてもいいかな？」

父は洗面台の鏡の前に立ち、ネクタイを軽く締め直しながら、鷹揚に頷いた。

「ああ、そうだな。持ってきてさしあげなさい」

最初から断るはずがなかったのだけど、あとから考えると、このときの判断が、今日の通夜に大騒動をもたらすことになったのだ。

でも、当然まだ誰もそんなことは予想だにしていない。


私はお清め場にとって返し、小日向さんと一緒にスーツケースを和室へ運んだ。右側が押入れの襖。そこをふさいでしまうと、金庫から出し入れができないから、反対の壁に押し付けるように置いた。

「あ、使う物は出しておかないと、ですね」

小日向さんはスーツケースをがばりと開いた。まるまる一畳分をはみ出すくらいだろうか。きれいにパッキングされ、バンドで留められた荷物のなかから、いくつかの品物を取り出し、小ぶりのワンショルダーポーチに納めた。

そこへ、伊織さんが和室の扉をコンコン、とノックした。

「失礼いたします。それでは、西宮さま。湯灌《ゆかん》の御準備が整いました」

「はい。じゃあ、みんな行こうか」

父が応じ、それぞれが数珠やハンカチを手元に用意する。

「ティッシュ持って行ってもいいですか？」

絶対に号泣してしまうので、備え付けのティッシュを私が持って出ようとすると、

「では、湯灌室へ私が新しいものをお持ちしましょう。そちらは置いて行っていただいて結構ですよ」

伊織さんが軽くうなずく。私がティッシュを戻そうと振り返ると、小日向さんが、ずれてしまったスーツケースの中身を上手く戻せず、ふた（というか、反対側半分）を閉めるのに悪戦苦闘していた。

「部屋に鍵をかけますから、完全に閉まらなくても大丈夫じゃないですか？　行きましょう？」

「ああ、まあ、確かにそうですが」

「五分ほど前に奥様が到着されまして。エントランスで待たれていたのですが、先程地下へお通しいたしました」

後ろで父に、そう言い添える伊織さんの声がした。

「おや、そうですか。あまり一人で待たせちゃ可哀想だな」

「そうですね。では、お言葉に甘えて、このままにさせてもらいます」

小日向さんは、スーツケースを閉じるのは諦めて部屋を出る。

父が鍵をぐりぐりと回して閉めた。カチャン、と音がして、念のため引っ張って鍵がかかったのを確認する。

「では行こうか。小日向さん、申し訳ありませんが……」

「いえ。のちほど」

　小日向さんは父に一礼し、お清め場の部屋へ戻って行った。

　母は湯灌室の外に立っていた。後れ毛が気になるのか、耳のまわりや襟足を片手でちょんちょんと撫でている。着付けはさすがプロにお願いしただけあって、ぴしっと決まっている。和装には寸胴体形が似合う、というが、母はいま、ちょうどその理想形なのだろう。どっしりしていて、きれいだが迫力がある。

「お世話になります」

　伊織さんに、澄まし顔で頭を下げる。出掛けに、お念珠を探して右往左往していた人とは思えない。

「こちらこそ宜しくお願い致します」

「納棺はどのくらいかかるのかしら」

「だいたい目安は一時間ほどです」

　通された湯灌室は優しい間接照明で照らされ、明るかった。奥半分が一段高くなった畳敷き、手前半分は椅子席、という造りになっていた。畳には白い布団が敷かれ、浴衣姿の万里江ちゃんが、瞳を閉じて横たわっていた。軽く閉じられた唇が青ざめていて、思わず目をそらしたくなる。胸元に組み合わさった細い手の指が、ただそれだけで痛々しい。

その傍らに納棺士さんらしき、白い看護服のような服を着た男性と女性がひとりずつ、正座をして待っていた。

父が、ああ、と深いため息をつく。私は改めてショックを受けていた。平静を装っていた朔太郎も、そしてあまり感情を見せなかった母も、声にならない声をあげ、目に涙を浮かべた。

納棺士さんが、私たちを椅子に座るよう促した。名前を名乗り、説明を始める。

「湯灌とは、古来この世の穢《けが》れを遺族の手によって洗い流し、清い体でお浄土へ旅立つために行われてきました。長い人生の疲れを癒していただく、最後のお風呂、と思っていただいても差し支えありません」

穏やかな言葉の連なりが、ぼんやりした頭に響く。

「手順と致しましては、まず末期《まつご》の水でお口を潤していただきます。お浄土へ行かれたあとは飲み物も食べ物もお口にすることはございません。この世で最後に喉を潤し、旅立っていただきます。その後は、こちらの桶《おけ》のお水にお湯を入れ、逆さ水をお作りいただきます。それを皆様でお体にかけてさしあげてください」

涙が止まらず、伊織さんからもらったティッシュに早速手を伸ばす。

「その後、私どもでお体を清めさせていただきます。旅支度と申しまして、白装束《しろしょうぞく》、脚絆《きゃはん》、手甲《てっこう》、足袋《たび》などをお付けいただき、お手元に六文銭《ろくもんせん》、お顔近くに天冠《てんかん》という三角の布、編笠《あみがさ》をお納めします。それぞれ、お付けする際にまたご説明させていただきます。

最後にエンジェルメイク、と申しまして故人様のお顔にお化粧を施します。全てがお済みになりましたら、皆様にお手伝いいただいてお棺にお体をお納めいたします」

　簡単なフレーズも頭に入ってこない。目の前の光景に思考が追いつかないのだ。器用に肌を見せぬように浴衣を脱がされた万里江ちゃんが風呂桶の中に横たえられていく。気が付くといつのまにか、母から柄杓《ひしゃく》を渡されていた。

「左手でかけるんだって」

「左手？」

　戸惑う私に、納棺士さんがゆっくり頷く。

「平時と違う、という意味で全て逆さ事に致します。右利きの方は、左手をお使いください」

　恐る恐る前に出て、お湯をかけてあげる。ガーゼ越しに見える豊かな体の曲線はいつもの万里江ちゃんのものだ。一生懸命、名前を呼んで揺り起こせば、目を開けてくれるのでは、などと思ってしまう。けれど、青ざめた叔母の顔は、柄杓のお湯を掛けられても、冷たく強張ったままだ。

　儀式は進み、納棺士さんふたりは、慣れた手つきで体全体をすみずみまで洗い、長い髪もシャワーで丁寧に洗った。体を拭かれ、長い髪もドライヤーでふわふわになるまで乾かしてもらえた。

「万里江さん、気持ちよさそうね。よかったね」

母は鼻声で話しかける。うん、と私は頷くことしかできない。

「すまん、電話が」

涙を拭いながら、父が部屋の外に出て行った。こんな時に出るのだから仕事のことだろう。電話をかけてきた方は、まさか取締役がぐずぐずの涙声で応答するとは思うまい。

爪を整えられ、化粧を施された万里江ちゃんは白装束をまとい、棺へ移された。

「これから、お浄土まで長い長い旅をされると言われています。皆様で、あの世への旅支度をお手伝いください」

納棺士さんに言われて、手には手甲、足には脚絆の紐を結ぶ。江戸時代の旅人の服装を模しているらしい。時代劇で見かけるのは、紺色や黒のしっかりとした生地のものだけど、故人が身に着けるのは、ひらひらした白い方形の布に、平べったい紐が縫い付けてある簡易なものだ。

私は手甲を担当した。肌に触れると冷たく、生きているときよりも弾力がなくぺしゃりとしている。六文銭は三途の川を渡るときの船賃だそうだ。メイクが終わると、納棺士さんに朔太郎が呼ばれ、敷布団ごと万里江ちゃんを持ち上げ、棺に納めた。ふんわりした白い綿布団をかぶせられ、頬紅をさした姿で、細長い棺のなか叔母が横たわっている。

父が戻ってきて、棺を覗き込み、

「まーちゃん、よかったな。キレイにしてもらえたぞ」

と泣きついた。時計を見ると、ちょうど一時間経ち、十七時になっている。

合掌をして、父と納棺士さんで棺のふたを閉じると、絶妙な間で、すらりと入り口のドアが開いた。若い女性スタッフが、失礼いたします、と声をかけて椅子席の通路を通ってキャスター付きの細長い台を運ぶ。

「お棺をご移動します。お手伝い願えますか」

そう声をかけられて父、朔太郎が棺をそっと載せ、いつの間にか現れた伊織さんが先導する。

「みなさま、式場へご一緒にご移動いたしましょう」

伊織さんは二階のボタンを押したが、一階でエレベーターが止まる。

「少しお待ちください」

伊織さんがドアが開く前に声をかけてくれる。言われなければ、ぼんやりしている私たちはぞろぞろと降りてしまっただろう。

ドアがゆっくり開くと、目の前に喪服の女性たちが三人、乗り込もうとしてくるところだった。

「申し訳ございません、お次でもよろしいですか？」

伊織さんが女性たちに丁寧に詫び、ドアを閉めた。

「今のは生徒さんたちってことよね。もう着いてしまったのね。何人くらいになるかしら」

やはり急に人数が増えるのは困るようで、母が少し心配そうに呟く。

エレベーターが二階で止まる。式場にぽつねんと、小日向さんが背中をまるめて座っていた。ガラガラ、と棺を運ぶ台車の音に気付いて立ち上がる。目の前を運ばれていく布張りの箱を茫然《ぼうぜん》と眺める。伊織さんと女性スタッフが棺を安置し、深々と一礼して、棺の蓋についている窓を開けた。伊織さんは流れるような動きで祭壇の正面に回り、仏具の中のロウソクに火をともす。

「お線香をお上げください。ご希望でしたら、御対面なさってください」

小日向さんが、父に背を支えられ、線香に火をつけた。ふっと立ち上る煙をゆらめかし、棺の窓の方へ回り込む。

「まーちゃん」

父と同じように愛称で叔母の名を呟くと、眉を八の字に下げ、唇を噛み締めた。泣き崩れるかと思ったが、ぺこりと頭を下げ、線香を手向《たむ》けると、ぎゅっと拳を握ったままこちらへ歩いてくる。

私がまだ抱えていたティッシュケースを差し出すと、ありがとう、と箱ごと受け取り、何枚も束にして顔に押し当てた。タオルはもう使い物にならなくなったのだろう。

式場入り口に、こつり、とヒールの音がして振り返ると、先ほど非常階段で出くわした女性スタッフがすらりと立っていた。手の平を体の中心で重ね、背筋をぴんと伸ばして、見惚《みほ》れるほど綺麗なお辞儀をする。

「失礼いたします。本日お手伝い致します、藤原《ふじわら》と申します。ご会葬の方が、お見えになりました。ご対面いただいてもよろしいでしょうか」

「はい、お願いします」

答えた父と、傍らに立つ母の目が、大きく見開かれた。そこには、すでに十人ほどの女性たちが集まっていたのだ。

「先生のお兄様、ですか？　私、桐原《きりはら》と申します。この度は、誠にご愁傷様でした」

長身でショートカットの女性が、一歩前に出た。彼女のことは私も知っている。万里江ちゃんの一番弟子。作品展示会などでは、受付まわりを仕切るパワフルな人だ。親睦会などもいつも彼女が取りまとめている。

万里江ちゃんとは年齢が近いこともあって仲が良かった。私のことを輪ちゃん、と呼んで可愛がってくれたし、私も彼女のことをキリちゃん、と呼ぶ。

「すみません、どうしても先生に会いたいという生徒さんが多くて。人数が十名ほど、増えそうです」

キリちゃんの言葉に、後ろの女性たちが頭を下げた。華道を習っているだけあって、花束を手にしている人もいる。

「そうでしたか。とにかく、どうぞ、顔を見てやってください」

どうぞ、どうぞ、と父は両手で彼女たちを送り込むような仕草をしたものの、そのあとどうしようか、と困り顔になる。すかさず藤原さんが生徒さんたちに優しく笑いかけ、案内を始めた。父は伊織さんを壁際に呼び寄せ、

「どうしましょう、まだ人数が増えるかもしれません。お香典返しが足りなくなるかも」

心配そうに顔を曇らせる。耳をそばだてていると、

「ご安心ください、返礼品もお清めのお料理も、まだ追加が可能です。ご手配いたしましょうか」

伊織さんは全く動じず、穏やかな声音で応じた。口元には微かな笑みさえ浮かんでいる。

「あのね、追加はいいんだけど、余るのは困るの。ちょっと少なめくらいでいいわ」

横から焦った母が口を挟む。

「ご安心ください、奥様。返礼のお品は余った分はお引き取り致しますし、お料理も無駄のないようにお出しします。お式が終わるまでに随時追加できますので、その都度、どのくらい増やすかご相談させていただきますね」

伊織さんがまっすぐ母の瞳をのぞき、頷いてみせる。

「あら、それならお任せします。頼もしいわ。息子とは大違い。交換したいくらい」

ときめいた母の声に、引き合いに出された朔太郎が、えへんと咳払いをする。そんな朔太郎にも端整な微笑みを向けたあと、

「お嬢様」

と不意に呼ばれた。

「は、はい」

すっかり化粧の崩れた顔を覆って赤面する。間近で見ると、涙も引っ込んでしまうほど

綺麗な顔だ。

「あちらにお預かりしたものをお飾りしました」

ああ、そのことか。

あくまで彼にとってこの場はお仕事。導かれて祭壇の横に用意されたテーブルを見に行く。青いビロードをかけられたテーブルに、簡易のポストカードフレームが用意され、そこに持ってきた葉書が収まっていた。急遽引っ張り出してきたアルバムも広げられている。数は少ないけれど、思い出の詰まった品々だ。生徒さんたちに見てもらえたら、思い出話もしやすいだろう。

「飾りながら、少しだけ拝見させていただきました。故人様のご自宅は、外壁に蔦《つた》が這っているお家《うち》ですよね。弊社の営業事務所の近くなので、ときどき前を通るんです。こんなに素敵なお庭があったんですね」

伊織さんが長身をかがめた。

「ええ。叔母が大家さんに頼んで植木を総入れ替えしたんです。お花も沢山植えました」

横長のパノラマ写真は、私が大学一年の時に撮った。ヒマワリ、ノウゼンカズラ、西洋朝顔が咲き乱れている。小さな庭にいっぱいの花、見切れる形で、隅っこに鼻から上だけ、万里江ちゃんが写っている。目元だけで満面の笑みだ。

「この時のヒマワリ、一緒に種まきをしたものなんです。咲いたから遊びにおいで、って忙しいのに呼んでくれて。そのあと二人で夏風邪をひきました」

そうだ。大学でなかなか友達のできなかった私を励ましてくれた時だ。思い出すと、つーっと、また涙、いや、鼻水が出た。ティッシュは小日向さんに渡してしまった。伊織さんに鼻水だらだらの顔を見られたくなくて、顔を手で覆う。

「どうぞ」

新品のポケットティッシュが差し出される。少しだけ開封され、一枚目がちょっとだけ引き出された状態。さりげない気遣いが心に沁《し》みた。

「ありがとうございまふ」

「春は桜のきれいなお庭なんでしょうね」

添えられた言葉に驚いた。夏の写真だ。確かによく見れば、背景に花木が植えられているのがわかる。

「桜の樹があるって、どうしてわかったんですか？　もしかして、ガーデニングとかされるんですか」

伊織さんは、隣のポストカードフレームを指さし、

「祭壇にお花は欠かせないので、どんな季節にどんな花があるのか、日々勉強しております。桜の樹は幹や枝の色が黒くて特徴がありますし、こちらの年賀状に、『お花見をしましょう』と書かれていたので、このお庭のことかと」

何でもないように言った。

「そうなんです。これ、今年のお正月に届いた年賀状で。お花見、できませんでした」

「そうでしたか。お庭の桜も悲しんでいるでしょうね」

　トーンを下げた伊織さんの声に強く頷く。

「はい。この『季節をひとつ飛び越えようと思います』ってどういう意味だったのかな。南の島に出張でも行く予定があったのかもしれません。きっと楽しみにしていたんだろうな。もっと、おしゃべりがしたかったです」

　洟をすすりながら、とめどなく話す私の言葉に、伊織さんは黙ってうなずいてくれる。

　そこへ、お参りを終えたキリちゃんがやってきた。

「輪ちゃん、私、受付を頼まれたんだけど、どこに行けばいいかな？」

　遠慮がちに尋ねられて私は辺りをきょろきょろしてしまう。

「えーと」

「お客様、こちらにご用意がございます。おひとりでご担当されますか？」

　伊織さんの助け船が出た。キリちゃんは式場前のフロアの片隅へ案内される。私もなんとなく付いて式場の外に出た。隅に寄せられていたテーブルが前に出され、椅子と「受付」の立札が準備されている。後ろの備え付けの棚のそばに藤原さんがいた。備品をセットしている。

「藤原さん、こちらのお客様に受付のご説明をお願いできますか」

　伊織さんが指示を出す。

「かしこまりました。では、こちらが記帳用紙。お名前とご住所をくださいね。お香典を受けとりましたら、返礼品の引換券をお渡しください。券はお客様がお帰りの際に、私どもで交換しますので」

藤原さんが備品を説明していく。傍《そば》で聞いていると手順がとてもわかりやすく、イレギュラーが生じた場合についても、例をあげて教えてくれる。

「ご連名の場合は、同じ世帯でしたら引換券は一枚、お友達同士などでしたらご人数分お渡しいただいて結構です」

「町内会一同、みたいに団体名で持ってこられた場合はどうしますか」

「本日は、喪主様のご意向で代表の方だけにお返しすることになっています」

キリちゃんの質問にも、動じることはない。藤原さんはこのお仕事に慣れている、いや、知り尽くしている人のようだ。

準備ができると、すでに到着していた生徒さんたち数名が記帳し、香典を出す。ひとりで対応していると、あっという間に列ができてしまった。

私が手伝った方がいいかも、と気を揉んでいると、人の好《よ》さそうな女性がひとり、キリちゃんの手伝いを買って出た。こういう場面に慣れているのか、特に説明を聞かずに、すっと記帳台の前に立つ。

十七時半を過ぎると伊織さんは「礼状の準備をしてまいります」と一度事務所へ下がった。入れ替わりに長野から父方の親戚が到着する。待合所は生徒さんたちがぱらぱらと座っていてまとまった席がない。両親は弔問の挨拶に忙しい。さてどうしよう、と辺りを見

回していると、

「お茶のセットが親族控室の中にございますよ」

すかさず藤原さんが教えてくれた。

「ありがとうございます」

伊織さんといい、藤原さんといい、こちらの頭の中を見透かしているみたいに、絶妙なタイミングでアドバイスをくれる。こんなきめ細やかなサービスをこれまで受けたことがない。

慣れない手つきでお茶を淹《い》れ、エレベーターホールに戻ってくると、ぬっと大柄な男性が黒の着物姿で現れた。頭には黒のニットキャップを被り、キャリーケースを引っ張っている。

「どうも！　尊明寺《そんみょうじ》から参りました。本日お勤めさせていただきます、森川大覚《もりかわだいかく》と申します。よろしくお願いします！」

声を張り上げたわけではないのに、辺りに朗々と響く。

尊明寺、ということは、お坊さんだ。イメージしていたのは細身のお爺さんだったけど、森川さんと名乗ったこの方は少し年上くらいで、陽気な印象だ。くっきり二重のどんぐり眼《まなこ》。眉も太くて、口も大きい。お坊さんというより、大入道、という印象だ。気配を察して、式場にいた藤原さんが飛び出してくる。

「藤原さん、お疲れ様でっす」

お坊さんは嬉しそうに眼を輝かせた。

「副住職、お疲れ様でございます。お鞄、お持ちしますね」

藤原さんもにっこりと笑顔を見せる。大入道さんは軽快に式場へ入っていき、万里江ちゃんの遺影の前で、

「南無阿弥陀仏《なむあみだぶつ》、南無阿弥陀仏……」

念仏を唱え、分厚い掌《てのひら》を合わせる。張りのある声に、周りもピンと背筋が伸びる。藤原さんが僧侶控室へ大入道さんを案内する。

「お寺様に挨拶をしてくるから、ここを頼む」

父に言われて私と朔太郎と小日向さんが式場の椅子に腰掛けて続々と到着する会葬客に挨拶をした。お葬儀が忙《せわ》しないことは知っていたつもりだけれど、本当にどんどん時間が過ぎていく。

万里江ちゃんの死が刻一刻と事実になっていき、そのスピードに感情がまるで追いついていない。通夜式のスケジュールを見ると十八時開式、となっていた。まだあと二十分ある。それから焼香をしたとして、生徒さんたちはいつ帰るんだろう。心は静けさを求めていた。

いつの間にか階段のところに伊織さんが戻ってきていた。混雑してきた式場前を見て、藤原さんと小声で打ち合わせをしている。ものの十分で、三十名ほどに増えていた。僧侶控室から出てきた父と母も、会葬者の人数に驚いている。

「伊織さーん」

父が情けない声で伊織さんを呼びつける。父とも少しやりとりを交わした伊織さんは僧侶控室へ足早に入っていく。数分で出てくると、会葬者の女性たちによく通る美声で呼びかけた。

「皆様、これより焼香の列をお作りします。恐れ入りますが、パーテーションに沿ってお並びください」

式場外を見ると、ジャケットを脱ぎ捨てた藤原さんが腕まくりの勢いで素早くパーテーションを並べ、閉め切ったお清め場前の廊下へ続くように人の列を伸ばしていく。所在なげだった女性たちも少し安心したような顔で列に並ぶ。

「ではご遺族様、ご親族様は式場へご着席ください」

小日向さんも一緒に、式場へ入って末席に腰掛ける。式場の外は、新たに到着する会葬客の気配でざわついているが、祭壇の前は静かな空気が流れている。パイプ椅子の背もたれに体を預け、花に囲まれた遺影を眺め、やっと万里江ちゃんの供養に集中できそうだ。

「定刻になりましたので、開式致します」

伊織さんが一段トーンを抑えた声でマイクを通し、アナウンスする。

「平成三十一年三月二十日。ただいまより、故・西宮万里江さまの通夜式を、浄土宗、尊明寺、副住職のお導きのもと、謹んで開式致します。副住職、宜しくお願い致します」

ざっ、とお草履を鳴らし、先程の大入道さんが真っ直ぐに入ってくる。鮮やかな黄緑色の衣に白金のずっしりした生地の袈裟《けさ》をかけて、到着時よりも明るい印象だ。西宮家は本来、浄土宗の菩提寺《ぼだいじ》が長野にある。でも急すぎて呼ぶことができず、大入道さんは葬儀屋さんが手配した代理のお寺だ。

お読経が始まってしばらくすると、焼香の台を藤原さんがぐいーっと引っ張って、お坊さんの椅子の後ろに設置する。式場の入り口に並んで待っていた会葬者の焼香が始まった。

二人ずつ台へ進み、振り向いて私たちにお辞儀をするので、こちらも礼を返す。ぽくぽくと鳴る木魚といい、まさにお通夜だな、なんて当たり前のことを考えてしまう。会葬客に頭を下げ続け、くらくらしてきた頃に、親族の焼香が始まった。

藤原さんがお盆に載せた香炉を父に手渡し、順々に回していく。私も母から受け取ってぎこちないながら見よう見真似で焼香をする。インスタントコーヒーの粒みたいな抹香を炭にそっと落とす。煙をくゆらせながらじわりと赤く燃え、すぐに白い灰になった。手を合わせようとして、はたと気づく。お念珠を足元のバッグに入れたまま忘れていた。遺影から、いつもの明るい調子で「もう、輪ちゃんたら」とたしなめる声が聞こえてくるようだ。

お読経が終わり、大入道さんが退場すると、ふっと緊張の糸が切れた。お読経の時間は四十分くらいだったろうか。

「ご遺族、ご親戚の皆様は、お清めのお席が整うまで今しばらくお待ちください」

伊織さんがアナウンスする。

「お父さん、お部屋の鍵を借りてもいい？」

涙で崩れたメイクを直したかった。化粧ポーチはハンドバッグに入らず、お部屋に置いてある。

私が鍵を預かったのを見ていた長野の大叔母が、控えめに手を振った。長野の祖父は私が高校生の時に亡くなり、祖母もあとを追うように他界してしまったので、今では大叔母が西宮家の最年長だ。

「輪花さん、私の杖を持ってきてくれる？　持ち手が桃色の」

「いいですよ。でも、お部屋から式場まで来る時は、杖がなくても大丈夫だったんですか？」

「うふふ、びっくりしちゃうけどそうなのよ」

どこか万里江ちゃんに似た愛嬌のある笑い方だ。私と万里江ちゃんも、他人から見れば似ているところがあるんだろうか。平置きになった小日向さんのスーツケースの上に母の着替えを入れたボストンバッグが載っている。その奥の壁際に私のサブバッグを置いたはずだけど、無遠慮に朔太郎のリュックが、でん、と重ねられていた。

「もー」

口をとがらせたけれど、疲れ切っていて怒る気力も湧かない。化粧ポーチと杖を片手に部屋を出ようとすると、入れ違いに小日向さんが入ってきた。

「モバイルバッテリーを取りに来たんだけど、入ってもいいかな」

「ああ、どうぞ。私、杖を頼まれているので、鍵をお願いしてもいいですか？　あとで父か私に戻してもらえれば。あ、あとごめんなさい、スーツケースの上に母の荷物が置いてあって」

「平気だよ。こちらこそ、大荷物で来ちゃって申し訳ない」

鍵を小日向さんに渡すと、お寺の控室の方から大入道さんがやってきた。

「どうもどうも。お疲れ様でした！」

黒い着物に着替え、大きな鞄を軽々と下げている。通り過ぎたときに、着物の袂《たもと》からぽとりと何か落ちた。

「あ、あの」

到着時にもかぶっていたニットキャップだ。拾って声をかけるが、急いでいるのか、あっと言う間に背が遠ざかる。

「私がお渡ししてきます」

大入道さんの後を追うように藤原さんがやってきた。ヒールの高い靴で氷の上を滑るかのような速さで歩き、あっという間に追いつく。

「副住職！　お帽子が」

二人が立ち止まったのでなんとか追いつく。

「あれ？　おおっと、落としちゃった」

大入道さんは、カラカラと笑い、もう一度それを袂にしまう。

「お客様が拾ってくださいました」

藤原さんが私を振り返る。大入道さんは、こちらへ手を合わせて深くお辞儀をした。

「お清めにご同席できなくてすみません。仏さまに手を合わせて帰りますね」

式場のなかへ、ずんずんと入っていく。もう一度拝んで帰る習慣らしい。父は受付の二人と話していたが、僧侶の暇《いとま》に気づいたようだ。さっと頭を下げて近づいた。

「本日はありがとうございました。お布施は明日、と伊織さんにもお伝えしたのですが」

「ええ、伺ってます。明日で構いませんので、気にしないでくださいね」

大入道さんは深々とお辞儀を返す。

「申し訳ありません」

エレベーターのボタンを父が押した。藤原さんが荷物を片手に、乗り込む副住職のお供をする。一緒に見送りにいくのだろう。

私の後ろから、あのう、と受付担当のキリちゃんが紙袋を差し出す。

「これ、お香典の袋です。会葬名簿と現金も入ってます」

受け取って軽く覗きこむ。

「ありがとうございます」

礼を言うと、キリちゃんは声を震わせながら、抱きついてきた。

「明日はお見送りできないけど、先生のこと宜しくね」

紙袋がガサッと宙に浮く。

「苦しいよ」

彼女の背をトントンと叩きながら、思わず笑った。でもちょうどよかった。誰かに抱きしめて欲しかったから。

「ありがとうございました。助かりました、本当に」

父と母も二人に気づいて、礼を言う。

「お父さん、これ、お香典だって」

紙袋は父に渡した。お香典袋の数では金額はもちろんわからないけど、まとまった金額なのは確かだ。

「金庫に入れたら？」

「ああ、でも集計もしなきゃいけないから。もうお客さんたちも帰ったし、部屋にとりあえず入れておくよ」

さっと部屋の入り口へ歩いていく。そういえば、鍵はさっき、小日向さんに渡したっけ。案の定、父は部屋の前で、ドアを引こうとして、おや、という顔をしている。

「小日向さん」

小日向さんはいつの間にか式場に戻っていた。疲れのせいか、先程よりも顔色が少し悪い。

「は、はい」

鍵を、と身ぶりで伝えると、ああ！　と応じる。父に鍵を渡すと、私のそばへ来た。

「ご家族のみなさんは、ここに泊まるの？」

私は泊まりたい気持ち半分、帰りたい気持ち半分。

「通夜とは夜通し線香を絶やさないものですよね。なので、できれば泊まりたいですが」

お化けが怖い、とは言えず、言葉を濁した。

だってここは、お葬儀場である。二十六にもなって、笑われるかもしれない。でも絶対いる！　幽霊が存在するとしたら、ここにいなくて、他のどこにいるというのだろう。霊感はないけど、いるかと思うだけで怖すぎる。

もちろん、万里江ちゃんの幽霊は別。出てきてくれたら歓迎だけど。

「もし、誰も泊まらないなら俺が残るよ。どうせ、家に帰っても眠れないだろうし」

「そうしていただけると心強いです。父は残ると言うかもしれませんが」

「そうなんだね。あとで聞いてみるよ」

「失礼いたします。この後お見えになるお客様は私どもが対応致します。皆様お清めのお席へどうぞ。喪主様は？」

伊織さんがすっと現れ、そう囁《ささや》いた。

「さきほどお部屋に行かれました」

小日向さんが答えると同時に、ガラリと引き戸の入り口を開けて父が出てきた。伊織さんが私たちに告げたことを繰り返す。

「じゃあ、行こう」

「行きましょう。生きてくためには食べなくちゃ」

小日向さんに私が微笑む。

「お嬢様のおっしゃる通りです。ごゆっくりお召し上がりください」

伊織さんがふっと柔らかい笑顔で頷いた。特別な台詞でもないのに、妙に面映《おもは》ゆく、ドキドキしてしまう。気を抜くと、ドはまりしてしまいそうだ。伊織さんは仕事柄、丁寧に振舞っているだけだとわかっているのに。

通されたお清め場には、こぢんまりとオードブルや刺身などの料理が並び、ころころ太ったおばさん達が飲み物を運んできた。乾杯、ではなく、献杯《けんぱい》、というのだ、と父に教えられて、一同控えめな声でグラスを合わせた。

「けんぱーい」

お清め場にも小さな万里江ちゃんの写真。彼女が好きだったお刺身をお皿に取り分けてお供えすると、藤原さんがサッとバックヤードへ飛び込んでいく。

何かまずいことをしちゃっただろうか。

心のなかで焦っていると、藤原さんは一膳の箸を携えて戻ってきた。

「こちらをお使いいただきましょうね」

まるで小さな子供に言うように優しく告げて、万里江ちゃんのお寿司のお皿に箸をおいた。

「あ、叔母の箸だったんですね」

万里江ちゃんをまだ、この場にいる人間として扱ってくれることが嬉しかった。さらに、後ろから来たおばちゃんスタッフが醤油皿を置く。

「あ、じゃあお茶もお供えしてもいいですか」

思いつきを口にする私に、藤原さんは大きく頷いた。

「もちろんでございます。すぐお持ちしますね」

軽やかに踵《きびす》を返す後ろ姿に、何だか胸がドキドキした。沈んだ心のなかに、ほのかな灯を見出したような気持ちになる。今日会ったばかりの藤原さんが、私の悲しみに自然に寄り添い、ひとつひとつの感情を肯定してくれるのって、すごいことじゃないだろうか。

藤原さんは茶托《ちゃたく》に載せた湯飲み茶碗を遺影の前に供え、深いお辞儀をして、また私の方へ笑顔を向けた。その表情に見とれていると、藤原さんが目をしばたたいた。

「どうかされましたか」

「あ、い、いえ、何でもありません！」

すごいですね、なんて私みたいな若輩者が言える台詞ではない。気恥ずかしさを誤魔化すために、パタパタと手を振った。私の動揺を見透かすように、藤原さんは、ゆったりと笑む。

「何かございましたら、いつでもお呼びください」

お清め場から出ていく藤原さんに会釈をして、自分の席へ戻る。オードブルの皿から大叔母様が食べられそうな煮物を取り分けていると、母が椅子から立ち上がった。

「ちょっと胸が苦しくって」

はあ、とため息をついてよろめいて見せる。顔色はそう悪くはない。

「おい、大丈夫か？」

「ええ、胸、というより、帯が」

「要するに、腹だろ」

朔太郎が呆《あき》れ顔で突っ込む。うん、私もそう思う。

「奥様、大丈夫ですか？」

様子を見ていた藤原さんが飛んできた。

「ええ、ちょっと気分が。悪いけど部屋で休んでくるわ。着替えれば楽になると思うから」

「じゃあ、鍵」

父が差し出す鍵を受け取って、母が部屋に引っ込んだ。

「母さん、相当参ってるな」

朔太郎が唐揚げを頬張る。

「あんただけよ、そんなバクバク食べられるの」

「食べなきゃ生き返るわけじゃなし」

弟は平然としている。間違ってはいないけど、ちょっと薄情に思えて真似はできない。

そこへ、遥か彼方から、きゃーっ、ちょっとお！　と悲鳴が聞こえた。

「え、誰？」

「母さんじゃない？」

みんな総立ちになり、視線は式場を映すモニターへ集まる。誰も映っていない。ひとまず、お清め場から出て式場へ向かおうとした。

すると、控え室の入り口に藤原さんが立っているのが見えた。

「奥様！　いかがされました?!　開けますよ」

「主人を呼んで！」

一同が顔を見合わせた。

「何事だ、いったい！」

父が藤原さんの横から部屋に入る。続いて私、朔太郎が入った。母はまだ和服のまま。座り込んで、部屋の一角を指差している。その先には、小日向さんのスーツケース。ぱっかりと開かれている。

「どういうこと？　小日向さん！　これ、お香典よね?!」

グレーの封筒が、荷物を留めるゴムバンドからはみ出ていた。中身はわからないが、お金が入っていそう、ではある。

「え？」

全員がドアの外に立つ小日向さんを振り返る。

「な、なんのことですか？」

母は集まってきた面々を前に、胸を押さえながら座りなおす。ふうーっと深呼吸をひとつして、ハンカチを額に当てた。

「取り乱してごめんなさい。私だってこんな人を疑うことはしたくないのよ。スーツケースを動かしたのも、謝るわ。着替える前にお香典の名簿を見たのよ。人数が増えたし、気になっちゃって。ついでに現金がちゃんとあるかも確かめてみたら、どこにも入っていないじゃない！

あとで確認しなくちゃ、と思いながら、スーツケースを縦にしたの。着替えるスペースを作りたくて。そうしたら倒れて開いてしまって……小日向さん、正直に言って。これはこのお葬儀屋さんの封筒よ。どうしてあなたが持っているの」

母の言葉を、私は頭がくらくらする思いで聞いた。父が宥《なだ》めるように母の肩に手を添える。

「何かの間違いじゃないのか。香典を部屋に入れてからずっと、鍵を閉めていたじゃないか。私がお前に鍵を渡すまで、誰も部屋に入ってないはずだ」

「間違いかどうかを、確かめたいのよ。もし万が一、小日向さんが盗《と》ったのなら、このタイミングで正直に言った方が、お互いの為でしょう」

「いい加減にしなさい！　小日向さんがどんなお気持ちになるか、考えてみろ」

「そうだよ、お母さん！　よく調べもしないで！」

小日向さんが犯人のわけない、と私も父に加勢した。でも……何が起こっているのかさっぱりわからない。こんな時に香典泥棒事件だなんて、最悪の極みだ。俯《うつむ》く小日向さんに私が尋ねる。

「小日向さん、封筒の中を見ても構いませんか？」

「そもそも、俺のじゃないよ」

母が私に封筒を渡す。中を覗くと紙幣の束が見えた。

「お金だ」

見てはいけないものを見た気分だ。

「つーか、お香典だったら幾らくらい入ってるはずなの？」

朔太郎が父に尋ねる。

「どうだろう、受付の二人には金額は計算してもらってないから。何人分、名前が書いてある？」

「受け取ってすぐ確認すべきだったのよ」

母の批判はもっともだが、病院に駆けつけて妹を看取り、それから葬儀の打ち合わせ、と父も相当疲れているはずだ。気が抜けたのを責めても始まらない。朔太郎が紙袋から香典帳を抜き出した。

ペラペラめくって人数だけ数える。

「連名の人たちもいるけど、三十四人。あ、長野の人たちの分は別。控室で母さんがすぐ金庫に入れてたよな」

朔太郎の言葉に母が頷き、金庫を開けて香典袋を取り出した。

「親戚の分は、中身も全部あるわ」

「三十四名の会葬者が五千円ずつ包んだとして、十七万円。三千円や一万円の人もいるだろうから、合計十八万円くらいじゃない？」

ざっくりと私が計算する。

「私が数えてみましょうか」

あくまで穏やかに藤原さんが申し出た。

「お願いします」

藤原さんが封筒から紙幣を取り出し、ゆっくりと数えていく。皆が固唾《かたず》をのんで見つめる中、ほどなく指をとめた。

「十八万八千円です」

全員が、藤原さんの手元を見る。

「ほ、ほら！　やっぱりお香典じゃない？」

母がみんなの顔を見回す。愕然《がくぜん》とした表情の小日向さんを見ているのも辛い。

「なあ、母さんが間違ってぽんと置いたってことはないの？　荷物の上に。よくやるじゃない、俺が通販で買った腕時計、箱ごと冷蔵庫に入れてたことあったろ？」

朔太郎が母に疑いの眼差しを向けた。

「いえ、奥様、このお金はお香典ではないようでございます」

藤原さんが封筒と札束をそっと揃えて重ねた。その手元を見て、私もはっと気がつく。

「確かに……これはお香典じゃないと思う」

「輪花、どうしてそう言えるわけ？　十八万円くらいってさっき言ってたじゃない」

母がうろたえた。

「ううん、断言できる。小日向さんのスーツケースに入ってたこの封筒は、お香典じゃない」

「あー、なるほど」

朔太郎が口元に拳を当てて、くすりと笑う。

「香典なら、もっと五千円札があるはずだよな」

「おっしゃるとおりです」

藤原さんが頷いた。封筒に重ねられたお札は一万円札と千円札しかない。生徒さんたちが全員連名なはずないから、五千円札が一枚もないのは不自然だ。

「じゃあ、このお金は何なの？」

母が目をぱちぱちしばたかせる。

「さあ」

朔太郎が首をひねった。

「もう結構です」

弱々しいが凛《りん》とした声が響いた。声の主、小日向さんへ顔を向ける。

「もう……頭がおかしくなりそうだ！　そのお金は俺のじゃありません。それでいいでしょう!?」

大きな拳が震えていた。小日向さんが怒る姿は初めてだ。

「小日向さん、これはきっと母が勘違いしただけです。お葬儀のお金を盗む人なんて、普通いないですよ！　だから……」

何とかなだめようとするけれど、動揺を隠すことができず、うまく言葉が紡げない。

「ちょっと失礼致します」

藤原さんがお金を私に返して、部屋の外へ出ていってしまった。きっと伊織さんを呼びに行ったんだ。うわー、今うちの家族だけ残さないで欲しい！

「今夜はお別れをして帰ります。荷物は置いていきますので、好きにお調べください」

藤原さんに続いて小日向さんも背を向けた。誰も追わない。重い沈黙がよぎる。どうしよう。このまま小日向さんが帰ってしまって本当にいいのだろうか。

「母さん、聞いてくれ。実はさっき……この部屋に入ったとき……」

静寂を破ったのは父だった。

「お父さん、何か見たの？」

私は思わず前のめりになる。

「万里江がいたんだ」

父が視線を畳に落とす。まるで寒気がしているかのように両肩を抱えてみせた。

「そこに。小日向くんのスーツケースのそばに」

「うそ」

「そんなこと！」

「ないない！」

口々に否定したものの、なぜだろう、ぞくぞくと鳥肌が立っている。

恋人の小日向さんにどうしても会いたかった万里江ちゃんの魂が、この部屋に現れても不思議はない。けど、出るなら小日向さんが部屋に入ったときに出ればよかったのに。いやいや、それ以前に、幽霊が金一封を持ち歩くわけがない。ていうかこんな現実味のない話をしている場合じゃない！

「お母さん、お父さん、このお金、とりあえず持ってて！」

私は部屋を飛び出した。直後、どん、とあたたかい物に衝突する。

「大変失礼いたしました。大丈夫ですか？」

伊織さんが超至近距離に立っていた。私は伊織さんの胸元に顔から突っ込んでしまったらしい。前を見ずに走り始めるなんて子供みたいで、赤面してしまう。

「す、すみません！」

詫びる私に、伊織さんは軽く首を振った。人がぶつかってきたというのに、何事もなかったかのような顔をしている。

「いえ。それより、お香典の件、藤原からお聞きしました」

伊織さんの後ろで藤原さんが黙礼する。

「そうなんです、でも、小日向さんのスーツケースから出てきたのはお香典じゃなかったみたいで……でも、小日向さんも自分のお金じゃないっておっしゃるし。父は部屋で幽霊を見たなんて言い出すし。何がなんだかわからなくて」

そうですか、と静かに伊織さんは考える顔つきになった。

「輪ちゃん、じゃあ」

お線香を手向け終わった小日向さんが、式場から出てきて、エレベーターのボタンを押した。

「小日向さん！」

「下までお送りします」

と伊織さんがエレベーターに乗り込んだ。伊織さんがボタン操作しようとしたのを見て、思わず叫ぶ。

「ダメ！　伊織さん。小日向さんにお帰りいただいては困ります。何より、万里江ちゃんが望んでません」

うっかり、叔母、ではなく「万里江ちゃん」と言ってしまって口元を覆う。ちら、と小日向さんの顔を見ると、悲しそうに唇をかんでいる。

「輪ちゃん、俺の代わりに、まーちゃんについててあげて」

私は首を振った。万里江ちゃんが一番一緒にいてほしいのは。

「ダメです！　私が必ず、あの謎の封筒の正体を突き止めますから」

「お嬢様、それには及ばないかと」

ふっと柔らかく、伊織さんがエレベーターの中で微笑んだ。

「それは……どういう意味ですか」

私の視線をまっすぐに受け止め、伊織さんは手のひらで、どうぞ、と言うようにエレベーターの中を示した。乗れば何かわかるってこと？

頭の中は疑問符だらけだが、導かれるまま私もエレベーターに乗り込み、隣に立つ伊織さんを見上げた。まさか藤原さんの報告と私の話だけで、あのお金が何か、誰が入れたのか、分かったっていうのだろうか。確かに到着時から、きめ細やかにサポートしてくれたけど、ずっと私たちと一緒にいたわけじゃないのに。

それにもうひとつ。さっきのお金がお香典じゃないのなら、本物のお香典をまとめた封筒はどこにあるのだろう。

謎が謎を呼ぶ、というのはまさにこのことだ。首を傾げたいのを我慢しながら、小日向さんのボサボサ頭に続いてエレベーターを降りる。

「あ、桜」

会葬客の服や靴に付いてきたのだろう。エレベーターの前に、落ちていた桜の花びらが数枚、ひらひらと舞った。有限である命が尽きたときに纏《まと》う喪服と、役目を終えどこかへ消えゆこうとする桜の取り合わせに胸が苦しくなる。

「小日向様、お帰りの前に、おひとつだけお聞きしてもよろしいですか」

ひんやりとしたエントランスホールに伊織さんの声がひっそりと反響した。

「はい」

「つかぬことではございますが、万里江様と小日向様はお二人で清澄白河の家を借りていらしたんですよね」

小日向さんが怪訝な表情を浮かべた。なぜそれを今、聞くのか。

「ええ、一緒に住んでいました。それがどうかしましたか」

伊織さんは、そうですか、と声のトーンを落とした。きらり、と穏やかだった眼に輝きが宿る。

「では、もしかすると小日向様も先程の封筒を誰がスーツケースに入れたのか、ご存じないのではないですか」

伊織さんの質問の意図がつかめず、私は二人の顔をきょろきょろと見比べるばかりだ。

「え？　小日向さんが知っていたって……」

それなら、どうしてさっき言わなかったのだ。二人とも、もっとわかるように話してほしい。そんな私の困り顔に向かって、小日向さんが頭を下げる。

「仰《おつしや》る通りです。このまま俺が帰ってしまえば、事態が収束するんじゃないかと思ったけど。輪ちゃんには心配かけて申し訳ないと思ってる。ごめん」

「長年の経験から申し上げて、こういった家族間のできごとには仲介役の方が必要です。お嬢様は比較的冷静に対処してくださるかと思い、お呼びたて致しました」

「冷静に対処、ですか」

伊織さんの言葉にほのかな嬉しさを感じつつ、

「でもすみません、私、全然わからないのですが」

正直に告げて、伊織さんの表情を窺う。失望の色が浮かんでいたら立ち直れない。でもそんなことはなかった。伊織さんの目はまっすぐに小日向さんを射抜く。

「ええ、輪花さんは私に葉書とお写真をお預けになったあと、湯灌に立ち会われていましたから。その時点のことから、ご説明致しますね」

湯灌の儀式の最中から、この一件が始まった……ということは、やはりお金の持ち主は小日向さんしかいないんじゃないだろうか。それとも、誰かが来てお金を置いて、一度帰った、のだろうか。

でもそれは不可能だ。部屋の鍵は閉めてあったから、やはり部屋の荷物に封筒を入れたとしたら、最初から、もしくは、湯灌のあとのはずだ。

伊織さんは、私と小日向さんをかわるがわる見ながら話し始める。

「みなさまを湯灌室へご案内し、私は式場でお預かりしたものをお飾りしていました。十数分経った頃でしょうか、喪主様がお控室へ入っていかれたのを見ております」

「ああ、そういえば、電話がかかってきたと言って、湯灌室を出て行きました」

洟をすすりながら「こんなときに、間の悪い」と思ったことを覚えている。電話ではなく控室に戻っていたのか。

「湯灌の時にお棺にお入れになる副葬品を取りにいらしたかと思ったらそうではなかったようです。何も持たずに数分でお部屋から出てこられました」

伊織さんは淀《よど》みなく記憶を辿っていく。

「ハンカチなどを忘れて取りに戻られる方はいらっしゃいますが、お嬢様がティッシュを一箱お持ちになっていましたので、恐らく違います。それから、小日向さまと少しお話をされて、地下へ戻られました」

「どんな話をしてたんですか？」

前のめりで尋ねてしまった。

「私は式場におりましたので、内容までは存じません。ですが、おそらく、喪主様が小日向様に家賃を払うとお申し出になったのではございませんか？」

「その通りです。地下に行かれたと思ったら、俺が待っていたお清め場へやってきて、封筒を差し出しました。先程、スーツケースに入っていたあの封筒です」

小日向さんは小声で呻《うめ》く。続けて私にきっぱりと言った。

「でも、断ったんだよ」

「どうして父が家賃を？」

「少し昔の話になるけど、まーちゃんが華道教室を開いた年に、俺と同居し始めたのは輪ちゃんも知ってるよね」

　万里江ちゃんの名前を口にした瞬間、やっといつもの穏やかな小日向さんの顔になる。万里江ちゃんがフラワーアーティストとして働きながら資格を取り、華道教室を開いたのは、私が大学に進学した年だ。小日向さんが今の家に引っ越してきて、お互いの船出を祝うささやかなパーティをした。今から八年前のことだ。

「俺も同じ年に開業した。輪ちゃんのお父さんに資金援助してもらった話は知っているよね。でもその時とは別に、一度だけ、お金を借りたことがあるんだ」

　小日向さんは足元の桜の花びらに視線を落とす。

「オープンから半年経った頃だった。俺はショップがなかなか軌道に乗らなくて、万里江も体調不良で働けなくて。どうしても二人の生活費が足りなくなってしまった。不本意だったけど、輪ちゃんのお父さんに助けてもらったんだ。

　その後、お金は返したけど、まだ籍を入れていない俺たちは、きっと半端者に見えていたんだろうね。まーちゃんがひと月以上働けなかったのは、今回も同じだし」

　半端者、という言葉に悔しさが滲《にじ》む。

「湯灌式の時は小日向さんに断られて、父は引き下がったんですね」

「うん。受け取るわけにはいきませんって、きちんと伝えてわかってもらえたと思っていたのに、まさかこっそりスーツケースに忍ばせるなんて思わなかったよ」

　小日向さんの言葉を受けて、通夜式のあとのことを順に思い出していく。

私は化粧ポーチと大叔母様の杖を取りに控室へ入った。私と入れ違いに小日向さんが充電器を取りに入る。式場へ戻ってきた小日向さんから父が鍵を借りてお香典の入った紙袋を控室に置きに行った。最後に入ったのが気分を悪くした母だ。

「小日向さん……どうして父が入れたと分かっていたのに、黙っていたんですか？　犯人にされるところだったんですよ」

「あんな騒ぎになってからじゃ言えないよ。ハメられたのか、とも思って混乱したしね。お父さんはどうしても受け取らせるつもりだったんだね。でも俺にもプライドがあるから、どんな理由があっても受け取りたくなかったんだよ。だって、本当は……本来なら」

言葉をつまらせる姿が痛々しかった。小日向さんの台詞は伊織さんが引き継ぐ。

「小日向様が、喪主としてお立ちになりたかったんですね」

小日向さんが、ハハっと自嘲気味に嗤《わら》う。

「すごいな、伊織さんは。そうです、その通りですよ。俺が看取りたかった。俺が葬儀を出してやりたかった。でも、まるで桜の花びらみたいに、すべてが自分じゃ掴めなかった。家賃の心配までされる始末です。ダメな男ですよ。俺は結局最後まで、最低なパートナーだったんだ！」

「そんなことはありません」

階段から、太い声が響いた。

「お父さん……」

つかつかと、父が私たちの傍までやってきた。そして深々と小日向さんにお辞儀をする。眉間には深い皺が刻まれ、すぼめられた肩は見ているこちらまで心細くなる。いったいどこから聞いていたんだろう。

「重ね重ねの失礼、お詫びさせてください。妻に黙っていようと、つまらないことを考えた私がいけませんでした。家賃の件は、万里江に頼まれていたんです」

父の言葉に、目を見開く。

「それ本当？　万里江ちゃんがお父さんに頼んだの？」

小日向さんの顔を見ると、まったく不意を突かれたらしく唖然《あぜん》としている。

「内緒にしてくれ、と念を押されましたが、こんなことになったら、話すしかありません。万里江は、あなたの人生を心の底から応援していましたよ。保険に入っていなかったから、入院の費用がこの先どのくらいかかるかわからない、家賃が心配だから貸してくれ、と。青ざめた顔で、咳《せ》き込みながら言っていました。

小日向さんと万里江は、交代で家賃を払っていたと聞いています。三月は自分の番だから、と。あなたに迷惑をかけたくないと言っていました」

独立心の強い万里江ちゃんが言いそうなことだった。

「それならそうと、お母さんに言えばよかったのに」

「万里江が最後に金の無心をしていたなんて、思ってもらいたくなかったんだよ。小日向くんが帰国したら、父さんのポケットマネーから払って終わらせるつもりでいた。今日、小日向くんが突然現れたのは計算違いだった……まとまった金額の用意がないだろう？

葬儀のあとは父さん、年度末の仕事でてんてこ舞いだし」

んん？　わかったかもしれない。お香典以外の手持ちのお金で、喪主だけが手をつけられるお金って……。

「封筒に入っていたお金ってもしかして……お布施？」

到着のときに金庫にしまったお金を小日向さんに渡し、お布施は明日用意するつもりだったんだ。夜中にコンビニのATMにでも行くつもりだったんだろう。

一方、本日の母を振り返ると、万里江ちゃんと小日向さんの家賃のためにお布施に手をつけたとなると、ただでさえ会葬者が増えてハラハラしていたのだから、パニックになってしまう。

「そうだ。お布施を明日お渡しすることは、伊織さんにもご相談済みだ」

伊織さんが苦笑する。

「最初にお部屋に入った時に、お布施はご用意されていたのにおかしいと思っておりました」

「ねえお父さん、万里江ちゃんが部屋にいたっていうのは……」

「すまん、咄嗟《とっさ》の嘘だ。母さんにバレたくない一心でな」

ぺこっと頭を下げる。白髪交じりの頭頂部を見せられて、なんだかじわっと怒りが沸いた。母に怒られるのは、私だっていやだけど、最初から夫婦できちんと話し合っていれば、こんなことにはならなかった。おかげで大騒ぎになってしまったじゃないか。私にだって相談してくれれば、微力でも父に加勢したのに。

「小日向さん、父を殴ってください！　もうぜひ思い切り」

小日向さんは大袈裟に手を振った。

「いやいや、それは。すべて結局、俺の甲斐性が無かったせいですから。入院中のまーちゃんに家賃の心配までさせてたなんて」

やりきれない思いがその場を包む。犯人扱いされたとき、控室に背を向けた小日向さんの気持ちも今ならわかる。きっといろんなことを後悔していたに違いない。自分を責めたに違いない。

「万里江ちゃんのことは、小日向さんが一番ご存じじゃないですか。自分の好きなことにまっすぐで、でもちょっぴり頑固なところ。小学生みたいというか。家賃の順番を変えたくなかったんです。きっとそれだけです」

「そうかな」

「「そうですよ！」」

私と父の声が重なる。あーもう父よ、引っ込んでいてほしい。大体まだ、お香典が見つかっていないのだ。うろうろしている暇はないだろうに。

「お父さん、お香典は？」

「ああ、それがまだ」

父がちらりと上を見る。小日向さんも心配そうな顔をした。伊織さんは、二人を安心させるように穏やかに微笑んだ。

「それなら藤原がもうすぐ見つけるでしょう」

「なんでわかるんですか？」

私が尋ねると、

「藤原はこれまでに八千件以上、葬儀を担当していますから。大ベテランなんですよ」

「八千、ですか」

父も私も息を呑《の》む。海千山千、という言葉があるけど八千とは。勿論ただのパートスタッフではないと思っていたけれど、プロ中のプロではないか。

タイミングを計ったように階段から声が聞こえた。

「喪主様！　ございましたよ、お香典！」

カツカツと軽やかなヒールの音が降りてくる。封筒を掲げた藤原さんが、あら、皆様、と目を丸くした。小日向さんがまだいたとは思っていなかったようだ。

「どこにありました？」

伊織さんが藤原さんに尋ねる。

「あの紙袋の中です。お香典の内袋に入れられていて、しかも、空の袋に混じってしまっておりました。封筒は備え付けのものをお使いくださいって、ご案内したんですけどね」

ちょっとだけ口をすぼめる藤原さんに、伊織さんが苦笑する。

「よくあることですね」

「ええ。これでひと安心でございますよ」

藤原さんがゆったりと目尻にしわを作ると、場が少しだけ明るくなった。ふうっと肩の荷が降りた気分だ。同時にどっと疲れも押し寄せる。

「よかった。では、俺は帰ります」

お辞儀する小日向さんを、父が青い顔で引き留める。

「いや、私が正直に妻に話しますから、どうか食事をしていってください」

「いいえ。これ以上、西宮家に波風を立てたくありません。それよりもお願いがあるんです」

小日向さんが、ボサボサ頭を揺らした。

「なんですか」

「まず、明日は参列させていただきます。万里江との最後のお別れですから」

「もちろんですよ！」

「それから、納骨までの期間も、万里江と一緒にいさせてほしいんです」

父は一瞬面食らったようだったが、すぐに理解し頷いた。

「では、明日、お骨《こつ》は小日向さんの家へ持っていきます」

「宜しくお願いします」

ふっと、小日向さんが笑顔を見せた。疲れの色は濃いが、先程のような暗い自嘲の色はない。

「小日向さん、スーツケース、どうします?」

私が訊くと、父が横から割り込んだ。

「そうだ、私がいまお送りしますよ。幸い酒も口にしていないし。車なら五分とかかりませんから。輪花、すぐここまで持ってきて差し上げなさい」

小日向さんがまた、掌を振って辞退する。

「いえ。少し歩きたいので。申し訳ありませんが」

「いやでも、荷物が大変だろうし、車を呼びましょう。タクシー代なら私が」

食い下がる父を私が両手で制した。

「もう、お父さん! こんな日だからこそ歩きたい人だっているの。大荷物でも、桜と夜風を感じたいときがあるの」

私がエレベーターのボタンを押しながら言うと、藤原さんが、そうですねえ、と相槌を打ってくれた。小日向さんはスーツケースを受け取ると、礼を言って去り、私は彼の代わりに式場に泊まることにした。父も残ると言い張ったから、今夜は二人でお線香を交代であげることになりそうだ。

朔太郎と母が帰って、静かになった式場で改めて万里江ちゃんの写真と向かい合う。万里江ちゃん。なんだかとっても大変なお通夜だったよ。正直、くたくただけど、父の気持ちも、小日向さんの気持ちも聞くことができたよ。万里江ちゃんは、妹としても、恋人としても愛されていた。それは間違いないね。

「お嬢様」

式場の入り口から声を掛けられて、飛び上がるほどびっくりする。

「い、伊織さん」

「ブランケットをお持ちしました」

急きょ泊まることにした私と父。すでに貸布団業者が営業時間外となっていたはずだけど、館内の備品を探してくれたのだろう。

「ありがとうございます」

「お父様はもうお休みですか」

「いえ、長野の親戚をホテルへ送っていきました」

綺麗に畳まれた紺色のブランケットを受け取りながら、はた、と気づく。この広い空間に二人きりだ。単なる備品の受け渡しなのに、すごく距離が近く感じられて緊張してしまう。

「さ、さっきのことなんですけど」

伊織さんと真っ直ぐ目が合った。凪《な》いだ夜の海のように深く黒い瞳に見惚れてしまう。

「なぜ、あの封筒が家賃だと思ったか、でしょうか」

うそ……読まれている。どれだけ頭の回転が速い人なのだろう。驚くと同時に、理解してもらえて単純に喜ぶ自分がいる。

「そうなんです。結構多いんでしょうか、お葬儀のあとの家賃の心配をされる方って」

伊織さんは首を振る。

「いいえ。ただ、近隣の庭付き戸建ての相場を知っていただけですよ。失礼ながら築年数からかなりのサービス価格だろうと計算をしました」

「相場を知っている、ということは、伊織さんもこのあたりに住んでいるんですか？」

立ち入った私の質問に、伊織さんは少し困ったように苦笑する。

「葬儀屋なら不動産の相場を押さえておくのは当たり前のことです。不動産だけではなく、様々な物の価格を知っておけば、お客様の身なりや生活環境から、どの程度のご予算が適当か判断し、無理のない金額のお葬儀をご提案できます。あとは月末が迫っていること、喪主様が小日向様に一時的にお渡しするには半端な金額だと思ったこと、などでしょうか」

箸を持つより簡単、と言わんばかりだが、充分すごいと思う。

「それよりも、お嬢様。本日はよくお休みください。お線香は長いものを藤原に用意させましたから」

「はい」

滲み出る気遣いに、温かいスープを飲んだような気持ちになる。

「伊織さん、本当に、ありがとうございました」

「いいえ。明日《みょうにち》も宜しくお願い致します」

伊織さんは、優雅にお辞儀をし、踵を返した。

「あの！」

踵を返した伊織さんを呼び止めた。

「万里江ちゃんの年賀状の意味はわかりませんか？　『季節を飛び越える』という部分です。叔母がどういう意図でこういう表現をしたのか、知りたいんです」

万里江ちゃん本人に聞けたなら、どんなに良かっただろう。けれど、それが叶わない今、伊織さんがこの年賀状の言葉をどう考えるか、知りたかった。伊織さんはこちらへ向き直り、微笑んだ。

「承知いたしました。少し調べてまいりましょう。恐らく、お花のことだと思います」

調べてわかる事柄なのか、私には見当もつかない。それに、今から調べたのでは伊織さんが眠る時間が無くなりそうだ。人の健康を考えるべき薬剤師である私が、睡眠時間を奪ってはいけない。

「ごめんなさい、無理を言ってしまいました。もし、分からなくても気になさらないでください。叔母の気まぐれ、ということもあります。伊織さんもちゃんと休んでください」

ふわり、とこれまでとは違う笑みが伊織さんの口元から零れた。執事の笑みではなく、何か面白いことを言われた、というような不意の笑顔。その表情はお線香の香りのなか、一瞬で消えていく。

「いいえ。謎を残したまま、ご出棺はできませんから」

決意表明のような声は、私に向けられたというよりも、万里江ちゃんの写真に向かって発せられたように感じた。いや、本当はもっと遠く、遺影のずっと遠くにいる誰かに、密かに誓ってみせたのかもしれない。それが誰なのかはまったくわからないけれど、伊織さんはどこか悲しげな表情のまま式場の隅に行き、照明の光量を落とす。

数年前に映画で、死んだ人たちが天国に行くまでを描いた作品を見たことがある。今の伊織さんの横顔は、生きている人の世界にも天国にも行けない死者のような寂しさを帯びている。もちろん、少し暗くなった空間のせいかもしれないけれど。

優しい顔をもう一度見たくなって、私は沈黙を破った。

「葬儀屋さんって……大変ですね」

ありきたりな言葉で、我ながら情けない。伊織さんは、壁際からこちらへ向き直り、頭を下げた。

「恐れ入ります」

伊織さんの表情は、元の穏やかな笑顔に戻っていた。寂しげに見えたのは、やはり照明のせいだったようだ。

「夜間に何か緊急の御用件がございましたら、本社直通の番号へお電話ください。それでは、私はこれで失礼いたします」

伊織さんがまた丁寧なお辞儀をする。私も慌てて、お礼を返す。

「ありがとうございました。おやすみなさい」

伊織さんが行ってしまうと、私は万里江ちゃんにもう一本お線香を手向けた。


長い一夜が明け、空が白む。

通夜の翌朝、私は万里江ちゃんの棺のふたを開けて、物言わぬ顔を眺めていた。時間が進むということがとても不思議だ。生きて喋っていた万里江ちゃんがどんどん思い出になっていく。

私は深夜二時くらいには眠気がこらえきれず、一度眠りについた。朝五時ころ、暁烏《あけがらす》の声が遠くから聞こえ、目が覚めた。父は疲れていたのか、昨晩二十二時を過ぎてからずっと鼾《いびき》をかいて眠り続けている。

時刻はもうすぐ朝八時。午前十時から告別式があり、十一時に火葬場へ向かう、ということだった。

「おはよーございます！」

朗々とした声に振り向くと、ワイシャツ姿の熊のようなおじさんが、式場の明かりをつけてくれた。閉め切っていたお清め場の扉を開け、窓のカーテンを開ける。

「川が見えますよ」

呼ばれて、お清め場へ行く。レースのカーテンの内側に入ると、確かに桜並木の連なる川が流れていた。江東区を流れるいくつもの川のうちの一つだろう。桜はちょうど見頃で、ひんやりとした朝の空気の中、しんと咲いている。

「そうだ。担当者からメモを預かっていましてね。喪主様でなく、お嬢様にと」

「伊織さんから？」

「ええ。伊織は朝、別件で出てしまいましたのでね。喪主様とお約束している九時には戻れるのですが、出社するなり、私に預けていきました。なるべく早くお渡ししたいって言ってましたよ」

どこかフランクな雰囲気の熊おじさんが、ワイシャツのポケットから折りたたまれた紙を取り出した。

Ｂ５くらいの大きさのさらりとした手触りの便箋だった。和紙、かもしれない。そこに線の細い綺麗な文字が数行、連なっている。目を走らせると、想像もしていなかった内容に胸が高鳴った。これが本当なら、本当に万里江ちゃんは季節を飛び越えたことになる。

「ありがとうございます」

熊さんへのお礼もそこそこに、控室に駆け込み、父を揺すり起こした。

「お父さん、起きて！」

「な、なんだ？」

高いびきだった喪主が目をこする。

「私、ちょっと出かけてくる！」

「出かけるって？」

「万里江ちゃんの家！」

「ええ？」

ぼさぼさ頭の父が目を見開いた。突拍子もないことはわかっている。でも早く確かめたくて仕方ないのだ。

「ちょっと、ちょっと待て、輪花。もう八時半じゃないか。母さんたちが来るのが三十分後だぞ」

「少し確かめたいことがあるだけだよ」

「小日向くんに電話するんじゃダメなのか」

「あ、その手があったか！」

私の叫び声に父が体をのけぞらせる。早速電話番号を教えてもらってかけてみた。なかなか出ない。

「……おはようございます」

まだ眠っていたようだ。申し訳なさも感じるが、伊織さんによって解かれた謎の答えを一秒でも早く教えたい。

「小日向さん、おはようございます。輪花です」

「ああ、昨日は色々、ありがとう。眠れないかと思ったら、家についてて服を脱ぐなり、ソファに倒れてしまったよ。電話してくれなければ、告別式に遅刻してしまったかもしれない。もしかして、伊織さんに起こせって言われたのかい」

「いえ、まさか」

結果的には目覚まし代わりになったが、とにかく今は小日向さんを驚かせたい。

「小日向さん、今から私の言う通りにしていただけますか」

「言う通りに？」

「難しいことじゃありません。カーテンを開けて窓の外を見ていただきたいんです」

「外？」

「お庭です。桜の木の下に」

カーテンを開く音が、サラサラと聞こえる。我慢できずに私は尋ねた。

「――向日葵《ひまわり》が咲いていませんか？」

式場の中を、低い音色のクラシックが流れている。

読経が終わり、間もなく出棺だ。参列した面々は、火葬場へ行く前にお手洗いを済ませるなどあわただしく動いている。

告別式が始まる前に、母は小日向さんに丁重に謝罪した。実は父が家賃を渡したことは、母は知らない。スーツケースに入っていたお金は、もともと小日向さんのものだった、と納得したようすだったので、父も私もそれ以上は説明していない。そもそも、家族でゆっくり話している時間が無かった。

今、伊織さんは、式場で生花を切るのを手伝いつつ、周囲に指示を出していた。式場内の椅子に花の籠がいくつか置かれ、そのひとつに小日向さんが持ってきた向日葵が一輪入っている。小ぶりだけれど瑞々しく鮮やかな黄色の花びらは、確かに季節を飛び越えて、夏から春にやってきたようだった。

私は胸がいっぱいだった。伊織さんにお礼や感動を伝えたかったけれど、告別式の前は打ち合わせや準備で忙しくしていて、話しかけることが出来なかった。

——どうしてわかったんですか？

この先、何度も問いかけることになるとも知らず、私の口の中にうるさい小鳥がスタンバっている。だって、まだ三月なのだ。同じ黄色でも菜の花ならいざ知らず、向日葵が咲くことを予言するなんて。

「喪主様、お嬢様」

藤原さんが私を呼び寄せ、祭壇に供えていた一膳飯とお団子を薄紙に包んで渡してくれる。

「最後のお別れです。入れて差し上げてください」

小日向さんも向日葵を持ってそばに来た。長くてふんわりした髪の上に、ぱっと明るく彩りを添える。万里江ちゃんは穏やかに微笑んだままだ。冷たい頬に私と小日向さん、そして父が、かわるがわる触れる。弟と母も、涙を浮かべてそれを見守っている。

すべての花を入れ終えると、最後の別れの時が来た。数分間、スタッフが式場の隅に控える。

さよなら、の言葉はどうしても出てこなかった。

だって。

だって。

「全部の季節を飛び越えて、いつか、まーちゃんのところへ行くからね」

小日向さんが安らかに眠る恋人に、はっきりとした口調で約束をする。

「それでは、御名残はつきませんがお蓋閉めとなります」

温かかった伊織さんの声が、磨かれた金属のように、緊張を帯びる。

白木の蓋をその場にいた全員で持ち、ゆっくり静かに降ろす。火葬場へ行ってお菓子を食べ、式場に戻って精進落としの料理を出され、お腹がはちきれそうな状態で父とふたり、骨壺《こつつぼ》と位牌《いはい》を万里江ちゃんの家へ届けた。

会食を断り一足早く帰っていた小日向さんが、小奇麗に片付いた居間へ通してくれる。

ちょっとレトロな家具が揃った、落ち着く空間。大きな窓のカーテン越しに、いつも柔らかな日差しの入る部屋だ。骨壺の入った桐箱《きりばこ》は、このあと伊織さんが来て飾り方を教えてくれることになっている。

「じゃあ、輪ちゃんが謎を解いたわけではないんだね」

伊織さんからメモをもらったことを話すと、煎茶を淹れる手を止めて、小日向さんは目を丸くした。

「はい。伊織さんです」

「どうしてわかったんだろう。夜中に覗きに来たんじゃないだろうね」

小日向さんも首を捻る。

「だからお棺に向日葵があったんだなあ。万里江の好きな花なのは知っていたけど、打ち合わせのときには季節外れで注文したくてもできなかったのに、と思っていたんだ」

父は今更、向日葵の出所を知ったようだ。

「いらっしゃったら聞いてみましょう」

私の言葉を待っていたかのように、玄関のチャイムが鳴る。小日向さんがドアを開けにゆく。一緒に出迎えると、長身をかがめるように、古い作りの家のなかに伊織さんが入ってきた。

「失礼いたします」

式場ではずっと綺麗に磨かれた革靴だったので、玄関で靴を脱いだ伊織さんの靴下姿は少し無防備で愛らしく思えた。向日葵のことには触れずに、床に座って『後飾《あとかざ》り』の説明をさらさらと話しながら、遺骨や位牌を飾る壇を組み立てていく。このまま、何事もなかったように帰ってしまうのかしら。もどかしくて、ついつい伊織さんの顔ばかりを眺めていると、ふっと視線が合った。

「ところでお嬢様、お庭はご覧になりましたか」

優しく微笑まれて、頷くのが精いっぱいだ。

「いかがでしたでしょうか、的を射ていたかどうか、自信が無かったのですが」

嘘ばっかり、と言いたくなるほど穏やかで自信に溢れた口ぶりだ。

「本当に向日葵が咲いていましたよ。ほら」

カーテンを引く。ついでに窓を開けた。

たっぷりと薄紅《うすくれない》の花を纏う小さな桜の樹の下に、小ぶりの向日葵が、五、六本、大きさはまちまちであるが咲いている。よく見ると葉は色あせていて、夏のような勢いはない。寒さに萎れかけたような葉もついている。すでに花の終わったものもあった。

「叔母が冬に種を蒔《ま》いたってことですね。それがたまたま、桜の季節に咲いて……」

まだ吐く息も白い季節に、庭の土を掘る叔母を思うと、切なさが押し寄せる。伊織さんは目を伏せ、ゆるやかに首を振った。

「たまたま、ではないと思います。万里江さまが時間を逆算して意図的に行ったサプライズです」

澄んだ声音できっぱりと言う。

「どういうことですか？」

「向日葵は種を蒔いて六十日で咲く、という特性があるのです。冬なので、もう少し時間がかかったと思いますが、おそらく、何年も実験して微調整したのではないでしょうか。

移植を嫌う植物でもあるので、温室で育ててまた植える、というのも難しい。せいぜい、数センチの苗までは室内で育て、大きくなってからは外で寒さ除けを設けたり、さまざまな工夫を凝らしたはずです。その証拠に、おそらく、植えられているのは一種類ではないでしょう」

「一種類じゃない？」

網戸を開け、庭へ出てみた。風はまだ冷たいが、日差しはすっかり春めいている。室内からはわからなかったが、確かに数本は少し花びらの色が濃く、オレンジに近い。よく見ると赤紫のものもある。他にも八重咲であったり、先端が枝分かれして、いくつも花をつけているものも。

「さまざまな品種を、少しずつ時期をずらして蒔いたのでしょう」

叔母は何年か続けて、実験をした。そして今年、成功する見込みができた。だから、あの年賀状を年末にしたため、みんなに送ったのだ。

「寒い時期に……こんなことするから、風邪ひいたんだよ」

まーちゃんのバカ。

「きっとみなさんを驚かせたかったんですね」

額をくすぐった風が、くるくると空に昇って行く。

きっと万里江ちゃんは最後まで、みんなをびっくりさせてやるぞ、と意気込んでいたに違いない。小ぶりの向日葵たちを、さも眩しそうに見つめながら、伊織さんは続けた。

「向日葵は大きなひとつの花のように見えて、実際は花弁のない小さな花が規則正しく並んで咲き、秋には無数の種を実らせます。向日葵の花言葉は『あなただけを見つめる』が有名ですが、『未来を見つめて』という言葉もあるそうです。花は咲いて終わりではありません。きっと、万里江さまは花が終わった後も、沢山の未来を楽しみにされていたのだと思います」

私は驚いて目を見開いた。忘れかけていた記憶が、小さな陽だまりに浮かび上がる。大学で友達ができなかった私を励ました時、万里江ちゃんがほとんど同じ台詞を言っていたのだ。

『向日葵は、ただ太陽が好きで追いかけているわけじゃないのよ。未来のために、実りの季節のためにたくさんの光を浴びようとしているの』

未来を見つめて小さな努力を重ね、ひとつひとつを自分の実りに変える大切さを、万里江ちゃんは教えてくれたのだった。

振り返ると、向日葵が太陽を追いかけるように、私は薬剤師の国家資格を得ることを目標にし、達成することができた。でも、次のゴールを見つけられずにいるような気がする。理想の薬剤師像も、最初はあったはずなのに、今の私はそれがぼやけてしまっている。

追いかけるべき太陽を見失ったまま、仕事を続けていたことに、いま気が付いた。ゴールがどこなのかはっきりしないのに、走り出したい気持ちだけがいつもあった。

向日葵に向かって、私は手を合わせて感謝する。もう一度、自分と向き合ってみなくちゃいけない。私のゴールはどこなのか。

「伊織さん、どうして向日葵が咲いていると思われたんですか」

窓辺に腰を下ろし、伊織さんを振り返る。伊織さんは、正座の姿勢を崩さずに床に掌をついて、すっと体をこちらへ向けた。

「喪主様とお打ち合わせの際に、故人様は夏のお花が好きで、祭壇に飾れないかとご相談を受けました。向日葵のほかにも、百合や紫陽花もお好きだと。年賀状には、一緒にお花見をしましょう、と書いてありました。つまり、桜の時期に、ひとつ先の季節、夏の花を咲かせようとしているのか、と考えたのです。百合や紫陽花は温室でも育てられますが、桜との対比を考えると、インパクトに欠けます。それに、何よりの決め手は「咲く時期を調節できること、ですね」

先程までの話を振り返って私が言った。

「それも理由だと思いますが、一番は、小日向様に名前と外見が似ているからかな、と」

伊織さんの言葉に、お茶を啜《すす》っていた小日向さんがむせる。

なんだか納得。私もときどき思っていた。万里江ちゃんが小日向さんを選んだのは、小日向さんの名前や髪形が、大好きな向日葵に似ているからじゃないかって。だから、その特別な花を、桜と同時に咲かせたいと思ったとしても、まったく不思議はないのだと。

「伊織さん、どうしてたかが一枚の年賀状について、そこまで深く考えてくださったんですか？」

父が尋ねた。すでに亡くなった人の過去の言葉。ちょっと不思議だけれど、特段大きな秘密があるとも思えないようなことを。

「さあ……私にもわからないのです。お嬢様がお尋ねになったから、としか」

伊織さんは、すみません、と小さく詫びた。

「謝らないでください。私たち、救われました。一歩間違えば、この向日葵は誰にも気づかれず、枯れていたかもしれないんです」

「どうでしょう。私などがお節介をせずとも、小日向様が気づかれたかもしれませんし」

では、そろそろ失礼致します、と立ち上がり背を向けた。自然な切り上げ方に見えて、私たちとそっと距離を取ろうとしているのがわかった。当たり前のことだ。葬儀が終われば彼にとって私たちは客でもなんでもない。不必要に喜ばれたり慕われても困るだろう。でも、それならなぜ、出所不明のお金の正体を言い当てたり、亡くなった人の言葉について、謎解きなんてやってみせるんだろう。

「いつも、こんなことを?」

つい、尋ねていた。伊織さんは不意を突かれたように私を見た。猫だましでも食らったかのように、目をぱちぱちとしばたかせる。

「こんなこと、でございますか」

「はい」

「出過ぎた真似をしたことに、お怒りですか?」

「違います。伊織さんは昨夜、『謎を残したまま出棺はできません』とおっしゃっていました。限られた時間で謎を解くには、冷静さを保って、心を研ぎ澄まさなくちゃいけないですよね。

でも……お仕事の度、誰かのために心を律して考えて、伊織さんには何が残るんですか？　全ての謎を解いたあと、何も残るものが無かったら、伊織さんが悲しいんじゃないかと思ったんです」

論理的じゃない台詞だと、自分でもわかっていた。けれど、立ち去ろうとする背中が、親族を亡くした私たち以上に寂しそうに見えてしまい、言わずにはいられなかった。

「私が、でございますか」

伊織さんの瞳は黒く見開かれ、戸惑うように揺れた。

「輪花、何を言っているんだ。お忙しいんだぞ。そんなわけのわからないことを言って、中学生じゃあるまいし。お前らしくないぞ。すみません、伊織さん」

父が間に割って入ろうとする。

「いいえ」

伊織さんは爽やかな笑みを浮かべる。先程の戸惑いの表情は掻《か》き消えていた。

「ご安心ください、というのも可笑しいですが、故人様の全ての謎は、私がいくら頑張っても解けないでしょう。それに……葬儀屋が悲しみに染まっては、御葬家様のお手伝いができません。私たちは、たとえ悲しいという気持ちを抱いたとしても、しっかりと胸の奥にしまって、勤めております。それでは、失礼いたします」

深く一礼し、伊織さんは玄関を出て行った。

身から出た錆《さ》びではあるが、改めて距離を置かれたことに私は落ち込んだ気分になる。

葬儀屋さんは、人の悲しみに日々向き合う仕事だからこそ、スタッフが感情に引きずられては務まらない。でもじゃあ悲しい時は、どうするんだろう。どんなときも微笑んで、謎があったらそれに挑むというのだろうか。

考えれば考えるほど、胸が苦しくなって万里江ちゃんの遺影に助けを求める。

自分が幸せでなければ、人を幸せにすることはできない、ならば、自分が悲しみを胸に仕舞い込めば、他の誰かを悲しみから救えるのだろうか。万里江ちゃんの微笑みは物言いたげでありながら、答えを教えてはくれない。

「さて、夕飯はどうする？」

父が太平楽に伸びをする。仕事に戻る気をすっかり失くしてしまったようだ。

「ここで、お酒を買ってきて、花見酒はいかがですか。まーちゃんも一緒に」

小日向さんが言う。

「じゃあ、家に車を置いてきますよ。輪花はどうする」

「ここにいてもいいかな？」

「好きにしなさい。では、後程」

父が出ていくと、私は小日向さんとふたり、桜と向日葵の咲く庭に向かって座った。

春風の中、お線香の匂いが漂う。

「今頃、旅の途中なのかな」

昨日の旅支度を思いだす。杖をついて、編笠を被って、天国までの旅をしている万里江ちゃん。

「転んでないかな」

「ドジだからなあ」

「でもまだ、案外、すぐそばにいるかもよ」

「そうかもねえ」

午後の陽光のなか、向日葵の黄色が眩しくて目に染みた。桜の花を透かして仰ぐ空は、澄んだ深い深い青。

もうすぐやってくる、沢山の花の季節を。

万里江ちゃん――私はこれからも、あなたと重ねてゆく。

# 第2章　幻を信じて

肩を激しく揺さぶられて目を覚ました。ぼやけた視界に、親友の菜々子《なな こ》の顔がゆっくりと像を結ぶ。

「輪花、あんた大丈夫？」

ぽかん、と辺りを見回す私に菜々子が問う。昨晩、うちに泊まりに来てくれて、ガールズトークに花を咲かせたのだった。

「うなされてたよ」

カーテンはもう開けられていて、四月の終わりの爽やかな朝日が差し込んでいる。

「夢に伊織さんが出てきた」

真っ暗な道の先へ、独り旅立とうとする伊織さんを引き留める夢だった。万里江ちゃんの家で見たのと同じ、拒絶と深い悲しみを纏った背中が、どんどん遠ざかる夢。菜々子は呆れ顔でため息をついた。

「ホントになんなのよ、その伊織ってやつ。輪花を誑《たぶら》かして。許せないわ」

菜々子は、伊織さんを悪徳葬儀屋だと思っている。理由は私が転職を決めたから――葬儀会社に。

薬剤師を辞めて葬儀スタッフに転職すると打ち明けると、菜々子の口からは「なんで」「どうして」と弾丸のごとく質問が飛び出した。前回のＭＲから薬剤師への転職と違い、せっかく取得した国家資格を使わない職業だから、驚くのも無理はない。遡れば、薬学部に合格した時や国家試験に合格した時、菜々子はいつも私以上に喜んでくれた。

だから、ゆっくりと一晩かけて私の心境と決心を語るつもりだった。万里江ちゃんの葬儀で起こったことを話し、藤原さんのホスピタリティや伊織さんの推理について、言葉を尽くして伝えた結果……伊織さんは彼女の中で『悪徳葬儀屋』になってしまった。菜々子は少しだけ、頑固なところがあるのだ。

「誑かされたわけじゃないよ」

私が目をこすりながら、異を唱える。仕事は仕事、恋愛は恋愛だ。

万里江ちゃんのお葬儀のあと、私は自分の人生と仕事について、じっくり考えてみた。薬剤師、という専門職から一度離れて、自分がどんな人間になりたいのかを自問したときに、まず最初に浮かんだのはやはり万里江ちゃん。その次に、お葬儀でアシスタントをしてくれた藤原さんだった。穏やかで優しくふわふわした印象の万里江ちゃんと、常に周りに気を配り、きびきびと仕事をこなす藤原さんの共通点は、きっと仕事をしている自分に誇りを持っているところなのだと思う。

仕事に誇りを持つことと、自分自身に誇りを持つことは、似ているようで少し違う。どちらも素晴らしいことだけれど、私は後者の境地を目指したいんだと、今回のお葬儀を通して感じた。

「昨夜《ゆうべ》はうまく言えなかったけど、お通夜の間に藤原さんや伊織さんに感じたのって、心と心の……ううん、真心と真心のやりとりだったなあ、って」

一晩眠ってすっきりした頭が、一番ピンとくる言葉を見つけ出した。美辞麗句じゃないリアルな『真心』が、お通夜の日に自分が受け取ったもののような気がする。

「まごころ、ねえ……私は、良いイメージないけどな、葬儀屋さんって」

菜々子は昨夜に引き続き、憮然としている。心配してくれているのだろうから、ちゃんと説明して、安心してもらいたい。でも、理屈ではない感情を説明するのは結構苦手だ。

「私も両親もすごく助けられたんだ。伊織さんや藤原さんがいなかったら、きっとただただパニックで、万里江ちゃんの思い出に浸る間もなく、お別れになっちゃったと思う。向日葵にも気づけなかっただろうし」

私も、万里江ちゃんのお葬儀をする前は、『葬儀屋さん』といえば、黒い服をまとった陰鬱な雰囲気の人達が、あれよあれよという間に家族を葬ってしまうような、よくないイメージを持っていた。けれど、なごみ典礼の人たちは、細かな気配りと、丁寧なサポートをする『儀式のプロ』だった。予想外に人数が増えて慌てる両親を安心させ、親族同士の揉め事もぎりぎりまで踏み込んで話を聞いてくれ、心配してくれた。

お葬儀を通して一番、救われたのは小日向さんだろう。私は週末ごとにお線香をあげるため、万里江ちゃんの家へ通っているのだけれど、小日向さんは度々、伊織さんの話をする。もし、小日向さんが香典泥棒の濡れ衣を着せられたままだったら、西宮家との縁は切れてしまっただろう。万里江ちゃんの庭で向日葵を見つけることもなかったと思うと、伊織さんへの強い感謝の気持ちが沸き起こる。

菜々子は、ふうん、と目を細め、深く息をつく。

「まあね……輪花は叔母さんのこと大好きだったから、すごく落ち込んでるだろうと思ったけど……案外、元気なのは、お葬儀屋さんたちのお陰なのかな」

認めたくないけど、という口ぶりで呟く菜々子が可愛らしく見えて、私は彼女の肩を軽く揺さぶる。

「元気が出たのは……菜々子と話せたからだよ」

「ふーんだ、伊織さんの夢見てたくせに」

頬を膨らませて立ち上がる菜々子の膝に、私が抱きつく。

「もう、拗ねないでよお」

菜々子に反対されたとしても、実はすでに転職は決定している。自分でも思い切ったことをしたものだ、とちょっとびっくりしているけれど、三月のうちになごみ典礼の葬儀アシスタント求人に応募した。すると、あれよあれよと書類選考も面接も合格し、五月から採用されることになった。

調剤薬局の店長には昇給時期を早めるから考え直さないか、と引き留められはしたものの、私の気持ちが変わらないことを伝えると案外円満に手続きが済んだ。ただ、常連のお客様の中には「寂しくなるわ」と残念がってくださる方もいて、私も後ろ髪引かれる思いだった。同僚にしっかりと丁寧に引継ぎをするなかで、少しずつ気持ちの整理をつけていった。

「ほら、朝ヨガやるんでしょ。着替えて行くよ」

菜々子はヨガのインストラクターを目指している。万里江ちゃんのお葬儀以来、食欲が落ちてしまった私を元気づけようと、朝の公園でヨガをやろうと提案してくれた。

「ごめん菜々子、ちょっと待ってて。顔を洗ってくるよ」

「朝の太陽は特別なパワーをくれるからね。急いで！」

高校時代からの長い付き合いなので、遠慮がない。昨夜も、転職について忌憚《きたん》のない意見を披露してくれた。

『せっかく薬剤師免許を持ってるのに、高卒から募集している仕事をするわけ？　時給千二百円って、ずっと実家暮らしをするつもり？　しかもお葬儀が毎日あるわけじゃないなんて、不安定すぎる。そもそもお葬式中に葬儀屋に一目惚《ひとめぼ》れして転職するなんてありえない！　なんなの、その伊織ってやつ！』

鼻息荒く一刀両断されて、むしろ清々しいほどだ。一方、私の反論は何だかとって付けたようなものになってしまった。

『節約するし、貯金も少しならあるし、葬儀屋の仕事そのものに魅力を感じている』

菜々子はこれにも、ふうん、と不満気な表情を見せたものの、万里江ちゃんと藤原さんのことを話すと最後は納得してくれた。親友に話した効果は絶大で、いま気持ちはすっきり整っている。様々な苦言を呈されても、葬儀アシスタントになってみたい気持ちは変わらなかったことに、自分でも少し驚いた。

安定した収入を失い、将来性もあるかどうかわからない。これまで計画的に勉強し、国家試験や就職試験に挑戦してきた自分とは全く違う、無鉄砲な自分がいる。

無鉄砲な私の決断に、豆鉄砲を食らったような顔を見せたのは両親だった。母は、冗談だと思ったらしく、きょとんと私を見た後、ころころと笑い転げた。

「それは面白いわね。でも冗談だけにしておきなさい」

なんとなく予想はしていたけれど、母は私の話をなかなか本気として受け取ってくれず、ほとほと悩んでしまった。最終的には、少し金額は減るけれど今後も家にきちんとお金を入れる、という約束で、納得してもらった。

「薬剤師免許が無くなるわけではないものね」

こぼしつつも、母は内心まだがっかりしているようだ。陰日向となって娘を支え、薬学部へ入れてくれた苦労を思うと、私も申し訳なく思っている。

父は、万里江ちゃんの急逝で思うところがあったらしく、しばらく考えてため息をつき、私の目を見て、短く告げた。

「後悔のないように頑張りなさい」

はい、と答えた言葉の重さが、いつまでも耳の奥に響いている。

公園の芝生にヨガマットを広げて座る。菜々子の声に耳を傾け、太陽に顔を向けた。体をめいっぱい伸ばして深呼吸する。

仕事は仕事、恋愛は恋愛。そのつもりでいるけれど、確かに伊織さんが万里江ちゃんの家で見せた表情は、未だに気にかかる。

『悲しいという気持ちを抱いても胸の奥にしまって、勤めております』

寂しげな顔が、ときどき思い出されて私の胸を刺す。恋愛というほどの熱い感情ではないけれど、振り払っても消えてくれない。

手のひらから、陽光の暖かさがじわりと伝わり、腕の先からゆっくり体に熱が伝わる。体を折って、地面に顔を付け、目を閉じる。冷たいと思っていた地面も少しだけ暖かい。

異業種に飛び込む怖さがないわけではない。新しい世界で、何か掴める保証もない。大失敗して大怪我するかもしれない。「やめておきなよ」という声に、うまい説明も見つからない。

「今度はうちにおいでよ。話聞くし」

菜々子が、振り返ってニヤっと笑った。もう決めた、と言いつつ、不安な私の気持ちを見抜いたらしい。

「菜々子……」

「ずっと突っ伏してるから、なんか悩んでるなーと思って」

私は慌てて体を起こし、肘に手を当てる。何ポーズも遅れていたようだ。

「自分のペースでやっていいんだよ、人に合わせる必要はない。順番も替えてOK。だけど、ちゃんと呼吸は続けてね」

菜々子のアドバイスに少しほっとして、もう一度、地面に額を付けてみる。玉砕覚悟で行ってみよう。何も掴めないかもと心配するのではなく、できることは全部やってみればいい。

菜々子に心でお礼を言いながら、またゆっくりと顔を上げた。きらきらと光るような風が、芝生を通り抜けていく。


入社日の五月一日は『なごみ典礼　清澄会館』でお通夜の見学をすることになった。叔母である万里江ちゃんのお葬儀をした会場であり、初めて伊織さんと出会った場所だ。

面接時に人事の方から聞いた話では、最低でも一ヶ月は研修期間となり、見学を何回か重ねてから、先輩スタッフについてお仕事を開始する、ということだった。勤務地は清澄会館ばかりではなく、お葬儀専門の会館を転々とする。

事前に教えてもらった裏口から入る。といっても、非常階段だ。お式があるときは施錠が外され、スタッフの出入り口になっている。まずはお通夜の料理などを準備するパントリーへ向かう。

「失礼します」

なるべく明るい声で挨拶をして入ると目の前に、肌色の巨大な塊が……。

「んん？　新人さんやん。ノックしてやー」

巨大な塊はむくむくと膨らみ、布を被った。すぽん、と顔が出てこちらを向く。顔も体もまんまるのおばさんが、着替えていたみたいだ。

「あんたも早《は》よ着替えんと。タイムカード押せなくなるで」

「あ、はい」

制服での通勤は禁止されているから、私服から毎回着替えなければならないとは聞いていたけど、ここで着替えるのは抵抗がある。鍵もかかっていないし、あんまり露出したくない。高校時代、教室でジャージに着替えたことを思い出す。

関西弁のおばちゃんは、コンパクトを取り出し、パウダーで顔を白く塗りつぶしていく。

「配膳担当の末広八重子《すえひろやえこ》です。ここでは古株や。あんたは？」

「西宮輪花です。よろしくお願いします」

「ああ、藤原さんが研修担当する子やね」

「研修担当って、藤原さんなんですか？」

思わず手をぱちんと鳴らした。研修担当は先輩スタッフ、としか聞いていなかったので、嬉しさもひとしおだ。

「なんや、知っとるん？　藤原雅《みやび》さんを」

末広さんは目をしばたかせた。

「はい、叔母のお葬儀を担当してもらって」

説明しかけたちょうどその時、パントリーの扉が開き、つかつかとヒールの音が響いた。

「おはよう」

白いカットソーにふわりとベージュのスカーフを靡《なび》かせて、藤原さんが入ってきた。

「おはようさん。研修の子、来とるで」

「研修？　あら、今日からだったの。もう〜本部から聞いてないわよ」

荷物を奥にある棚に置きながら、唇を尖らせる。

「鎌谷《かまたに》家の施行がまた延びたらしいからな。連絡忘れたんやないの」

末広さんが電気ポットに水を注ぎ、声を張り上げた。

「まあ、いいわ。ごめんね、あなたが悪いわけじゃないのよ……あら」

私に向き直ると藤原さんは、目を見開いた。

「お会いしたことがあるわね」

「はい、三月に叔母のお葬儀でお世話になりました。西宮輪花です」

「ああ……お香典が無くなった西宮家のご長女ね」

ふっと一瞬、ローズピンクの唇がほころんだが、すぐにきりっと引き締まる。

「この仕事はきついわよ。大丈夫かしら」

私は頷いて頭を下げた。

「はい。頑張ります。宜しくお願いします」

驚いたことに、藤原さんはこの会話中にさっさと着替えを済ませていた。脱いで着る、一連の動作がものすごく素早い。制服はブラウス以外、会社からの貸与物《たいよぶつ》だ。ジャケットとネクタイ、スカートがある。

「藤原さんはパンツスーツなんですね」

「冷え症だからって文句言って自前で用意したのよ。あなたも好きな方を選べるけど、スカートの方が似合うんじゃないかしら」

ネクタイの結び方を教えてもらい、着替えが済むと、末広さんが待ちかねたようにパントリーを出ていこうとする。

「着替えたら事務所へ挨拶や」

ついて出ようとする私を、藤原さんが引き留めた。

「待って。その前にお寺様のお部屋を確認するのよ」

非常階段の手前にある小さな和室がお坊さんの控室だった。格子戸をノックし、返事がないことを確認すると、藤原さんは中へ入り、明かりと空調をつけた。

「煙草臭いわね」

窓を少し開けると、暮れ始めた空からひんやりした風がするりと流れ込む。

「私たちアシスタントは、葬儀の担当者の手が回らないような細かい所をチェックして、不備のないように整えるのが、第一の仕事よ」

きれいに整えた前髪を夕風に揺らして藤原さんが微笑む。

「窓は事務所から降りてきたら閉めましょう」

忘れないように、と控室のドアを大きく開けたまま、階段で事務所へ移動した。伊織さんに会えないだろうか、と淡い期待を胸に事務所のドアを開ける。

「おはよーん」

くるり、とデスクチェアを回転させて振り向いたのは、ぽっこりとお腹が目立つ男性だった。万里江ちゃんの葬儀の時に伊織さんのメモを渡してくれた熊おじさんだ。

「本日より研修を受けております、西宮と申します」

「館長の権藤《ごんどう》です。三月に葬儀でここに来てたんだって？　明日、本部から書類が来るみたいだから取りに来てね」

権藤館長は愛想よく笑顔を向けた。葬儀屋さんって暗い人が多そうだと勝手に思っていたけど、そんなことはないみたいだ。事務所の中にはタイムカードと葬儀の予定が書かれたホワイトボード。お線香らしき箱や、さまざまな書類の入った引き出しなどがある。お香典返しの段ボール箱も積んであって、ところ狭し、といった感じ。

「今日の担当は、清水《しみず》くんね」

ホワイトボードを見上げながら、藤原さんが呟く。私はどこをどう見たらいいのか、さっぱりだ。藤原さんが助け船を出してくれる。

「ここにお式の受注内容が書いてあるから、メモして手元に控えておくの。まずは日付と故人様のお名前と性別。名前だけじゃ性別がわからないこともあるから、しっかり確認してください」

今日私が見学するお式の故人様は『辻森薫《つじもりかおる》』様という。藤原さんが言うとおり、『薫』という名前なら、女性も男性もいるだろう。ホワイトボードには九十歳、男性と書いてある。

「明日の告別式の開式時間と出棺時間、火葬場。これも確認してね。あとは礼状数とお料理の内容と数。だいたい何人くらいお見えになるか把握しておくのよ。今日は礼状が五十枚。礼状というのは返礼品の中に入れる葬家からの挨拶が書かれたもののこと。あとで実物を見せるわね」

私が、はい、と返事をしたところで、事務所のドアが勢いよく開き、男性の声が溌剌《はつらつ》と響いた。

「お疲れっす！」

「清水くん、遅かったね」

権藤館長が、咎《とが》める風でもなくのんびりと声を掛ける。

「いや、今日は忙しいんっすよ。係長や課長はみんな有給とって休んじゃって」

つんつんと整髪料で固めた頭を掻き、清水さんは苦笑した。

「初めまして。西宮と申します」

「清水です。同い年くらいですかね？　俺、二十五歳です」

愛嬌のある物言いに、ついついペースに巻き込まれる。

「私は二十六歳です」

「そーなんすね。宜しく。今日の御葬家はみんな良い人たちですよ。宗派は曹洞宗。お寺は葬家手配です」

「葬家手配……ですか？」

「菩提寺ってことだよーん」

館長が欠伸《あくび》をしながら教えてくれた。なるほど、万里江ちゃんのときはお葬儀屋さんの紹介したお寺様だったけれど、今回は菩提寺が来る、ということらしい。清水さんはホワイトボードに何か書き足す。

「お寺様に今日電話したんですけど、明日はナノカコミって言ってました」

「ああ、そうなの。ゴールデンウィークですもんね」

藤原さんは納得しているけど、私はまた意味の分からない単語の登場で目をぱちくりさせてしまう。

「あの、ナノカコミ、というのは、どういう意味ですか」

「繰り上げの初七日法要を告別式と一緒にやってしまうことを『七日組み込み』というの。ちょっと縮まった言い方が『七日込み』。火葬場から戻ってきてからやる場合は『戻り初七日』ということが多いわね」

藤原さんが教えてくれた。完全に業界用語だ。辻森家のお通夜では、ずっと聞きなれない言葉が飛び交い、私のメモ帳のかなりのスペースが埋め尽くされた。例えば、『白木《しらき》の位牌《いはい》』は通夜から使う仮の位牌だ。仏壇などに飾る黒い本位牌《ほんいはい》に切り替えるのは四十九日法要のあとになる。白木の位牌は、お客様からその分の料金をもらっている。なので、お寺様が位牌を用意してきた場合、葬儀屋さんが新品の白木位牌を代わりにお渡しする。

「故人様に、ご挨拶しましょう」

重たい扉を開き、準備の整った式場へ入る。眩しいほどの照明に照らされた祭壇に、故人様の遺影が飾られていた。祭壇の前に、紫の覆いが掛けられたお棺がある。九十歳の、辻森薫さんが亡くなってそこにいるのだと思うと、緊張で思わず拳を固く握っていた。藤原さんは遺影に手を合わせ、棺にも合掌して窓を開く。故人の顔を静かに眺め、私を手招きした。

「とても安らかなお顔よ」

見知らぬ他人のご遺体を間近で見るのは、正直に言って怖かった。勇気を奮い立たせて、藤原さんの隣に行く。ドキドキと心臓が鳴る。覚悟を決めて窓を覗くと、肌のつやつやとした、まるで眠っているようなおじいさんがいた。口元が少し笑っているように見える。

「お疲れ様でした」

藤原さんが、おじいさんへ声を掛けた。長い長い九十年の人生。その中に私たちはいないけど、今日と明日、短い時間を一緒に過ごすのだ。そう思うと怖さは消えた。

「怖くはない？」

不意に尋ねられて、首を振った。藤原さんは優しい手つきで棺の蓋を閉める。

「じゃあ、きっと大丈夫ね。初日は怖くて式場の扉から入ってこられない人もいるから」

ほどなく故人様のご家族が到着し、その後はあれよあれよと、お通夜の支度が始まった。

「西宮さん、そもそも、『お通夜』『お葬儀』『告別式』ってそれぞれどういうものか、わかる？」

パントリーでお茶の急須に湯を注ぎながら、藤原さんはちらりと私を見た。

「え？　ええっと……お通夜が夜で、告別式がお昼で、お通夜と告別式のワンセットがお葬儀じゃないんですか」

答えながら、自分の認識に自信が無くなってくる。基本的なことすぎて、今まで調べてみようとも思わなかった。藤原さんは、急須にお湯を注ぎ足しながら、流れるように説明してくれた。

「『お通夜』は、故人を親しい人間が囲む時間を一晩設けることね。本来は一晩中だったのが、現代では簡略化されて、だいたい二十一時には通夜振舞いも終わるわ。『告別式』は、故人に別れを告げるお式のことで、主に仏式のときに使われる言葉。仏式でも浄土真宗は告別式、という言葉を使わないし、神道だと葬場祭《そうじょうさい》というの。だから、告別式やその他の御出棺前の儀式をひっくるめてお葬儀、と呼ぶ、と覚えたほうがいいわね」

宗教や宗派について、深く考えたことがなかったけれど、細かな違いがたくさんあるようだ。人が亡くなったら行う儀式が葬儀だと思っていたけれど、そんな単純なものではないらしい。藤原さんは急須を置き、湯飲みをひとつ、すっと私に差し出す。

「頑張って覚えてね。お客様にはベテランも新人も関係ないから」

「はい」

頷いて、差しだされたお茶を受け取る。

「なごみ典礼のお茶は静岡の美味しいものを使っているから、自信を持ってたくさんお出ししてね。飲んでみて」

とろりと濁った濃いめのお茶を口に含むと、苦味のあとから爽やかな甘みが感じられた。

「美味しいです」

「でしょ。じゃあ、これ、お願い」

早速お盆を渡され、ご家族にお茶を出すのを手伝った。藤原さんは受付の準備と説明をし、式場のセッティングにチェック、お寺様のお迎えとお茶出しを、難なくこなしていく。

私はご家族にトイレの場所を尋ねられ、しどろもどろでご案内したほかは、邪魔にならない場所で進行を見学する。自分が遺族として参列した時にはない緊張感で体がカチカチに固まっていた。

「顔が怖いっすよ」

読経のあと、見かねた清水さんがこっそり注意してくれた。体だけでなく、顔の筋肉もいつの間にか硬直していたみたいだ。

「すみません、すごく緊張していて」

「ドンマイっす。あ、あそこの男性の方、お帰りになるみたいだから、エレベーターのところでお見送りしてください」

はい、と飛んでいき、エレベーターのボタンを押す。普段通りに振舞おう、と深呼吸する。お客様がエレベーターに乗り込み、ドアの閉まり際、藤原さんの動きを思い出し、深くお辞儀をした。

「お大事に！」

ドアの向こうで、お客様がぽかん、と口を開けたのが見えた。清水さんが笑いをこらえながら尋ねる。

「今のは……」

「間違えました……前職の癖なんです。重ね重ね、すみません！」

やってしまった。誰にでも『お大事に』と言ってしまうのは、薬剤師の職業病だ。

「『重ね重ね』、は忌み言葉よ。使わないように気を付けてね」

いつの間にか会話を聞いていた藤原さんに釘《くぎ》を刺されてしまった。非日常のお葬儀の現場は、言葉選びも気遣いが必要みたいだ。

ひどく疲れたけれど、翌日の告別式も見学するかと聞かれて、お願いした。早く独り立ちしないと、伊織さんに会えないような気がしたからだ。

次の日の告別式も、緊張しながら臨んだ。エレベーターホールの窓からカーテン越しに陽の光が射し込み、人の出入りも緩やかで、時間が経つにつれ、お通夜よりも落ち着いた気持ちになっていった。昨夜忙しくしていた藤原さんも、式場を駆け回る故人の曾孫《ひまご》たちを眺め、目を細めている。

「賑やかね。元気いっぱい」

清水さんは、時折子供たちに囲まれ、折り紙や塗り絵を見せられてはニコニコと褒めていたが、襲来の隙を縫って私と藤原さんの方へやってきた。

「そうそう藤原さん、例の鎌谷家、明日になったみたいですけど、連絡きましたか」

清水さんが小声で囁くのが聞こえた。鎌谷家、という葬家名は確か昨日も聞いた気がする。

「ええ。今朝、権藤さんから聞きました。葬家とお寺様が揉めてるのよね。礼状は二百でそこそこ規模が大きいけど、実際は二百名も来ないらしいから、本来なら西宮さんも出勤させるところだけど」

「そうっすね……揉めてるといっても相手は尊明寺さんだから、最終的には折れてくれると思いますけど。伊織さんは自分が受注したから通夜の担当をするって言ってましたよ」

伊織さんが担当者、と聞いて、ぱっと目の前が明るくなった気がした。転職早々、一緒にお仕事が出来るかもしれない。

「私、見学させていただきたいです、鎌谷家」

図々しく名乗り出た私を、藤原さんが制する。

「それは伊織さんが決めることよ。あなたはまず、辻森家を最後までしっかり見ていなさい」

ため息混じりに返されて、少々落ち込む。ちょっと考えが甘かったみたいだ。しかし私は、自分の本当の甘さをまだ分かっていなかった。

私がギブアップしてしまったのは、最後のお花入れだ。お棺の蓋を閉める前、示し合わせたように、曾孫たちが故人様の顔元に集まった。いち、にい、さん、と小学生くらいの一番大きな女の子の号令で、子供たちは『大きな古時計』を歌い始めた。元気いっぱいで少し調子はずれな歌声が、あどけない。

曲が進むにつれ、大人たちの微笑みと啜り泣きが式場内に満ちた。生前、薫様が曾孫たちと楽しそうに遊ぶ様子が目に浮かぶ。戻らない時の切なさが、万里江ちゃんを失った心の穴へぴったりと重なるのに時間はかからなかった。あっという間に、悲しみの渦が私を捉える。動揺せずにはいられなかった。会いたい、また笑い合いたい、何気ない日々を一緒に過ごしたい。叶わない願いが怒涛のように押し寄せる。上を向いても下を向いてもダメだった。瞳から涙の粒がぽたぽたと落ちていく。

「西宮さん」

藤原さんが、そっと肩越しに囁き、式場の外を指さした。

「パントリーで待ってて」

私は結局、辻森家のご出棺を見届けることはできなかった。会葬者が去り、静かになった建物で、見学さえままならなかった自分が情けなくてまた泣いた。小さな咳払いとともに、藤原さんが戻ってきて私の背にポン、と手を置いた。

「貰《もら》い泣きしすぎ」

顔を上げると、清水さんも藤原さんの傍らにいる。

「最初はそういうもんっすよ。お客様に共感することは大事なことなんで、その気持ち、大事にしましょーね」

明るい声に頷いたものの、担当者に心配されるアシスタントに、果たして伊織さんが鎌谷家の見学を許してくれるだろうか。

「西宮さん。気持ちを切り替えて、今度はお掃除をしましょう。見学じゃなくてお仕事。お葬儀は待ってくれないのよ」

藤原さんが古いタオルの切れ端を濡らして渡してくれる。ここで帰されるのかと思っていたので、仕事をもらえて嬉しかった。これが藤原さん流の優しさなんだろう。万里江ちゃんも、私が相談に行くと、掃除や道具の手入れなどの仕事を少し手伝わせてくれたっけ。藤原さんと万里江ちゃんは、少し似ているのかもしれない。灰で汚れた香炉を拭いていると、汚れと一緒に心の曇りまで清められていくような気がした。

◇

会館の前で辻森家が火葬場から戻ってくるのを待っていると、権藤さんが私を呼びに来た。

「鎌谷家、藤原さんと一緒に入ってほしいって、本部から連絡がきたよん」

私の隣で聞いていた藤原さんと目が合う。

「一緒に入る、っていうのは、見学じゃないってことですか？」

藤原さんが訊くと、権藤館長はおどけた表情を作る。

「そうでーす。明日はお通夜の件数が多くて、『見学するならもう仕事しちゃえば』って本部からの采配」

「本部は、人手がないから私に『二人分働け』って言ってるのね。まったくもう。しょうがないわね」

藤原さんには申し訳ないけれど、未熟者の私を預かってもらうしかないようだ。

「まあまあ。別にいいじゃない。よろしくね」

権藤さんは軽い口調で言うと、手を振ってまたエレベーターで上がっていってしまった。

清水さんによると、鎌谷家は清澄会館のある地域で代々、歯科医院をされているお家らしく、亡くなったのは院長先生の奥様だそうだ。

「まだ六十代だそうですよ。七日間もお通夜を延ばすのは変だと思ったら、お寺と揉めていたんですよね」

「お金はあるんでしょう？　お布施の金額以外で揉める理由、あるかしら」

藤原さんが、会館前の街路樹から零れる陽射しに目を細めながら尋ねた。

「なんだかんだ言って、ご主人が奥さんと離れがたくて日延べしているように思えるんですけどね。何せ、『小町』って呼ばれるほどの美人だったらしいんで」

ふむふむ、と私は頷いた。未練が残ってお葬儀をする気になれない、という方が話がわかりやすい。

「俺なら、生きている間に後悔しないほど愛しますけどね」

さらりと清水さんが呟く。清水さんはなんとなく、健全な恋愛をしそうなタイプだと思った。

「後悔しない程度の愛なら、私は仕事をしていた方がましかな」

藤原さんが微笑で応じ、ほどなく御葬家を乗せたハイヤーとバスの車列が遠くに見えた。桶と柄杓を持つ藤原さんのとなりに、お塩の小皿を持って私が立つ。お客様が館内に入る前に、お手水《ちょうず》で身を清めるという慣習だ。全員を精進落としの席に案内し終えると、アシスタントの仕事は完了、着替えて退勤、となる。

目が腫れぼったいのが気になって、そっとお手洗いへ立ち寄った。鏡で確認すると、やはり瞼が腫れ、鼻の頭も赤くなっている。ため息をつきながら、ハンカチを濡らして少し冷やしてみることにした。辻森家の子供たちの歌声を思い出すだけで、また涙腺がゆるゆるになる。自分がこんなに簡単に泣いてしまうなんて思わなかった。洗面台に手をついて、また大きく息をつく。きっとお客様にも私が泣いてしまったことはバレバレだったろう。

「あー……もう！」

告別式は初めてだったとはいえ、失敗は失敗だ。鏡の中ですっかりしょげた自分と目が合う。濡れたハンカチをもう一度顔に当てて、冷たさを味わっていると、コツコツと足音が聞こえた。お客様だ、と思った時にはもう遅く、喪服姿の女性と目が合った。私は慌てて顔を隠すようにお辞儀をする。女性も気まずそうに個室の方へと歩きかけたけれど、途中で足を止め、振り返った。

「スタッフの方……ですよね」

「は、はい」

私はさらに頭を下げ、身を縮める。

「今日はお世話になりました。スタッフの方が泣いてくださるほど、いいお葬式になって、祖父も喜んでいると思います」

女性の言葉に、はっと顔をあげた。

「いえ、私は……」

顔の前で手を振る私に、女性は微かな笑顔を見せた。

「子供たちの歌なんて騒がしいからどうしようか、って悩んだんですけど、やってよかったです。皆さん、本当に親身になってくださって。ありがとうございました」

女性は、小さく会釈をすると、個室へ入っていく。私は濡れたハンカチを握りしめたまま、荷物を抱え、そそくさと廊下へ出た。

驚いて、胸がドキドキしていた。泣いてしまい落ち込んでいたはずなのに、お客様のほんの一言で、自分が認められたような、励まされたような気持ちになった。本来ならお客様を励ますはずのスタッフが、逆に励まされていてはまだまだだけれど、共感する気持ちが大切だということが身に染みてわかった気がする。

いつか、藤原さんのようにご遺族の方を励まし、故人様を心を込めて送り出す葬儀スタッフになるために、私にはきっと今日のような経験が必要だったんだと思えた。たどたどしくても、誠実に一歩ずつ、前に進んでいくしかない。よし、と荷物を持つ手に力を込めて、清澄会館の外へ出た。

まだキラキラと午後の光が眩しいうちに帰路につく。藤原さんは一度家に帰って別な会館のお通夜にまた出勤するそうだ。私は昼間に自由になれたのが嬉しくて、清澄白河の駅周辺を散策することにした。お洒落なカフェなどが細い通りに不意に現れるのが面白い。駅の近くまで戻ってくると、可愛らしい出窓のある小さな洋菓子店があった。

「しらさぎ堂」と書かれた看板はかなり年季が入っている。白い鳥のマークはなぜか見覚えがある。雰囲気に惹《ひ》かれて中へ入ってみた。店員の姿はなく、私の他には客もいない。甘い香りの静寂のなか、ショーケースには苺のショートやモンブランなど、定番の洋菓子が並ぶ。店の奥に声をかけようと背伸びしたのと同時に、入り口のドアベルが軽やかに鳴った。入ってきた男性を見て、息を呑む。

「伊織さん……」

端整な顔立ちを忘れたことはなかったたし、なごみ典礼の制服を着ていたから間違えるはずもない。一方、伊織さんから見れば、私はひと月以上前に担当した客のひとりで、服装も退勤時に私服に着替えてしまっているから、誰なのか分からないだろう。

「お久しぶりです、私、あの今月から……いえ、三月に叔母の」

こんなところで再会するとは思っていなかったので、焦って言葉が上手く出てこない。

「西宮さん、ですよね。お久しぶりです。まさか、うちのアシスタントになってくださるとは思いませんでした。たしか、昨日と今日は辻森家の見学でしたね」

伊織さんは、私を励ますように、穏やかに言った。名前を覚えていてくれただけでも感動なのに、見学の日程まで知っていてもらえるなんて、嬉しすぎる。

「はい、藤原さんに教えてもらっています。あの、ケーキがお好きなんですか」

仕事中に買いに来るということは、甘いものが好きなのか、と思ったけれど伊織さんは笑って手を振った。

「いえ、お寺様にお出しするお菓子をここに頼んでいるんです」

なるほど、白い鳥のマークに見覚えがあったのは、昨日、パントリーで見たお菓子のパッケージに印刷されていたからだった。納得していると、カウンター内から、おばあちゃん、と呼べる年齢の店員さんが出てきて、にこにこと弾んだ声をかける。

「いらっしゃいませ。あら、伊織さん、お友達なの」

「富美代《とみよ》さん、お世話になっております。いつもの焼き菓子を二十個ずつと、抹茶餡《あん》のパイを二十個いただけますか」

「はい、いま後ろで包んできますから、お待ちになってね。そういえば、鎌谷先生の奥様のお通夜、明日《みょうにち》なんですってね」

「ええ、明日です」

伊織さんが応じると、富美代さんと呼ばれた店員さんは目を細めた。

「私、仲が良かったの。一緒に七宝焼《しっぽうや》きのお教室にも行っていたし。歯医者とケーキ屋が仲良し、なんて、いいような、悪いような、ねえ」

ほほ、と声を立てはするが、表情は苦笑いだ。手を当てた喉元に大きな七宝焼きのチョーカーがつやつやと輝く。話すと若やぐ社交的なタイプらしいが、冗談めいた中に、友人を亡くした寂しさと気落ちが感じられた。

「お友達だったんですね。とても綺麗な方だったとお聞きしました」

私の相槌に、富美代さんは大きく頷いた。

「そうなの。『小町』って呼ばれていたわ。どんな服でも着こなして、どこにお嫁にいくのか、みんな噂してたてね。ここだけの話、すごくお似合いの人がいたんだけど、鎌谷先生の猛アプローチが勝っちゃった」

懐かしそうな表情を浮かべる富美代さんは、ふふふ、と視線を落とし、話を終わらせた。亡くなってからも、自分の美貌や昔の恋愛事情が語り草になっている人間は、そう多くはないだろう。

「明日はご弔問の方が多くなりそうです」

伊織さんが言うと、そりゃそうね、と頷く。厨房《ちゅうぼう》からご主人らしき人が、お菓子の入った白い箱を持って、富美代さんに手渡した。精算が終わるのを待って、私もお菓子を注文する。包んでもらって振り返ると、伊織さんがドアの外で待っているのが見えた。慌てて小走りで、表へ出る。

「すみません、待っててくださったんですか」

「ええ、すぐいらっしゃると思ったので。明日は宜しくお願いします。少しご人数が多くなりそうですが」

「はい！」

声を掛けてもらえたことが嬉しくて、やたら張り切った声が出てしまう。伊織さんの目が、一瞬ぱっと見開かれ、それからいつもの穏やかな顔つきに戻った。

「では」

「お疲れ様です」

名残り惜しいけれど、伊織さんは忙しいだろう。後ろ姿を見送って、私も地下鉄の駅へと歩き出した。

翌日は小雨の降りしきる中の出勤となった。風は無く、しっとりと若葉を濡らす雨が、一粒ずつ曇り空の白を逆さまに映し出している。歩道脇にはツツジの花が満開で、雨の夕暮れ時というのに眩しいほどだった。清澄会館の手前で潤んだ空気に深呼吸をしていると、キィっとブレーキを掛ける音が聞こえた。

「お疲れ様！」

息を切らせて自転車から降り立ったのは、レインコートを羽織った藤原さんだった。

「今日は宜しくね。私、先に行くわ」

こちらの返事を待たずに、パッと軽やかにまた自転車にまたがると、裏手の駐輪場へ去る。

私がパントリーへ入っていくと、着替え中の末広さんの後ろで、すでに制服姿の藤原さんがてきぱきとお茶の用意を始めていた。

「もう受付の方とお寺様が来てるわ」

「そりゃ大変や」

末広さんは、藤原さんの忙しさをちょっと面白がるような口ぶりで言う。末広さんの他に二人、配膳のスタッフが先に到着しており、箸や取り皿の準備に追われていた。一昨日の辻森家のお通夜よりずっと慌ただしい様子が伝わってきて、私も次第に緊張してくる。

できるだけ素早く着替えを済ませ、事務所へ行こうとパントリーを出る。お廊下はまだ人気もなく静かだ。僧侶控室の引き戸がガラリと開いて、お坊さんが顔をのぞかせた。

「ごめんなさい、ちょっとお願いしたいんだけど、今いいっすか」

張りのあるお声と、大きなどんぐり眼は記憶にあった。万里江ちゃんのお葬儀を担当してくれた大入道さんだ。お寺の名前は確か、尊明寺。大入道さんは副住職だったはずだ。

「これ、式場に飾ってもらえますか」

差し出されたのは白木位牌だ。とても大事なものだと前回教わったので、そっと両手でお預かりする。

「承知致しました。式場ですね」

確認しつつ、眺めたお位牌に違和感があった。『故　鎌谷桃子《ももこ》　儀』と記されている。お位牌って、普通はお戒名を書くものではないのだろうか。

「ああ、今日は俗名なんですよ」

私の視線に副住職が気付いた。生前のお名前のままでよいらしい。

式場の入り口にはすでに何人かの男女が立っていて、式場内を眺めている。中では伊織さんが、喪主席に座った男性と打ち合わせをしていた。祭壇は、華麗、絢爛《けんらん》、という表現が似合う華やかさだ。横幅はさほどでもないけれど、屋根が幾重にも重なり、蝋燭型の灯《とう》籠《ろう》などが輝く立派なものだった。

祭壇の両脇に親族の名前で大きな百合や白バラが入った生花がずらりと並ぶ。歯科関係も洋花が多く、学校などからは菊のお花があがっている。大輪の花々の足元を隠すように、最下段は色とりどりのガーベラと白いカスミソウがぎっしり活《い》けられていた。

桃子様のご遺影も、もちろん目を引いた。ブラウンに染めたすっきりとしたショートヘア。昭和の少女漫画さながらのつぶらな瞳は、笑い皺に囲まれており、ピンクの口紅を引いた唇は、優しく弧を描いてほころんでいる。胸元に淡いブルーのストールを巻いたお姿で、旅先でのワンショットなのかもしれない。

きれい、と感動するのと同時に、いいな、と羨望の念も抱く。祭壇の大きさやお花の数で、故人の人生は測りきれないとは思うけど、ここまでされるのは、やはり大きな愛情を受けて生活していたことがうかがえる。

「では、故人様の作品は式場の横でお飾り致します」

伊織さんが大きな紙袋をひとつ、喪主様、つまり鎌谷歯科医師から受け取ったところで、後ろに立つ私に気が付いた。

「本日、私とお式をお手伝いさせていただく、西宮です。他にもうひとり、藤原という女性スタッフがおります」

「宜しくお願いします。地元の方が多く来ますので」

掠れた声から、かなり憔悴している様子が伝わってくる。身長は百六十五㎝前後だろうか。小柄でやや恰幅《かっぷく》がいい。丸みを帯びた鼻と、ふっくらした頬に愛嬌があるお顔立ちだ。頭髪は少し薄くなり、地肌が見えていた。

伊織さんが、喪主様と式場外の親族の方を待合室になっているお清め場へお連れする。入れ違いに、藤原さんが香鉢を抱えてやってきた。

「お位牌をお寺様から預かりました」

「あら、じゃあ飾りましょう。真ん中を見てくれる？」

藤原さんが祭壇に位牌を置き、私が式場の中央に立った。祭壇のぴったり真ん中に来るように、微調整をする。

「もう少し右です。ああ、ちょっと戻してください」

右目を閉じて真ん中になったと思っても、両目を開けるとずれている。何度も直してもらってやっと中心線にぴったり合った。ほっとする私の背に、男性の声が掛かった。

「すみません、ちょっと気になったのですが」

口ひげを生やした壮年の男性客が、顎を撫でて尋ねる。

「はい、どうされましたか」

「どうしてお戒名じゃなくて、鎌谷桃子と書いてあるんですか。普通は、お戒名を書くものじゃないんですか、お位牌っていうのは」

白木の位牌を指さして問われ、「それ、私も聞きたかったんです!」とも言えず、困ってしまった。

「ええと……」

「何だ、わからないの。あなたはアルバイトの人?」

素人だと見抜かれ、あたふたする私を見かねて、すっと藤原さんが近づいた。

「本日はまだお戒名がお決まりでないので、本名のままお位牌をお飾りしております。今晩、喪主様とお寺様でお決めになりましたら、明日はお戒名のお位牌をお飾り致しますよ。遠方に菩提寺のある方などは、東京では本名でお読経をあげ、御遺骨を後日お納めするときに、お戒名をつけてもらう場合もございます」

立て板に水を流すように説明し、にっこりと笑顔を見せた藤原さんに、お客様は満足げに頷いた。

「へえ、そうですか。お位牌はお戒名が書いてあるものと思っていたもので」

お客様はお礼を言って式場を去る。藤原さんは私を振り返って囁いた。

「わからないことを聞かれたら、『担当者に確認してまいります』でいいのよ。適当に答えてしまうのが一番ダメ。同じ宗派でもお寺様やお客様によって色々違うから、私も毎回確認しているわ」

藤原さんほどのベテランでも、毎回確認しているだなんて。途方もない世界に飛び込んでしまった、と今更ながら感じた。知らないことだらけなのに、先程お寺様に、お戒名について聞きもせず預かってしまった。これ以降は、わからないことはきちんと聞かなくてはいけない。

「藤原さん、西宮さん。少し打ち合わせをお願いします」

伊織さんに呼ばれて、エレベーターホールの隅に集まった。読経時間や受付の人数などを教えてもらってメモしていく。私は式場の近く、藤原さんは全体、と配置についても指示があった。

「ご親族は今、お清め場に何人かお集まりです」

さりげなく、お清め場の中が見える位置へ移動する。

「喪主様の向かいに座った方が、ご長男の信久様《のぶひさ》、その隣が奥様の栄子様《えいこ》です。お子さまはいらっしゃらないようですね。ご長女様は、このあとお見えになる予定です」

ご長男夫婦は三十代くらいだろうか。栄子様は和装で、大きく結った髪が気になるらしく、しきりに掌で撫でつけていた。隣に座る信久様は、よく日焼けしたサーファーのような容姿だ。

「藤原さん、西宮さん。ご家族がお持ちになったものを飾るのをお手伝いいただけますか」

「はい、式場入り口に、とおっしゃってましたね」

藤原さんが頷き、伊織さんから紙袋を預かる。結構ずっしりと重い。額に入った絵画のようだ。伊織さんが幕のかかったテーブルを運んできて、会葬の列に被らないように置いた。袋の中から、家族写真が何枚かと、故人が描いた絵画の他に、木製の箱があった。開けると、中には仕切りがあって、ブローチが何点か並んでいる。表面がつやつやとしていて、赤や黄の地色に、様々な模様が浮かび上がっている。

「あ、これ、もしかして」

七宝焼きだ。しらさぎ堂の富美代さんも同じようなサイズのものを身に着けていた。彼女の喉元にあったチョーカーは、もう少し素人っぽいというか、模様がかなり抽象的だったけれど、箱のなかの作品は、植物や風景を思わせる具体的な構図で描かれ、色彩にも繊細さがあった。絵画は花瓶を描いた静物画で、そちらも細かな描きこみが人柄をしのばせる。器用な方だったようだ。

「素敵ですね。今日の故人様が作られたんですか？」

藤原さんに声を掛けたのは、生花部の女性スタッフだった。長い髪をポニーテールに結っている。鼻が高く、長い睫毛が印象的な綺麗な人だ。黒のシャツとパンツの制服姿だけれど、豊かな胸と細くくびれたウエストが目を引く。羨ましいほどの、完璧な美ボディだ。

「百合《ゆり》ちゃん、お疲れ様。多分、全部、故人様が作られたんだと思うわ。お上手よね」

「初めまして、西宮です」

私が挨拶すると、藤原さんが伊織さんの方をチラリと見て、くすりと笑った。

「紫藤《しどう》百合ちゃん。伊織くんの彼女よ」

「もう、藤原さんたらバラさないでくださいよ」

紫藤さんもクスクス笑って、藤原さんの肩を叩く。私は絶句して立ち尽くした。伊織さんのため息交じりの言葉が遠くから耳に届く。

「お二人とも、仕事中ですよ」

呆れてはいるものの、否定はしない。伊織さんに彼女がいた。入社三日目で、告白もせずに玉砕だ。叫びたい気持ちをかろうじて抑えた。頭がくらくらする。

「マイクは直前にスイッチを入れてね。香炉の炭は十五分前に点《つ》ければちょうど開式前に火が回るわ」

地の底に落ちた気分だけれど、藤原さんが教えてくれるのに反応しないわけにはいかない。這い上がる思いで何とか内容を理解しようと努めた。

「伊織さん、喪主様がお話ししたいそうです」

末広さんが式場まで呼びに来た。伊織さんは返事をしてお清め場へ向かう。五分ほどすると、今度は副住職が式場近くへやってきて、周囲をきょろきょろしている。

「大覚さん、どうされたんですか」

藤原さんが声をかけた。副住職は、スタッフから大覚さんと名前で呼ばれているようだ。

「位牌の件で、担当者と話したいんですが」

「伊織くんはいま、喪主様に呼ばれていきましたよ。すぐに戻ると思うので、少しお待ちくださいね」

藤原さんがゆったりした口調で応じる。大覚さんは、やれやれ、と息をつく。

「伊織は今日もモテてるんですね」

「嫉妬しちゃうでしょう」

藤原さんも軽口に乗る。大覚さんと藤原さんは仲が良いようだ。

「それはそうと、藤原さん。お清め場の雰囲気がちょっと悪くなってましたよ。見に行った方がいいんじゃないかな」

大覚さんに教えられ、私たちはそっと様子を窺いに行った。一般のお客様が少しずつ増えているけれど、大覚さんが言っているのは親族の集まっているテーブルのことらしい。

困り顔の信久様を奥様が睨んでいる。

「私は心配しているの。全て順調なんて言っているけど、だったらどうして俗名なのよ」

奥様の低い声がかろうじて聴きとれた。

「栄子、待ってくれ」

信久様がテーブル越しに差し伸べた手に見向きもせずに、栄子様はお廊下へ飛び出す。控室へ入るなり、ぴしゃり、とかなり強い勢いで引き戸を閉めてしまった。藤原さんは私にだけ分かるよう、一瞬だけ眉をひそめ、パントリーへ入っていく。私も慌ててあとに続いた。

パントリーでは、末広さんたちがお客様にお出しするお茶を淹れ、今川焼の入った箱を広げているところだった。

「なんや、怖い顔して。忙しくなる前にあんたらも食べや」

「ご長男夫婦は何を話していたの」

大きな今川焼を、こっちがこし餡、こっちがクリーム、と並べていた末広さんに藤原さんが尋ねる。

「喪主様が、お戒名をケチってるんやないかって心配しとるみたいやで。戒名を付けないっちゅうことは、お布施も少なくて済むやろ」

末広さんは、ほい、と私にクリームの方を差し出すが、いま今川焼に齧《かじ》りつくわけにはいかない。

「お戒名が無いと、お布施って安くなるんですか」

「お寺様とのご関係や、理由によるわね。普通はお戒名の後に、『信士』や『信女』という称号が付くのだけど、信心が厚い方には院号がついて、称号も男性なら『居士《こじ》』、女性は『大姉《だいし》』となるのよ。お布施を多く納めることで、お戒名をグレードアップする人もいるの。もちろん、きちんとお寺様とお付き合いがない方が頼んでも断られてしまうけど」

「お戒名にもグレードがあるんですね。院号っていうのはあってても無くてもいいものなんでしょうか」

「本来の教えでは、極楽浄土は平等な世界のはずなんだけど。院号というのは、お浄土のお住まいの名前、と説明しているお坊さんがいたわね。元々は、皇族が出家した後の住居を『〇〇院』と呼んだことが由来だそうよ」

「喪主様がお布施を出し渋っとるのは、鎌谷歯科医院が経営難やからって、ご長男の奥さんは考えてるんや。鎌谷歯科医院を当てにして、ローンでも組んでたんちゃうか」

「私たちが首を突っ込む問題ではなさそうね」

藤原さんは自分の今川焼をくるりとラップで包み、バッグにしまった。私もそれに倣う。

小休止はもう少し先のようだ。

　式場へ戻って準備を進めていると、シンプルな喪服に身を包んだ女性たちが現れた。故人と同世代くらいだろうか。

「桃ちゃん！」

マダム達は口々にさざめき、お棺を取り囲んだ。その中に、見覚えのあるお顔が交じっている。よく見るとしらさぎ堂の富美代さんだった。

いつでもお顔が見られるように、棺の窓は開けてある。昼間よりも少し化粧が濃い。さきほどお顔の状態を確認したときは、しっかり化粧が施されていて、亡くなってから何日も経ったようには見えなかった。むくみもほとんどなく、唇の間から覗く前歯さえ、真っ白で形がよく見えた。

「きれいよ、桃ちゃん」

お顔を褒め称《たた》えるご友人たちに、側に来た喪主様が、ありがとうございます、と頭を下げた。奥様のご友人たちは代わる代わるご対面したあと、お線香を手向け、祭壇に向かって合掌する。

「あちらに、妻の作品が飾ってありますので、見てやってください。富美代さんと一緒に通っていた七宝焼きや、趣味で作ったものを少し持ってきたので」

喪主様が促した。

「鎌谷先生、私、桃子さんの作品を何点か預かっていたの。今日持ってきたんだけど、それも飾っていただくことはできる？」

富美代さんがハンドバッグに手をかける。

「ええ、もちろんです」

喪主様がちらりと私を見た。私は微笑んで頷き、お品を預かるために、そっと近づく。

「桃ちゃん、倒れてから教室に来られなかったでしょう。でもまさかこんなことになると思わなくて」

　バッグの中から、小さな紙箱を取り出すと、富美代さんは私に、お願いします、と預ける。手のひらで包んでお二人に応えた。

「お飾り致しますね」

　一歩フロアに出ると、続々と会葬客が到着している。作品と写真を飾っている台の周りにも人がいたけれど、邪魔にならないようにそっと端のほうから手を伸ばし、預かった箱を開けて中が見えるようにする。白いサテンの上に、小さな長方形の七宝焼きが現れた。地の色はとろみのある落ち着いたグリーン。銀色の筆記体で「ＹＥＳ」という文字が書かれている。他の七宝焼きが赤や黄色などを使って華やかな色合いなのに対し、渋めの色味がなんともいい味わいだ。雑貨屋さんにブローチとして置いてあってもおかしくないほど、センスがいい。

「あら、素敵ね」

　年配の女性が感嘆の声をあげた。

「難しいのよね、こんな風に作るのは」

「そうなのよ。これはガラスの釉薬《ゆうやく》の色を決めるのが難しかったって言ってたわ。文字の部分の銀線も微妙に曲がると読めなくなっちゃうから、丁寧に作っていたわね」

　富美代さんが身振りをつけて説明をする。私は時計を見上げ、もう開式十五分前になっている ことに気づく。お焼香の炭に火を点け、用心しいしい香炉へ落としていく。終わったところで顔をあげると、伊織さんが司会台に立っていた。

「着席のご案内を始めますね。ご親族を式場へ誘導してください」

白手袋をはめた手でマイクを持っている。すっと伸びた背筋に、落ち着いた表情。その姿を見て、やっぱり一緒に働けるだけでも幸せだな、と思えた。

「お集まりの皆様に、ご案内を申し上げます。間もなく、ご開式のお時間となります。ご遺族、ご親族の皆様におかれましては、式場内へお集まりください」

伊織さんの声がフロアに流れると、信久様は早々に席へついたが、奥様の方は会葬者に挨拶をしていてなかなか座ってくれない。喧嘩が済んだのかどうかも不明だ。後から来ると言っていたご長女様は二歳くらいの女の子を抱っこしていた。お連れ合いは来ていないようだ。

先程、私に質問をしたお髭《ひげ》の男性は、遠縁の方だったらしく左側の一番後ろに座った。式場の椅子はほぼ埋まる。全部で三十四名だ。お線香用の丸く白い香炉を、お寺様用のひとまわり大きなものに取り換えたタイミングで、伊織さんが手招きをする。

「本日は会葬客が多そうなので、親族より先にお焼香をご案内します。親族のお焼香は、大覚さんが十五分後に焼香用の黒い香炉をずらしてくださるので、その後で。西宮さんは焼香が始まったら、お清め場の入り口に移動して、引換券の交換をお願いできますか」

「引換券ですね。返礼品をお渡しすればいいんですね」

「ええ。焼香を終えた方全員に、必ずお声掛けしてください。藤原さんには伝えてあります」

藤原さんの方を見ると、階段の方へ延びる受付の列整理に動き回っている。

「それから、月橋《つきはし》様という男性が来たら、喪主様にお伝えすることになっています。ご遠方らしく、十九時半頃になりそうだということでした」

「承知しました」

忘れないように、手元のメモ用紙にしっかりお名前と時間を書く。

伊織さんが開式前のご説明をするために、ご親族の前に出ていく。これが一分ほど。ほどよく静まり返る時間を設けて、開式へと移る。導師の入場、焼香の案内、それぞれがスムーズで、緊張感に満ちた空気だ。故人への敬意が感じられる荘厳な雰囲気に包まれていく。歯科医師関係や故人の友人たちが大勢集まって、お清め場は常に溢れかえりそうになっている。私はひたすら引換券の交換に集中した。

「西宮さん、お寺様が退場したら、お部屋までご案内してみて。式場の外で待っていて、出てこられたら、お辞儀をして、お廊下を先導するだけだから」

受付の方がお焼香をしている隙に、藤原さんが私の傍に来て囁いた。先導するだけ、といえど、歩き方が乱れては式の雰囲気を壊してしまう。できるだけ背筋を伸ばし、のしのし歩く大覚さんの先をゆく。からりと控室の引き戸を開けて差し上げると、それまで厳粛な顔をしていた大覚さんはニッと歯を見せた。

「デビュー戦、お疲れ様でした！」

「今日だと、ご存じだったんですか」

「藤原さんから新人さんがいるから宜しくね、って言われていたんですよ。緊張しましたか」

こくこくと頷くと、アハハとさらに大きな笑顔になった。ざっとお草履を脱いで畳へあがり、袈裟をばさりと外す。豪快な動きに、カチコチに固まっていた私の気持ちが少しほぐれた。

「じゃあ、緊張ついでにひとつお願いが。喪主様を呼んできてもらえませんか」

「承知しました。すぐ、お呼びしますね」

請け合って式場へとって返すと、喪主様の姿はすでに無い。

「どうされましたか」

伊織さんが、辺りを見回す私に気づいて声をかけてくれたので事情を話す。

「ああ、御戒名の件ですね。喪主様は、遠方のご親族の方を一階までお見送りに行かれました。大覚さんには少しお待ちいただくよう、お伝えいただけますか」

「わかりました」

伊織さんの表情に、何か考えている気配があった。お寺様の控室へ引き返し、大覚さんにお伝えすると、ふうむ、と唇を尖らせる。

「待つのは構わないですが、何だか変なんですよね。生前、奥様はお墓参りも熱心だったし、お盆もお彼岸も欠かしたことがないのに、お戒名だけいらない、なんて」

大覚さんが首を傾げるので、信心に厚かった方が、お戒名を付けない理由を私も考えてみる。

「もしかして、親御さんがクリスチャンで、小さいころに教会で洗礼を受けているのでは？」

「それは無いですねえ。桃子さんのご実家も、うちが菩提寺なんで」

大覚さんが肩をすくめた。トントン、と引き戸がノックされる。

「喪主様、ご案内いたします」

伊織さんの声がかかり、私と入れ代わりに鎌谷歯科医師が室内へ入った。

「どうも、ありがとうございました」

鎌谷医師の声が聞こえ、大覚さんもそれに鷹揚に応えているようだ。

「お寺様がお帰りの時は、お見送りをお願いします」

伊織さんは、パントリーの方へ行ってしまう。遅れて到着する月橋様のことも気になるので、私はエレベーター前へ戻った。藤原さんは、お清め場のなかで親族席の確保に奮闘しているようだ。式場から、ふらりと長男夫婦が出てきた。

「ちょっと待てって」

栄子様に、信久様が追いすがる形だ。

「いいえ、ちゃんと聞いてきます。ゆくゆくは、貴方の問題になるんですから」

栄子様は声を落とし、喪服の袖をしゅっと振り払いながら、鋭く言いかえした。

「今じゃなくたっていいだろう?! どうして君はそうなんだ!」

今度は、信久様が大声を上げた。周囲の人が驚いて、そちらへ視線を向ける。気まずい空気が受付周辺に流れた。

「いかがされましたか」

お清め場のほうから、すっと伊織さんが現れた。

「葬儀屋さん……ご存じなら教えてください。鎌谷家は、きちんとお寺様へのお布施をお支払いしたんでしょうか」

栄子様は、乱れた呼吸を整えて尋ねる。伊織さんはたじろぐことなく、いつもの紳士的な微笑みを返した。

「お布施につきましては、お檀家様とお寺様の間のことでございますので、私どもからお答えするわけにはまいりません。しかし、もしお戒名の件についてご心配されているのでしたら、お戒名をお付けにならないご事情は、ご遺族によってさまざまです」

気持ちを受け止めてもらえたからか、栄子様の瞳から、ぽろりと涙がこぼれた。

「じゃあ……お布施の問題じゃない、ということ?」

「はい。仰る通り、経済的な理由からお寺様とのお付き合いをされない方もいらっしゃいます。一方で、生前のお名前に愛着があって、他のお名前で呼ぶのが忍びないという方や、故人の生き様にあったお戒名をゆっくり考えたいという方もいらっしゃいます」

「そうなのね。取り越し苦労だったらいいのだけど」

ハンカチを探す栄子様に、伊織さんは糊《のり》のきいたハンカチを差し出す。

「お打ち合わせをさせていただくなかで、喪主様は故人様に対して、深い愛情をお持ちなのだと感じる場面が多くありました。好きなお花の色もご存じでしたし、桃子様のお考えや感じ方もよくご承知していらっしゃいました。お戒名についても、喪主様と故人様にしかわからない、特別な想いがあるのではないでしょうか」

伊織さんの静かな語りかけに、凍り付いていた場の空気がふわりと解け始めた。

「栄子様。いろいろ、ご心労が溜まって、お辛かったのだとお見受けいたします。お葬儀の間は、私どもが出来る限りのお手伝いをいたしますので、少しでもお心を休めていただければと存じます」

信久様が栄子様に寄り添う。

「伊織さんの言うとおりだよ。ちょっと落ち着こう。疲れてたんだよな」

宥めるように肩を軽く叩く。栄子様は、ほうっと深い息を吐いて力を抜いた。

「ええ、そうかも……」

伊織さんの完璧なフォローで一難去った。胸をなでおろしていると、喪主様とお鞄を下げた大覚さんが現れた。藤原さんが大覚さんのお鞄をすかさず預かり、式場へご案内する。お念仏を唱える大覚さんの表情から、話し合いがどうなったかは読み取れない。

「じゃあ、どうも、失礼いたします」

大覚さんが見送る喪主様に頭を下げ、エレベーターへ乗り込む。藤原さんがこっそり手招きするので私も同乗した。駐車場でお車の後部座席にお荷物を乗せ、警備員さんに誘導をお願いする。深々とお辞儀をして道まで出て、去りゆくテールランプにもう一礼した。

顔をあげ、大覚さんの車のナンバーが「76－76」だと気づく。

「南無・南無、の語呂合わせなんですね」

「そう。お寺様には結構多いわよ」

葬儀アシスタントにならなければ、ずっと気が付かなかっただろう。式場へ戻ろう、とエレベーターのボタンを押したところへ、駐車場にある喫煙所から富美代さんが歩いてくるのが見えた。一緒に二階へ上がるために彼女を待つと、向こうも気づいて小走りになる。

「ありがとう！」

タバコケースを片手にエレベーターへ乗り込み、私たちに尋ねた。

「月橋先生って、もういらしたか分かる？」

「月橋様ですか。十九時半頃にお見えになると伺っています」

藤原さんが答えると、富美代さんは頬に手を当てた。

「あらそう。どうしようかしら。ご挨拶しなくちゃと思っていたから……」

「お知り合いなんですね」

「七宝焼きの先生でね。古くから知ってるの。ここだけの話、昔の桃ちゃんの彼氏なのよ。いろいろ相談を受けてね。結局、鎌谷先生に嫁いだけど」

なんと、昔の彼氏が七宝焼きの先生だったとは。もっと話を聞きたい、と野次馬根性が湧きあがったところでエレベーターの扉が開いてしまう。ふふ、と思わせぶりな微笑みを見せて、富美代さんはお友達のいる席へ戻ってしまう。

小町と言われた故人様の、昔の恋が気になってお写真と作品の並ぶ台の前へつい、足が向く。どれも家族旅行や記念日の写真などで、とても幸せそうに見えた。昔の恋なんて、女性はすっぱり断ち切れることが多いと思う。何十年も前のことなら尚更だし、七宝焼きの教室に通っていたことは鎌谷医師もご存じのはずだし。なんて、考えごとをして油断していると、藤原さんが耳元で囁いた。

「ご親族様をご案内するわよ」

颯爽とヒールを鳴らしながら式場へ歩いて行く。

「は、はい」

仕事モードに頭を切り替える。このタイミングで帰ってしまうお身内様がいたら、返礼品を渡さなければいけない。気を付けて声を掛けていたが、幸い親族は全員、お清め場へと入ってくれた。親族分の寿司桶《すしおけ》を、配膳スタッフが手際よく並べていく。長男夫婦は先程の伊織さんの話を聞いて少し落ち着いたのか、仲良くビールを注《つ》ぎ合っている。

藤原さんは返礼品のお渡しに立ち、私が式場と受付の片づけをしていると、あっという間に十九時半を回った。お線香の新しい束を取って来ようと身を翻すと、日本酒の瓶と盃《さかずき》を持った富美代さんがすぐ後ろに立っていた。

「桃ちゃんにお酒をお供えするわね」

富美代さんは、トクトク、と心地よい音を立てて日本酒を注ぐ。

「月橋先生、今日はもう来ないのかもしれないわね。神奈川からだと遠くて、都合がつかなかったかもしれないわ」

呟くような口調は、桃子様に言ったのか、私に言ったのか判別できない。

「あの、お出迎えをすることになっているのですが、月橋様はお幾つくらいの方なんでしょうか」

ふらりと来られても名乗っていただかないと、喪主様にお伝えすることができない。できれば、見た目の印象などがわかればありがたい。

「鎌谷先生と同い年よ。でも月橋先生のほうが少し若く見えるわね。スタイルもいいし、昔からお洒落に気をつかうタイプなの。若い時は、桃ちゃんと月橋先生は並んで歩くと目立ってねえ。銀幕スターがやってきたのかと思うほどだったのよ。てっきり、桃ちゃんと結婚すると思っていたんだけど」

富美代さんは言葉を切った。美男美女カップルの歩む姿を眺めた過去に、想いを馳せているようだ。

「そんなにお似合いだったんですね」

「そう。でも、なぜか月橋先生のお友達だった鎌谷先生にお嫁にいっちゃった。不思議だったけど、お金の問題もあったみたい」

声のトーンを落としてくれないので、ひやりとする。周囲を見回したが、幸い近くには誰もいなかった。故人の遺影が柔らかく微笑んでいるだけだ。

「お金……と言いますと」

興味津々で尋ねてしまう。聞き流すのも失礼だろうし。

「月橋先生も桃ちゃんもたしか、借金があったの。勿論、鎌谷先生の取り柄がお金だけってことはなかったのよ、勘違いしないでね」

少ししゃべりすぎた、と思ったのか、口元に揃えた指を当て、富美代さんは、ふふふと笑った。

「じゃあ、私は帰るわ。明日また来ます。月橋先生も、明日になるかもしれないわね」

桃子様のお顔を、もう一度覗き込み、また明日ね、と囁く。エレベーターのところまで、見送りに出ると、上がってきたエレベーターから、外のひんやりとした空気をまとった男性が一人、降りてきた。

「月橋先生！」

富美代さんが叫ぶ。白髪交じりの髪こそ年齢を感じさせるが、すらりとした痩身に、ぴったりとあった喪服。革靴は丁寧に磨きこまれ、手に下げたトートバッグも品がいい。

「遅くなりました」

少しこけた頬の、手入れのされた髭がまた渋い。

「お疲れ様でございます。受付でご記帳いただいてお待ちください。ただいま、喪主様をお呼びしますので」

富美代さんは「私はこれで」と頭を下げ帰っていく。

「月橋！」

富美代さんの声が聞こえたのか、お清め場から喪主様が早足でやってきた。月橋様の手元の記帳用紙をちらりと覗くと、住所は『神奈川県海老名《えびな》市』、ご関係の欄は『その他』に丸をし、『アトリエ月橋』とやや強めの筆跡で書かれていた。

喪主様は月橋様が書き終わるのを待ち、声を掛けた。

「いやあ、久しぶり。こんなことになってしまって、すまん」

月橋様は、鎌谷医師の肩を軽く叩く。気づくと階段からそっと伊織さんが降りてきていた。事務所のモニターで、お客様のご到着に気づいたのだろう。

「どうぞ、式場でお線香をおあげください」

私がご案内をする。式場の入り口に立つと、月橋様は歩みを止めた。遺影を見て、桃子様が本当に亡くなられたのだと実感なさったのだろう。取り乱すこと無く静かにお棺の前まで足を進め、窓からお顔をご覧になると唇を噛みしめた。

「つい先月は元気だったのに……信じられないよ」

「世話になったな、最後まで」

「幸せそうな顔だよ。旅立つには少し早かったけど、幸せだったんだよ、桃子さんは」

月橋様は棺から顔をあげ、はっきりと鎌谷医師に向かって言い切った。

鎌谷医師は黙って首を振り、ぐうっと喉をふるわせて、それから、男泣きに泣き始めた。

うう、おお、という嗚咽《おえつ》が、司会台の陰から見守る私にも届いた。式場の外、ぎりぎりお二人の視界に入らないところに立つ、伊織さんの耳にも届いているはずだ。

「しっかりしろ、鎌谷」

月橋様に支えられて、並んでいる席のひとつに座る。

「離婚を……別れればよかったんだ……もっと早く……でも……できなかった！」

呻《うめ》く声が、口元を覆う手のひらから漏れ聞こえる。奥様を亡くされて憔悴していた喪主様から、『離婚』という言葉が飛び出すとは思わず、私は目をしばたいた。一体どういうことなのだろう。

「何を言ってるんだ、鎌谷」

月橋様が、視線を合わせるために椅子の前にしゃがみ、力なく肩に手を掛ける。

「だってそうだろう。幸せになれないまま、桃子は逝ってしまった」

鼻声でか細くはあるが、かろうじて耳に届く鎌谷医師の嗚咽。旧友に再会し、緊張の糸が切れた、というより、吐き出すなら今だ、と確信しているようだった。

「そんなわけないじゃないか、こんな笑顔で暮らしてたんだぞ」

「いや、俺にはわかるんだ！　やっぱり、桃子には……月橋、お前しか」

それを聞くと月橋様の顔つきが険しくなった。

「いまさら……何かと思ったら」

眉間に厳しいしわを寄せ、吐き捨てると、鎌谷医師に背を向けた。そして、霊前に手を合わせ、深々とお辞儀をすると、足早に式場を出ていこうとする。

「失礼するよ。もうちょっとマシな話ができると思ったんだけどな」

藤原さんが追いかけていき、返礼品を差し出した。

「お客様、こちらをお持ちください」

「要りません！」

強い拒絶にも藤原さんはひるまずに、淡々と応じる。

「お持ちください。清め塩も入っておりますし、私たちが怒られてしまうので」

月橋様は渋面で受け取ると、階段を駆け下りていってしまった。

「今の方が、遅れてきた月橋様でしょう。どうされたの」

藤原さんが、ふう、と息をついて訊く。私は喪主様に気づかれないよう、ひそひそと耳打ちをした。

「喪主様が、桃子様はお幸せじゃなかったと仰って。月橋様がお怒りになってしまったんです」

「どういうこと？　月橋様と喪主様が逆なら話は通るけど」

藤原さんも小声で聞き返す。

「私にも、よくわかりません」

喪主様が苦しんでらっしゃることはなんとなく分かるけれど、月橋様がなぜお怒りになるのかがピンとこない。

考え込んでいると、ご親族の方たちがお清め場からぞろぞろと出てきた。少し早いが、お開きになったようだ。幸い、誰も式場でのやりとりに気づいていない。喪主様も、涙をぬぐって挨拶をしにやってきた。

「今日は喪主様だけお泊まりされるそうよ」

ご親族に返礼品を配り終えると、藤原さんが宿泊準備について教えてくれた。お布団は、お通夜の開式前に貸し布団業者に手配する。タオルや歯ブラシなどのアメニティを準備するのがアシスタントの仕事だ。パントリーで小さな籠に見栄え良く並べていると、末広さんがやってきた。

「やれやれ、今日はずーっと忙しかったわ。なあ、最後に来た人の分取ってあるねんけど、帰ったやろ。喪主様に召し上がってもらおか」

末広さんの提案にほっとする。出しそびれてしまったお料理は、そのまま廃棄になるらしい。鮪《まぐろ》や海老のお刺身が、一度も手をつけられずにポリ袋に投げ込まれるのを見ると胸が痛む。

「召し上がるか、聞いてきます」

男泣きに泣いて、お疲れも出たのではないか。熱いお茶と一緒に、お寿司をつまめば少し、心も慰められるかもしれない。

「幸せじゃなかった、ってどうして喪主様はそう思われたのかしらね」

アメニティを運ぶ途中、ぽつりと藤原さんが呟く。『幸せになれないまま、桃子は逝ってしまった』と鎌谷医師は言っていた。けれど、もしそうなら尚更いいお戒名をつけて、お浄土で幸せになってほしい、と願うような気がする。でもそうしないのは何故だろう。

式場にご親族の姿はもうなく、遺族控室から長男夫婦と喪主様の声だけがした。

「お泊まりの備品をお持ちいたしました」

引き戸をノックし、お声をかけると、ちょうど栄子様が洋服に着替えて廊下へ出てきた。信久様も妻の後ろで、革靴を履いている。

喪主様ものっそりと出てきて、備品を受け取ってくれた。ご長男夫婦を、喪主様と一緒に一階までお見送りしつつ、お食事を少し召し上がらないか尋ねてみた。

「残っているなら少し食べます」

鎌谷医師は答えたにもかかわらず、見送りのあと結局、式場に戻ってしまう。フロアに残っていた伊織さんが喪主様のあとへ続き、お声を掛けた。

「喪主様。少しお時間を頂戴して、よろしいでしょうか。五分ほど」

「構いませんが……まだ何かありましたか」

ジャケットを脱ぎ、シャツの袖を捲《まく》り上げた鎌谷医師の背は心なしか丸まっている。

「お疲れのところ、申し訳ございません。最後のご確認となりますので、お付き合いいただけますか。お戒名の件なのですが……」

鎌谷医師は伊織さんに背を向け、お線香に火を点けた。

「尊明寺さんと今後お付き合いするのは、私です。お戒名をいただかなくても、お墓参りや法要はきちんと行います」

伊織さんを見ずに、毅然と言い返す鎌谷医師の背には、わずかな苛立ちさえうかがえた。伊織さんはどうするつもりなんだろう。新米の私でも、この件は深く立ち入るべき領域ではない気がする。式場の入り口にそっと隠れるように立ちながら、冷や汗が噴き出る。

「はい。ただ、先のお話になりますが、喪主様がいつかお亡くなりになられたとき、桃子様と対《つい》のお戒名を付けていただいたほうが桃子様は嬉しいのではないでしょうか」

喪主様と伊織さんしかいない式場に、ゆったりと紫煙が流れ、見えない気持ちの綾《あや》のように、もつれては消える。鎌谷医師はその煙を纏って伊織さんの方に向き直った。

「それこそ、私が避けたかったことなんですよ、伊織さん」

嗄れた声だったが、躊躇《ちゅうちょ》なく鎌谷医師は言い返す。伊織さんは悲しそうに眉根を寄せ、静かに頷いた。

「ええ。そのように思われていると、薄々感じてはおりました」

私は藤原さんに近づき、ひそひそと問う。

「対のお戒名ってなんですか」

「夫婦のお戒名に、同じ文字や対応する漢字を入れるのよ。いわば、お戒名のペアルックのようなものね。うちの祖父母は二人とも『徳』の字を入れてもらったわ」

藤原さんが体を後ろに捻り、自分の掌に指で漢字を書いて見せる。お洋服のペアルックなら「ちょっと恥ずかしい」ということもあるだろうけれど、喪主様が対のお戒名の何をそんなに嫌がっているのかわからない。

伊織さんの言葉に鎌谷医師は怪訝な表情を浮かべ、皮肉っぽく笑った。

「気づいていた、と言うんですか、伊織さん？　何組も夫婦を見ていると、そのお若さでいろいろ分かるんですかね。でしたら尚更、干渉されたくないこちらの気持ちも、お分かりになりませんか」

口調は穏やかだけど、返答次第ではお怒りに触れそうだ。いっそ伊織さんの袖を引っ張りたい気持ちだったけれど、ぐっとこらえた。

「ええ。本来は、私どもの出る幕ではないと思っております。ですが、喪主様は桃子様のお気持ちに気づいておられない、と感じました。桃子様の本当のお気持ちが伝われば、対のお戒名を拒む理由もなくなるはずです」

「あなたに桃子と私の、何がわかるんだ。私たちはずっと一緒に暮らしていたんですよ」

喪主様の語気が強くなる。

「桃子様は、独身時代にお付き合いをしていた月橋様をご結婚後もずっと愛していた」

伊織さんがずばりと切り込み、私は小さく悲鳴をあげそうになる。喪主様の顔が青ざめた。

「……喪主様は、そのように、思われていたのですよね」

ふっと、喪主様が鼻で笑った。

「思っていた、も何も。真実ですから。ハハハ！　おかしいでしょう。桃子が私と結婚したのは生活のためです。金のためですよ。この町の人間なら、誰でも知っています。当時、月橋にも桃子にも、借金がありました。月橋は歯科医師になるまでの学費が、桃子は家族の借財が原因で……。二人が出会う前から、月橋にはその借金を肩代わりする代わりに、新潟の歯科医院に婿入りする話がまとまっていました。当時の彼から、桃子と別れたくないけれど自分にはどうすることもできず悔しい、と、相談を受けたのが、同じ歯科医院で研修をしていた私です」

桃子様の祭壇を飾る花々が、空調で細かく震える。静寂の中、喪主様は自嘲気味に言葉をつづけた。

「月橋は私にとって、追い越すことのできないライバルでした。勉強も恋愛も、彼の方がいつも一歩先を行っていた。その月橋からの相談に、私の心は揺れました。二人を救いたい、という気持ちは当然ありました。幸せになってほしかったんです、二人ともに。ですが、桃子と一緒になれるチャンスだと囁く自分もいました」

喪主様は、苦しそうに目を伏せた。伊織さんは、何も言わずに見守っている。

「それで、私は桃子にこう言ったんです。『気持ちは月橋に向いたままでいい。でも君の家族のために、僕と結婚してほしい』と」

私と藤原さんはチラリと視線を交わし、無言で驚きを表す。とんでもないプロポーズをしたものだ。ほとんど契約結婚ではないか。

「若いころは給料も安かったのですが、精一杯、彼女の実家を支援しました。一緒に暮らすうちに、どんどん家族らしくもなり、子供も生まれました。一方、月橋は、新潟に婿入りをしたものの、結局離婚して、歯医者も辞めたんです。装飾品の世界に興味を持って、いちから勉強をしなおし、ジュエリーを扱うようになりました。恩師を頼って神奈川に移り住み、数年前、工房を開いて、桃子にも知らせたんです」

月橋様が桃子様との再会を望んで、そんな人生を送られたのだとしたら……子供もいた桃子様は複雑だったのではないだろうか。

「桃子が、『月橋から連絡がきた。七宝焼きの講座に通ってみたい』と私に頼むまで、私は昔の約束も忘れて平和ボケをして暮らしていました。年月が私たちを夫婦にしてくれた、と思い込んでいたのに、違ったわけです。ずっと桃子の気持ちは彼にあったのだと、落胆しましたが、全て自分で望んだことです。講座に通うことも、反対しませんでした。いま思えば、あのときに離婚をしていれば、桃子は月橋と、思い煩うことなく再婚できて余生を送れたんです。でも、できませんでした」

「離婚を考えられたことは、桃子様には、話されていないんですか」

伊織さんが問う。

「はい。本当に……後悔しています。桃子から言えるわけがないのに」

「いえ、私はそれでよかった、と思います」

鎌谷医師は眉根に皺を寄せた。

「よかった？」

「離婚など、桃子様は望んでいらっしゃらなかったと思います。もし、そんなお考えがあったなら、遠方の教室にわざわざお友達を誘って習いに行くでしょうか」

「それは……でも、離婚を考えなかった証拠にはなりません」

「七宝焼きの作品、素晴らしかったです。桃子様は、お齢《とし》を召してからも新しいことに挑戦する行動力のある方だと拝察致しました。もし鎌谷様とのご結婚が、本当に生活だけのためのものなら、もっと早くに月橋様との再婚をお考えになったのではありませんか。桃子様はずっと、鎌谷様を選び続けて、今に至るんです」

伊織さんの真剣な言葉にも、鎌谷医師は首を振る。

「あなたみたいなお若い方に、ましてや昨日今日知り合った他人に言われても、すぐに納得できるわけがないじゃないですか。もうやめてください。やめましょう。もう限界だ……」

「長々と、申し訳ありませんでした。では最後に、ひとつだけ。桃子様が月橋様のところで作られた『YES』と描かれた七宝焼きの意味を、私なりにお話ししてもよろしいでしょうか」

「意味？　私は、あれこそ桃子から月橋へのメッセージだと思いました。彼にどんな質問をされたのかわかりませんが」

ＹＥＳの意味、とはなんだろう。私の眼には、巷《ちまた》に溢れるロゴＴシャツのような単なるデザインにしか見えないけど。伊織さんは軽く首を振った。

「いいえ。あれは桃子様から鎌谷様にプレゼントなさるおつもりだったのだと思います……西宮さん、七宝焼きを持ってきていただけますか」

はい、と返事をして急いで遺品を飾っているテーブルから、件《くだん》の七宝焼きの箱を持ってきた。世界にひとつの物だから、絶対に壊さないよう、両手に乗せて運ぶ。

鎌谷医師は苦い顔で七宝焼きを一瞥した。そんなわけありません、と首を振って呻く。

「誕生日祝いに品物を贈りあうことはほとんど無かったし、ほかの記念日だって花を飾る程度でした」

「でも、もし、次の大きな節目に向けて、桃子様が準備されていたのだとしたら？」

「節目なんて……」

言いかけた鎌谷医師が、はっと口元に手を当てた。

「引退のことですか。あと数年で、息子に歯科医院を継がせることは、確かに考えていましたが……でもまさか。それなら、ＹＥＳというのは、息子が院長になることへのＹＥＳですか」

「いいえ。恐らく、ご引退後、鎌谷様が遭遇する質問に対する答えを、奥様がご自身のセンスで表現されたのだと思います。これは、奥様のジョークです」

何故、ＹＥＳがジョークになるのだろうか。伊織さんは淀みなく続けた。

「たとえば旅先などで、ご職業は何をされていたのか、と聞かれた時に、鎌谷様は『歯医者です』と答えるだろう、と。ＹＥＳの『はい』と『歯医者』を掛けたのではないでしょうか。あのデザインは女性が身に着けるには色味が渋くてシンプルすぎます。他の作品は、こまごまと柄を入れて色合いも華やかなのに、こちらだけは作風が違います。恐らく、背面にループタイに通せるようパーツをつけて、鎌谷様にプレゼントするおつもりだったのだと思います」

答えを聞いて、ぱっと脳裏に浮かんだのは、大覚さんの車のナンバーだ。『76－76』で、『南無南無』。『はい』と『歯医者』もちょっとした洒落ってことだ。遺影の桃子様が悪戯《いたずら》っぽい笑みを浮かべた気がした。それは、彼女が本当に心を許した親しい相手、長年連れ添った伴侶でなければ見せない茶目っ気だったのではないだろうか。鎌谷医師は、呆《ほう》けたように、遺影を仰ぎ見た。

「プレゼント……たしかに、旅行は好きで一緒に行こうと言っていたが……」

お線香が、ほとり、と灰になって落ちる。鎌谷医師が次の言葉を発するまでに、長い時間がかかった。

「あの」

私の掠れ声が静寂のなかに響き、伊織さんと喪主様がこちらを振り向いた。

「桃子様のお友達の、富美代さんが仰っていたんですが……桃子様は、YESの文字が出るようにかなり丁寧に作品作りをされていたそうです。七宝焼きで文字を描くのはとても大変な作業だと仰っていました。きっと喪主様のことを思われながら、時間をかけて……お渡しする時のわくわくする気持ちを胸に隠しながら、作成されたのではないでしょうか」


　つっかえながらも何とか言い切った私に伊織さんが頷き、七宝焼きの箱を受け取った。

「彼女の言うとおりだと、私も思います。他の作品に比べて、この『ＹＥＳ』の七宝焼きは色味こそシンプルですが、とても繊細な作品とお見受けします。きっとお時間をかけて、お心をこめて作られたのでしょう」

　伊織さんは七宝焼きの箱を喪主様に差し出した。

『ＹＥＳ』には、もしかすると、これまでのご夫婦の歩みを肯定するようなお気持ちも表れているのかもしれません。ご夫婦になられるまでは複雑なご事情がおありだったとのことですが、桃子さまは鎌谷さまと共にお幸せな生活を送られていたのではないでしょうか」

　伊織さんは身じろぎもせずに、真っ直ぐな姿勢で喪主の姿を見守る。

「伊織さん、私は間違っていたんだろうか。愛されていないと思い込んで、桃子のさりげない気持ちを何度、見逃してしまったんだろう。誕生日や記念日の祝いも、毎年盛大にやればよかった。桃子にとっては生活のための結婚だからと、気がひけていたのかもしれない。戻れないところまで来てしまって、こんな……」

「鎌谷様。私は、年間百件近くのご葬儀を受注しますが、鎌谷様ほど奥様のお好みに詳しく、また最大限にお気持ちを込めて、お見送りしようという方ばかりではありません。桃子様は、鎌谷様の思いやりの中で幸せにお暮らしになってきたのだと、感じております。故人様の生前のお気持ちについて、さまざま想いを巡らせるのは、残された者が誰しも通る道でございます。後悔は後悔として、見つめていかねばなりません。しかし、お二人の場合、楽しい思い出を、さらに愛おしく思い出すことはあれど、嘆くようなことはない、とお見受け致します」

伊織さんの台詞は、過去の夫婦の思い出を、疑念というフィルターから解放し、より鮮やかで愛しいものに甦らせた。幻のように遠かった妻の笑顔が、クリアに自分に微笑みかける。ドア越しだった笑い声が、華やかに耳に飛び込んでくる。愛されていたと自覚することで、故人へのお気持ちが、何倍にも増していく。すれ違っていたお二人が、いまようやく、出遭ったようだった。

鎌谷様が、吐息とともにハンカチで顔を覆い、肩を震わせた。嗚咽が耳に届くと、私も万里江ちゃんの訃報を受けた時の辛さを思い出し、涙を堪えることができなくなる。できるだけ目をこじ開けて、涙をこぼさないようにキープする。二度も泣いてしまったら藤原さんに、仕事への適性を疑われてしまいそうだ。

「喪主様あ」

間延びした声がフロアから聞こえて、振り向くと末広さんがこちらへぷらぷらとやってくるではないか。

「西宮ちゃん、喪主様は？　お料理召し上がってもらわな。飲み物のチェックもまだやし……」

式場のなかでその声を聞いていた伊織さんが、喪主様を労《いた》わるようにお声を掛けた。

「よろしければ、少しお召し上がりください。温かいお茶もお入れしますので」

鎌谷医師は、ハンカチ越しに、くぐもった返事をする。

「……はい」

鎌谷医師が式場を出ると、さあさあ、と末広さんが人懐こい様子で、お清め場へ連れて行ってしまった。伊織さんは、やれやれ、と少しだけ肩をすくめる。伊織さんと目が合った藤原さんは口の端で微笑んだ。

「これでお戒名も考え直してくれるわね」

「ええ。大覚さんに明日の朝、お願いすることになりそうですね」

「あら、西宮さん、また泣いてるの」

藤原さんの声にぎくりとする。末広さんの登場で、張りつめていたものが崩壊した私は、鎌谷医師にお辞儀をしたタイミングで下まぶたの涙ダムが崩壊してしまった。

「いえ……泣いて……ません」

どこから見ても泣き顔なのはわかっていたけれど、制服の袖で目を押さえて言い張った。伊織さんの目に、私はどう映っているんだろう。

「顔で笑って、心で泣いて。お葬儀の仕事というのはそういうものよ。明日の出棺に備えて、今のうちに涙を出し尽くしてしまいなさい」

ふう、と呆れたように小さな息をつき、藤原さんが私を諭す。伊織さんは困った顔ひとつ見せず、穏やかな雰囲気を湛えたままだ。

「西宮さんはお身内のお葬儀から間もないですし、共感しやすいのかもしれませんね。明日に響くといけませんから、先にあがってください。私も本部に書類を出してきますので、藤原さん、あとはお願いできますか」

「承知しました。喪主様しかいらっしゃらないとはいえ、泣き腫らした顔のスタッフをうろつかせられないわ。もうほとんど仕事は無いし。早くあがった分、明日はたっぷり働いてもらうわよ」

藤原さんは、冗談めかして私の二の腕をつついた。二人とも笑ってくれてはいるけれど、事実上の戦力外通告だ。気落ちせずにはいられず、藤原さんと伊織さんにお礼と挨拶を言うのもそこそこに、バックヤードへ引っ込んだ。ほとんど片付けが済んだお清め場とは対照的に、バックヤードは音が溢れている。食洗機の水音や、湯飲み茶碗を拭いて重ねる音、床を拭くモップの音に囲まれて、清水さんがもぐもぐと今川焼を頬張っていた。

「お疲れっすー。どうでしたか、デビュー戦」

「清水さん……！　どうして今川焼食べてるんですか？」

マイペース社員の登場に、涙も引っ込んでしまう。

「ご遺体搬送で、さっき地下に安置したところなんすよ。階段で末広さんにばったり会って、『あんたも食べやー』って言われたんで」

「そういえば、私も頂いたんでした。今川焼」

私の鼻声に気づいた清水さんが顔を覗きこむ。

「あれ？　また泣いちゃったんスか！　まだお通夜なのに」

清水さんは大袈裟にのけぞってみせた。私は頷くのと同時に、盛大に洟をすする。

「どうすれば平気になるんでしょう。我慢しようとすればするほど、反対に涙が出てきちゃうんです。お仕事、ちゃんと続けたいのに」

涙と一緒に弱音も出た。せっかく伊織さんの傍で働けることになったのだ。

「感情移入しちゃうタイプなんすね。俺も最初はそうでしたよ。何でも慣れっす！」

今川焼を食べ終えた清水さんが、カラリと笑ってパントリーを出ていく。清水さんも最初は泣いていたなんて信じられないけど、少しだけ気が晴れた。落ち込むよりも、前を向かなくてはいけない。自分に言い聞かせながら、のろのろと着替えて清澄会館をあとにした。


仕事中、何も口にしていなかったので、表へ出た途端にお腹の虫がくうと鳴いた。立ちっぱなしで足が痛かったけれど、駅近くのファミレスにふらふらと引き寄せられた。禁煙席に通してもらい、合皮のソファに身を沈めた途端、足だけじゃなく体中が疲れていることに気付く。注文を済ませて顔をあげると、斜め向かいの席に眼が吸い寄せられた。

スーツ姿の伊織さんが座っていた。ネクタイはしていない。卓上にはアイスコーヒーのグラス。本部に戻ったあとすぐに退勤したのだろう。私と同じで、夕食のために立ち寄ったのだろうか。イヤフォンで音楽を聞きながら目は伏せている。

話しかけたら、ダメだよね。ひとまず今は、熱い視線を送りつつ、コーヒーを啜る。目を閉じていても、格好いいな。ぼーっと眺めていると、不意にぱちりと目が開かれた。

「あっ！」

驚いて声が出た私と目が合う。うわ、どうしよう。

「おおお、お疲れ様です」

座ったまま、ぺこりと頭をさげた。伊織さんは、ん？　と問いかける顔をしてイヤフォンを外す。そうか、聞こえてないよね。

「お疲れ様です、伊織さん」

慌てて言い直す。

「ああ、西宮さんもお疲れ様でした。足、疲れたでしょう。これからお食事ですか」

「はい。そちらのテーブルに移ってもいいですか」

当たって砕けろ、の精神で切り出してみる。そもそも生花部に彼女がいるのだから、もうすでに玉砕済みだ。失うものはない。

「私はもうすぐ迎えが来る予定です。それでも宜しければどうぞ」

伊織さんがテーブルの上のメニューなどをずらして、スペースを作ってくれた。コーヒーを持って、相席させてもらう。『迎え』はきっと、紫藤さんだろう。仕事帰りに待ち合わせするような仲ならば、同棲している可能性もある。

う。

「ええと……」

自分から席を移ってきたのに、いざ向かい合うと、どんな話題が適切なのか迷ってしま

「お腹、空《す》きますよね」

伊織さんに苦笑されて、自分のお腹がぐうぐう鳴り続けていたことに気が付いた。ああ……末広さんの今川焼を食べておくんだった。入り口でチャイムが鳴り、男性が一人入ってきた。

「あれ？　権藤さん」

権藤館長がストライプのスーツ姿に着替え、鞄を下げている。

「おお、お疲れ様ぁ。なんだ、伊織、西宮さんといたのか。色男はしょうがねえな」

権藤さんに冷やかされても、伊織さんは軽く咳払いしただけで取りあわない。

「食事は家で取りますよね。昨日のサラダがまだ残っていますし」

「昨日のサラダ……」

事態が呑み込めない私は、目を点にして繰り返してしまう。

「ええー。俺、西宮ちゃんとご飯食べたい」

権藤さんがふざけて、メニューを開いてパタパタめくる。店員さんが恐る恐る近づいてきた。

「お連れ様ですか」

「ええ、でももう帰ります」

伊織さんが立ち上がると、権藤さんがぷうっと頬を膨らませた。

「権藤さんと伊織さんって、一緒に住んでるんですか」

名字が違うから家族ではないだろうけど、聞かずにはいられなかった。

「そう。あ、誤解したらダメよ。俺たち、デキてるわけじゃないからね。それどころか、こいつ、彼女もいないから。よろしくね」

権藤さんがへらへらと笑い、隣で伊織さんは珍しく渋面をつくった。

「余計なことをバラさないでください」

「え、でも今日、生花部の紫藤さんが彼女だって……」

私が口走るのを聞くと、伊織さんは恥ずかしそうに口元を押さえる。

「あれは、藤原さんと紫藤さんの冗談です。紫藤さんは大覚さんの奥さんなんですよ。旧姓のまま勤めているので分かりにくいですが」

「ええっ……！」

伊織さんの言葉に、驚きすぎて放心してしまう。フリーズする私の眼前を、権藤さんの掌がひらひらと行き来し、意識があるか確認する。

「西宮ちゃーん。どうした？　おーい」

「初仕事で疲れてしまったんですね。私たちはこれで失礼しますが、ゆっくり夕食を召し上がってください。明日、また宜しくお願いします」

伊織さんが、労わりを込めてフォローしつつ席を立った。残された私は、運ばれてきたパスタを前に、テーブルに突っ伏す。

初仕事に加えて、謎解きと失恋未遂。ひと晩で味わうにはボリュームが多すぎた。ため息をついて顔をあげる。ほぼ空になったアイスコーヒーのグラスで氷が溶け、くるりと回った。パスタの皿を引き寄せ、フォークを手に取る。噛む体力も残っていないように感じるけれど、食べなければ家にも帰れない。お葬儀の仕事は体力がいる、と身を以《も》って知った。気力を振り絞って、フォークを口に運んでいると、いつの間にか、明日のことを考えていた。

疲労困憊《こんぱい》なのに、これまで感じたことのない使命感が萌《きざ》している。桃子様の——少しお茶目な小町のご出棺を無事にお見送りしたい。

明日こそは、心で泣こう。

# 第3章　横顔も見せぬまま

「あの、少し立ち入ったことをお聞きしても宜しいですか」

五月も終盤に差し掛かり、梅雨の季節が迫ってきた。今日は雨が降ったり止んだり忙しない。

清澄会館の事務所のエアコンは調子が悪く、窓を開けてしのいでいる。権藤館長は藍色の扇子を弄びながら欠伸をした。時刻は午後十六時半。式場はもう準備ができているし、湯灌式は専門の業者さんが担当するので、館長は差し迫った業務がないようだ。

「なになに、西宮ちゃん、畏《かしこ》まっちゃって」

欠伸の涙を拭く権藤館長に、思い切って尋ねた。

「権藤さんは、伊織さんとご一緒に暮らしてらっしゃいますよね。どうしてなのか、気になってしまって」

ファミレスで二人に遭遇した夜から、ずっと気になっていた。権藤さんはすうっと真顔になり、深刻そうに声を落とす。

「それは……」

ぽつり、とまた雨が降り出したらしく、雨粒が窓を打つ。

「あいつ、俺の隠し子なんだ」

「嘘やで」

事務所のシンクを掃除していた末広さんが、間髪容れずに否定した。

「グレて高校を中退した伊織くんを、なごみ典礼に就職させたんは権藤さんやけどな」

「い、伊織さんってグレてたんですか？」

「せやでー。入社して、権藤さんの家から通い始めた頃は、狼みたいに目がきつうてなあ」

末広さんの言葉に、私は目をぱちぱちとしばたいた。

「えっ……ええっ！」

口元を押さえながら驚きの声を発していると、権藤館長はけらけらと笑った。

「狼っていうより、チベットスナギツネみたいだったぞ。俺は、あいつの荒《すさ》んだ目を見て、ぴーんと来たのよ。『こいつは、いい葬儀屋になる！』……ってな。それで社員寮代わりにうちに来てもらったわけ」

館長は、扇子の先を私にビシッと向けてみせた。

「俺は、グレた奴に仕事を与えてまともな道に戻してやるのって、憧れだったんだよ。なんか格好いいだろ。それが今や、伊織の方が憧れの的で、追っかけがいるもんな」

「追っかけってお客様ですか」

ライバルが沢山いるのかと、焦る私の背中を末広さんがぱーんと叩いた。

「あんたのことや。毎日毎日、伊織くんのことばっかり聞いてくるやん」

「ええ、私ですか？　そ、そんなつもりは……アハハ」

狼狽《ろうばい》した私は、不自然な誤魔化し笑いしか出てこない。受付用のボールペンと輪ゴムの束を小さな籠にまとめ、退散する。

階段室の窓が少し開いていて、雨が路面をリズミカルに打つのが見えた。葬儀業者の間では、雨が降るとお葬儀の件数は減ると言われている。実際、六月はお葬儀がゼロ件の日もあるらしく、閑散期といえる。藤原さんは、毎年六月に有給休暇を取るそうだ。

「お盆や年明けは件数が多いから、働きたいのよ。そこへいくと六月は、予定を空けておいたってお声が掛からないんだもの」

「じゃあ、私は六月から完全に独りなんですね」

玄関ホールから駐車場を透かし見ながら私が呟く。ご葬家だけの小規模のお通夜なのだが、お寺様が随分と遅れ、出迎えに降りてくれと担当者から頼まれたのだ。他にやることもないので、藤原さんとふたり、一般会葬の方が来た時の受付も兼ねて待っている。

「その通り。しっかりしてよね」

藤原さんに肩をぽんぽんと叩かれているところへ、きゅうっとタイヤを鳴らしながらワゴン車が滑り込んできた。駆け寄るとお若い僧侶がひとり……いや、三人、降りてくる。担当者からは、お寺様はひとりで来ると聞いていた。

「宜しくお願い致します」

どうにか笑顔を繕ったけれど、私の脳内はパニックになる。藤原さんが迅速に指示を出してくれ、急遽三人分の備品を揃えた。研修が終わってから、今日のようなイレギュラーが起こったら、ひとりではとても対応できない。

「私だって、未《いま》だに困ることはよくあるわよ。どのお葬儀も、同じではないの。ひとりで壁にぶち当たって、悩んだ末に出した答えが、次の現場で生きるのよ。言葉で教えられるものじゃないから、いつまでも私といたって、覚えられないわよ」

不安がる私に、藤原さんは腕組みをして発破をかける。

「神式の見学がまだなのが、特に心残りです」

仏式は、かなり多くの宗派を研修させてもらえたが、神式はまだ一度もやったことがない。

「神式は月に数回だもの。そんなこと言っていたらキリがないわよ。キリスト教だってあるし、新興宗教もあるし。どこかで覚悟を決めないと」

諭す藤原さんの表情は明るかった。先輩に前へ進めと言われているのだから、勇気を出して進むしかない。藤原さんが小さな紙袋を差し出した。

「忘れないうちに、渡しておかないとね。よかったら受け取って」

受け取って中身を取り出すと、桃色の珊瑚が滑り出てきた。大きさは小指ほどで、つるつると磨かれた小枝のようなフォルムが美しい。先端の小さな穴に紐が通されて、ストラップになっている。

「うわあ、とっても綺麗ですね。色も素敵。ありがとうございます」

「灰均《はいなら》しに付けて使ってね。地元の友だちが作ってるお土産なんだけど、大きさが丁度いいの」

灰均しとは、小さな金色のヘラのことで、香炉の灰掃除に使用する。先端がギザギザになっていて、丁寧に灰を均せば枯山水の庭のようにきれいな縞模様になる。掌に収まるサイズの道具だけれど、葬儀屋の必携品だ。

「珊瑚がお土産ということは、藤原さんの地元って、もしかして沖縄ですか？」

「いいえ、もっと近い場所。八丈島《はちじょうじま》よ。休暇中には、ダイビングライセンスの試験を受ける予定」

故郷が南の島だなんて、羨ましい。

「趣味がダイビングって格好いいですね」

「あら、西宮さん、興味ある？　海はいいわよ。何もかも忘れさせてくれるから」

藤原さんの声が弾む。私は早速、灰均しに珊瑚ストラップを付けた。藤原さんから及第点をもらえた気分だ。

「ダイビング、楽しんできてくださいね」

「西宮さんも頑張ってね。お寺様や担当者も助けてくれるから、きっと大丈夫よ」

「はい！」

元気よく答える。藤原さんの言うとおりだ。仏教のわからないことはお寺様に、神道のわからないことは神主様に聞けばいい。

覚悟を決めて迎えた六月だったけれど、僧侶も神主もいない、想定外のパターンが私を待ち受けていた。

別な会館で告別式のお仕事を終え、清澄会館に着いたのが午後三時。ホワイトボードに書かれた伊織さんの名前を見て、心が小さく跳ね上がったのも束の間、真顔で首を傾げてしまった。

「担当者は伊織さんですね。宗派は……自由葬、ですか」

しかも故人名が、一行にふたつ書かれている。

――望月冬子《もちづきふゆこ》（町田《まちだ》ガム）　享年三十九。

本名が『望月冬子』で、『町田ガム』は芸名だろうか。

「なんか、ＹｏｕＴｕｂｅｒだったみたいだよ。その人」

孫の手についたゴルフボールで首をごりごりしながら権藤館長が言う。ＹｏｕＴｕｂｅｒが故人様になるとは。いや人間だから亡くなるのは当たり前だけど、ネットで活動している人って現実感がなくて想像したことがなかった。

「三十九歳、独身、独り暮らし、たぶん無職。生活保護は受けてないから、動画配信で稼いでたらしいねー。肉親の方とも連絡がつかないらしいんだよ」

「それでお施主様がご友人なんですね」

ホワイトボードには喪主様の名前がなく、施主名が書いてある。喪主は遺族を代表する人、施主は葬儀代金やお布施を払う人、という違いがあり、会社や友人も施主になることができる、と教わった。

「お施主様は、道祖神《どうそじん》たわら、様……本名ですか？」

「いや、ネット上の名前らしいね。本名は出したくないんじゃないの。詳細は伊織が来るまでわからんぴょん」

自由葬については、藤原さんから一通り説明は受けていた。宗教的な儀式に囚《とら》われない葬儀スタイルだ。宗教は信じない、という故人の意思を尊重する「無宗教」の葬儀と違い、自由葬では僧侶は呼ばず、焼香や家族による読経など「仏式っぽい」ことをする場合もある。お花を手向ける「献花《けんか》」や、音楽を捧げる「献奏《けんそう》」などをメインに執り行うことも多い。

導師がいない分、葬儀担当者がきちんと場を仕切らないと、意義のある時間にならない。もちろん、葬儀アシスタントも儀式としての緊張感を出さなくてはいけない。

「ベテランのアシスタントになると、物腰は柔らかく、格式は高く！　司会者や会葬者の背筋さえ伸ばし、葬儀の空気すべてを一手に担うんやで！」

パントリーのなか熱く語るのは、休憩時間中の末広さんだ。

「藤原さんがお寺様を先導されると、ピリッと荘厳な空気になりますね」

「まあ、あんたは無理せず、式次第を頭に叩き込むんやな」

担当者の伊織さんは、別件で遅れているらしく、まだ進行の打ち合わせはできていない。代わりに準備を任された清水さんが、式場で椅子を並べていた。白木の祭壇の代わりに、グレーの布で覆った台の上に、ご遺影の台座だけが置かれている。お棺もまだ来ていない。

「お疲れ様です、私もお手伝いします」

声を掛けると、ワイシャツの袖をまくった清水さんが、振り返った。

「お疲れっすー。何人来るか分からないんで、ひとまず多めに四十席並べてます」

清水さんは椅子を台車からひょいひょいと降ろして、どんどん整列させていく。私も真似をするが、速さは敵わない。並べ終わると、真っ直ぐに並んでいるか、縦横から列をチェックする。

「仕事には慣れましたか」

つんつん、と椅子を蹴り、微妙なズレを直しながら、清水さんが尋ねた。

「おかげさまで、研修が終わりました。右も左もわからない、ひよっこですけど」

「泣き虫は治りました？」

「鎌谷家のあとは、泣いていませんよ」

泣きそうになったことは何度かあるけれど、何とか下まぶたに涙を溜めて乗り切った。

「そういえば、鎌谷家も伊織さんとでしたね。ひとくせあるご葬家の引きが強いんスよね、伊織さんは」

椅子がきちんと並んでいることを確かめると、清水さんは音響と調光のテストをする。祭壇の後ろで、間接照明がふわりと灯《とも》った。

「伊織さんがご葬家に寄り添う優しい方だから、本部がわざと、難しそうなお家を担当させるんでしょうか」

「いやいや、受注からですからね、鎌谷家も町田ガム様も。本部が選ぶことはできないッスよ。それに……俺から見たら、伊織さんは『優しい人』じゃなくて『優しくなりたい人』っすね。ロボットだとか、宇宙人みたいに、普通の人間にいつも憧れているように見えるんすよねー」

どうしてそんな風に思うのか、詳しく聞こうと身を乗り出したところへ、清水さんの携帯が鳴った。

「お疲れ様です、清水です……はい、こちらは準備出来てるんで、大丈夫です。すぐ戻ります」

本部からお呼び出しがかかったようだ。

「西宮さん、申し訳ないっすけど、あとは伊織さんの指示で動いてください。あ、焼香はしないみたいなんで、下げておいてもらえますか」

「わかりました。お疲れ様です」

ういーっす、と清水さんは手を挙げて式場を出て行った。焼香台の上には香炉が二つ、前机のお線香用の香鉢も下げなくてはいけない。香炉も香鉢も、瀬戸物で出来ているから、見た目よりも重い。でも藤原さんはいつも、炭が入っていなければお盆を使って一気に片づけてしまう。私も挑戦、と持ち上げてみた。何とか大丈夫そうだ。

伊織さんはもう到着しただろうか。久しぶりに会うと思うと少し緊張する。清水さんの『優しくなりたい人』というフレーズを思い返していると、廊下の角を曲がるタイミングでバランスを崩した。

「ああっ」

うっかり焼香炉をひとつひっくり返してしまい、白い灰がカーペットに広がる。急いで箒《ほうき》と雑巾で掃除する。灰の粒子は細かくて、カーペットの隙間に入り込み、なかなか落ちない。灰の嵩《かさ》が少ないと炭が燃えにくいので、ストックのある地下＝霊安室と納棺室のフロアへ行かなければいけない。ちゃんと明かりも点くし、ご遺体は保冷庫に安置されてはいるんだけど……。ううん、私は一応、リケ女だ。非科学的なモノを怖がるなんて。霊安室が怖いなんて言っていたら、お葬儀屋さんは務まらない。幽霊がいたとしても、きっといい霊に決まっている！……って全然論理的ではないか。

拳を握りしめて、階段で地下へ降りていく。明かりが点いているから、到着したばかりの故人様がいたか、これからご面会のご親族がいるのだろう。

ご面会希望の方が来るとき、霊安室のドアは開け放しになっている。横目で確認すると、やはり開いている。人がいるかどうかは、観音開きの扉が衝立《ついたて》になって、わからない。人の気配はしないから、誰かが来る前なのかもしれない。

焼香灰がある倉庫は、階段下の半端なデッドスペースだ。天井までの高さが一三〇㎝くらいしかなく、真っ暗だ。腰をかがめて、詰め込まれている物を乗り越え、明かりのスイッチを点けた。どうにか灰の入った袋を引きずり出す。

やれやれ、と吐息をついて後ろを振り返ったのと、チーン……、と鐘の音が鳴り響いたのは同時だった。ざわあっ、と全身の鳥肌が立つ。身を縮めて、こわごわ奥の霊安室を見やる……気配はなかったのに、誰かいる。耳を澄ますと、啜り泣く声が聞こえた。

「……ふゆこ」

くぐもった声に、ぞぞぞ！　とまた鳥肌が両腕に走る。落ち着け、私。さっき確かホワイトボードに「望月冬子」とあったじゃないか。町田ガムさんのご遺体とご対面している人がいるだけじゃない。お参りの方を驚かせないよう、そっと階段を上がって地下から離れた。

一体誰が面会していたのだろう。相当泣いていたようだった。男なのか女なのかもわからないくらいに喉を嗄らして、ほとんど掠れ声だった。あと一時間と少しでお通夜が始まるというのに、地下でご対面していた理由も不明だ。お身内様はいないと言っていたので、親しいご友人だろうか。

焼香炉に灰を足し、ついでに備品棚を掃除してパントリーへ入ると、末広さんがもうひとりの配膳スタッフさんとグラスを磨き、準備を始めていた。知っている人の気配があるとほっとする。

パントリーとお清め場をつなぐドアがノックされたので、私が出る。

「すみません、冷たいお茶をいただけますか」

ドアの向こうにいたのは、伊織さんだった。私が地下に行っている間に到着したようだ。伊織さんの体越しに、お客様の人数を確認する。お清め場の入り口あたりに、色白の男性と、夜会巻きに髪をまとめた女性がうつむいたまま座っている。書類や弔電を広げているから、恐らくどちらかが、施主の道祖神たわら様なのだろう。

「すぐお持ちします！」

引っ込んで、アイスの緑茶を作った。もうすぐわかることとは言え、どっちが道祖神様なのか、とても気になる。好奇心満々なのは末広さんも同じらしく、すかさずお盆を受けとった。

「偵察してくるわ。西宮さんはちょっと待っとき」

私は扉の外をそっと窺っていたけれど、なかなか末広さんは戻ってこない。ならば、と制服を整えて表へ出陣。打ち合わせが行われているのはお清め場の入り口付近なので、さりげなく立っていれば、会話の内容が聞こえるかもしれない。廊下へ出ると、エレベーターホールのほうから末広さんの声がする。別のお客様に捕まっているらしい。私でも何か助けになるかもしれないので駆け付ける。

すると、長髪を頭頂で結った線の細い男性が、大きな紙袋を片手に末広さんに一生懸命、説明している。

「すみません、わたくし、機械のことは」

　末広さんの弱った声が聞こえた。

「だからあ、式場のプロジェクタと俺のＰＣを繋げれば、動画をみんなに見てもらえるってことなんですよね。あと、タブレットは電源さえあればループで再生できるようになっているってことなんです、単純に」

　男性が言い募っている。どうやら動画を式中に流したいらしい。亡くなったのはＹｏｕＴｕｂｅｒだから、そういうご要望が出るのが自然だろう。ただ、清澄会館が建てられたのは平成初期。音響設備にプロジェクターはあるものの、ＤＶＤプレーヤーと連動しているだけで、ＰＣからの再生はできないはずだ。

「恐れ入ります、お客様」

　ご説明しようと割り込むと、男性は顔の周りに虫が飛んできたように身をすくめた。私もつられて身を縮めたが、別に何もいないようだ。不思議に思ってお客様の様子を窺うと、私から目を逸《そ》らし、じりじりと後ずさる。

「私でよければ、機材がお使いいただけるかご案内致します」

　できるだけ、にっこり笑って警戒心を解こうと思ったけれど、男性は首をすくめたまま、さらに後じさり、無言でエレベーターのボタンを押すと、一階へ姿を消してしまった。

　末広さんと私は揃って首を傾げた。

「ちょっと変わった人やったな」

周囲に漏れないよう、こっそり末広さんが囁いた。

「あれ、今来てたの、八代将軍《はちだいしょうぐん》さんかしら」

はっと振り返ると、夜会巻きの女性がお清め場から出てきており、エレベーターの表示が下がって行くのを凝視している。四十代前半くらいで、凛とした強さを感じる顔立ちだ。

「えっ、八代将軍さん、もう来たんですか？」

色白の男性もやってきた。三十代前半から四十代前半の間だろうか。薄い眉と小さな唇は中世の絵巻物に出てきそうな、和風の顔立ちだ。フォーマルな服は着なれていないのか、ネクタイが少し曲がっていた。

「そう。あの人いつもオフ会のとき、早く来るんです。私、ちょっと下に降りてきます。道祖神さんは打ち合わせの続きをしていてください」

女性が、色白の男性に告げるのが聞こえた。

「わかりました。ピンキーさん、すみませんがお願いします」

男性が道祖神たわら様、らしい。薄い唇は微かに笑っているように見えた。さっきの八代将軍様といい、道祖神様といい、なんだかとても……感情を読み取るのが難しい。ピンキーさん、と呼ばれた女性は、颯爽と階段へ姿を消した。

お打ち合わせを終えると、なかなか二階へいらっしゃらない皆様を心配し、道祖神様も一階へ降りて行った。伊織さんはいつもと変わらない穏やかな笑顔で、傍へやってきた。

「西宮さん、先程はお茶、ありがとうございました」

「いえ。あの、今日のお式はどんな内容なんですか」

式の詳細は、伊織さんが忙しくなってしまう前に、聞いておきたい。伊織さんは、手元のバインダーからコピー用紙を一枚取り出した。

「こちらが式次第です」

開式、施主の挨拶、献奏、献花、とプログラムが書かれている。

「もし、ファンの方が映像を持ち込まれた場合は、施主の挨拶の後に流します。その後、献奏。道祖神様からCDをお預かりしました。ゲームのBGMをご自身で編集したものですね。二曲流して、三曲目からは献花に移ります。献花は初めてですか」

「はい、自由葬が初めてなんです」

「では、こちらへ」

伊織さんと一緒に倉庫の前まで移動する。黒い生花用のバケツに白いカーネーションがぎっしりと活けられている。

「開式までに、カーネーションを取りやすいようにお盆に並べておいてください。献花が始まったら、お客様の右手にお花が来るように渡します。施主様だけはおひとりでお供えいただき、あとは二名ずつ進んでいただきましょう。もし人数が多ければ、三名ずつでも大丈夫です」

バケツに用意されたお花は一抱えほど。だいたい三十本くらいだろうか。

「会葬者が沢山来られて、お花が足りなくなった場合は、どうすればいいでしょうか」

「手元のお花を配りきったら、献花の列を止め、供えてあるものから回収します。私も手伝うので、大丈夫ですよ」

「いま練習してもいいですか」

「ええ。では式場へ行きましょう」

一緒に練習してくれるらしい。未熟者だからこその特別扱いと分かっていても、嬉しさに頬が緩む。

「本日は、何点か注意事項があります。まず、故人のお顔は最低限しかお見せしないことになっています。ですので、式場のお写真もあのような形になっています」

祭壇代わりのグレーの台には、シンプルな白い花が直線を縁取るように飾られている。私が地下に行っている間に、生花部と伊織さんが飾ったのだろう。中央に飾られているお写真は、明らかにこれまで見た中で一番違和感のあるものだった。

合成で作られたのだろう、淡いブルーの背景に浮かぶ、後ろ姿。黒いパーカーの帽子をすっぽりかぶった、年齢どころか男女の区別すら分からない『遺影』がスモークシルバーの額縁に入って飾られていた。

「これは……」

「望月様は、『町田ガム』として動画サイトで活動をされていました。ゲームの実況中継、というジャンルだそうです。動画のファンにとっては、画面にときどき映っていたパーカーを被った後ろ姿が一番馴染み深い、とのことで、このようなお写真になりました」

「故人様ご本人のご希望、なんですか？」

「はい。生前、道祖神様に、お葬儀のご相談はされていたそうです」

「お二人は面識があったのでしょうか」

「いえ、Ｔｗｉｔｔｅｒのダイレクトメールという機能を使われていたそうです。町田様は重度の肝機能障害で、亡くなるひと月ほど前から、道祖神様にもしものことをご依頼されていたそうです」

　重度の肝機能障害、ということは……。

「もしかして、お酒、ですか」

「私からは何とも言えません。しかし、ゲームで好成績をあげたときに祝杯をあげることが、動画の特徴だったと聞きました」

　家にこもりきりで、ひたすらゲームとお酒の日々だなんて、不健康そのものだ。それでも、好きなことを貫いたのだから、ご本人は幸せなんだろうか……。

　幸せだったとしても、薬学部出身の私は、過度のアルコールがどれほど恐ろしいか知っている。健康になりたいと願う人が沢山いる一方で、さまざまな理由から、自らの体を痛めつけてしまう人がいることが悲しい。

「まだ、お若いのに」

　しゅんとする私に、伊織さんは優しく頷く。

「ええ、本当に……。お棺の蓋は閉め切りです。絶対にＮＧではないですが、こちらからご対面をご案内はしません。お客様に開けてもよいか聞かれたら、明日のお別れのときまで閉め切りとお伝えください。勝手に開けた方がいたら、そっとご容赦いただくようにお伝えください」

「わかりました」

お写真に気を取られていたけれど、お棺もすでに安置されていた。会葬に来てお顔を拝見したい、という方はとても多いので、対面のお断りはひと仕事だ。純粋にお別れをしたい人もいれば、興味本位の方もいる。今回の場合、顔出しをしていない有名ＹｏｕＴｕｂｅｒなのだから、お顔を見たいと言う人が少なくないだろう。

面識のないまま、交わる生と死。道祖神様の、薄笑いが頭をよぎる。会ったこともない人の葬儀の施主になるのは、興味本位だったりはしないだろうか。普段なら祭壇から私たちを見つめるご本尊も、今日はない。

「献花のときは、お客様の右手にお花が来るようにお渡しします。お供えするときは、お花が手前に来るように置きます」

伊織さんから献花の作法を教えてもらっていると、エレベーターが開く音がした。伊織さんと私は練習を中断し、式場を出る。エレベーターから降りてきたのは、道祖神様とピンキーさんの他に、数名の会葬客だった。ご年齢は二十代から五十代くらいまでとばらばらだけど、ごく一般的な礼服姿だ。

「お疲れ様でございます」

咄嗟に頭を下げる。

八代将軍、と呼ばれていた男性はいない。

「受付はいかがいたしますか」

皆様を式場に案内したのち、道祖神様に伺う。

「あ、じゃあ、僕がやります」

「施主様は式中にご挨拶もございますので、受付は別な方が立たれたほうがよろしいかと存じます」

伊織さんがやんわりと進言する。

「お二人のうち、どちらかが見ていただくということはできませんか」

道祖神様が、私と伊織さんをきょときょとと見比べた。

「生憎《あいにく》、私どもも式の準備がございます。では、もし宜しければ、開式までは道祖神様が受付をされ、開式後は西宮が交代する、ということではいかがでしょうか。その場合、途中退席の方のお香典返しをお渡しできなくなるかもしれませんので、開式後は受付と同時にお渡しさせていただくことになりますが」

「ああ、じゃあ、それでお願いしたいな。小さなものですし、荷物にもならないでしょうから」

返礼品は、箱入りの日本酒。紙袋に入れて、礼状とお塩が添えてある。一合瓶だから確かに量は多くない。同じ値段でお茶やハンカチも選べるけれど、これもお酒が好きだった故人の意向なのだろう。

伊織さんは、道祖神様に手順を説明するため、受付へ行ってしまう。式場を見やると、故人の写真を前に、会葬客同士が自己紹介をしている。といっても、名乗っているのはハンドルネームらしい。一番若い女性が、口元を覆って大声をあげた。

「えー！　ピンキーさん女性だったんですね！」

「よく驚かれます」

ほほ、とピンキーさんが笑う。

「だって、ゲームの時、武士みたいな言葉遣いですよね。『皆の衆、集まるのじゃ！』とかって」

「オフ会来てくれた人には、ばれてますけどね」

オフラインの会、略してオフ会だよね。ネット上で交流のある人と、リアルで集まるってことだったはず。オフ会で繋がっていた人たちは、知り合い同士といえなくもない。私はあまり観ないから知らないけど、ＹｏｕＴｕｂｅｒのファンがオフ会までするのはよくあるのだろうか。

受付を済ませた方を式場へ案内しようと待ち構えていると、

「すみません」

銀縁メガネの男性が一階を示すように人差し指を床に向けていた。

「お姉さん、一階で人が騒いでるけど」

大学生くらいの方だった。

「あ、ありがとうございます。すぐ確認致します」

伊織さんに、行ってきます、と目で伝えて、階下へ降りていく。すると、制服姿の女子高生が顔を覆って泣いているのを、数人の大人が囲んでいる。声を掛けるために近づくと、女子高生は周囲をきっと睨みつけた。

「どうして、平気なんですか」

質問というより、責めるような言い方だ。華奢な体をこわばらせ、震える声音からは強い怒りしか感じられない。

「ガムさんが死んだ理由、知ってて来たんですよね。それって、私たちが……」

「白烏《しろがらす》ちゃん、やめて。ここに来た人はみんな、ガムさんがいなくなったことを心から悲しんでるはずだよ。平気なんかじゃないよ」

そばにいた母親くらいの年齢の女性が、必死になだめる。その首筋に汗が流れていた。

「おかしい。こんなの、おかしいです」

顔を覆った女子高生の手首には白い包帯が巻かれている。左手……まさか、リストカット、じゃないよね。たとえそうだとしても、今の私にはどうすることも出来ない。動揺する心を落ち着けようと、ポケットの上から灰均しに付けた珊瑚をぎゅっと握りしめた。柔らかく、けれど毅然とした態度。私がふにゃふにゃしてはいけない。お葬儀の空気を作らなきゃいけないのだ。すーっと深呼吸をしてざわつく集団に声を放つ。

「皆様、受付と式場はお二階でございます」

女子高生を含む数名が、一斉に私を見た。うう、怯《ひる》むな！　自分に言い聞かせ、姿勢をただす。

「ご案内致します」

一同は、気まずそうにシンと黙った。彼らをエレベーターに乗せ、二階へ案内する。

「どうぞお進みくださいませ」

エレベーターのドアが開き、そう言い終わらないうちに、女子高生が式場へ足早に進む。

あっと思ったときには、棺の窓に手をかけていた。

「お客様！　申し訳ございませんっが、わ！」

ハイヒールが絨毯に引っ掛かり、私の手が宙をかく。がっ、と一歩踏み出して体勢を持ちこたえたけれど……格好悪いことこの上ない。ああ、空気を作るなんて、私にはまだ無理かも。

「すみません、彼女はいいんです」

道祖神様が、受付から身を乗り出す。ささっと素早い動きで式場の入り口へ来て、少女の背に声をかけた。

「白鳥さん、だよね」

私のいる場所からは、表情はよく見えないけれど、すでに棺の窓は開かれ、白鳥さんは故人の顔を目にしているようだ。道祖神様は、周囲を見渡した。

「すみません、皆さん、今日は故人の遺志を尊重したお別れ会にしたいと思っていて……実は、こちらの白鳥さんだけは、ガムさんと面識があるんです。なので、彼女は特別に対面させてあげたいと思います。それ以外の方はごめんなさい、僕も遠慮しますので……皆様も」

視線が集まることに慣れていないのか、言葉が尻すぼみになっていく。

「ご到着された方から受付をどうぞ」

気まずい空気を打ち消そうと、私は式場入り口で立ち止まった一団に微笑みかけた。

「ああ、すみません。受付は僕でした」

道祖神様は受付に駆け戻る。受付に列ができるのを見守りつつ、揃い始めた今夜のお客様たちの様子を今一度眺める。泣いている方、スマホで写真を撮っている方。まるで周波数の合わないラジオのごとく、悲しみの中に好奇のノイズが混じっている。何か起きそうだ。経験の少ない私でも抱いてしまう悪い予感は、約三十分後、的中した。

開式前と施主挨拶までは、至極順調だった。会葬客の人数は、予想範囲内の二十名強となった。少し早めに会葬者全員を式場へ着席させ、献花を配ってから、ご開式。お花は白いカーネーションだ。参列者は花の扱いに戸惑いながらも、比較的リラックスした雰囲気で着席した。ピンキーさんは持参した三脚に、スマートフォンをセッティングしている。故人の意向ではないけれど、遠方で葬儀に参列できないファンに向けて配信するため、道祖神様が他の方と話し合って決めたという。

「生中継してるってほんま？」

バックヤードから末広さんが式場を覗きに来た。伊織さんは、丁寧に説明をする。

「ええ。ご会葬者のお顔を映さない、という条件で、祭壇と施主の挨拶、それから思い出の映像を配信するそうです」

思い出の映像は、八代将軍さんが編集したものをお預かりした。最初にご用意されていた動画は長すぎたので、急遽さらに短く編集したものをDVDに焼いて準備してもらっている。

「へええ。不謹慎とは思わへんのやろか」

「町田様のチャンネル視聴者は、全世界にいらっしゃるそうです。お施主様からは今回、ご参列したくてもできない方が多いと伺っています。海外在住のご親族がいるパターンは年々増えてますし、国内でも高齢のため参列をあきらめる方もいらっしゃいます。近い将来、お葬儀の中継は需要が増えるのではないでしょうか」

「私は、お葬儀というのはお化粧をして身なりを整えて、御霊前に立つもんやと思うけどなあ。家で平服で画面越しやと、なんや軽く思えてしまう」

末広さんは、式場入り口に飾られた色紙や、動画を再生するように設定されたタブレットなどをちらりと眺めて持ち場に戻った。

伊織さんの言うとおり、誰もが簡単にインターネットを通じて動画を共有できる時代だ。

お葬儀の形も変わってくるだろう。しかし、町田様ご本人は、どう思われるだろうか。

「YouTuberの方ですから、生前からライブ配信に抵抗はないかもしれませんが……故人様の意向ではないんですよね」

私はできるだけ声を小さくして、伊織さんに尋ねた。

「ええ。施主様の希望です。ファンの方からのご要望が強かったのでしょう」

伊織さんは色紙を見やりながらさらりと答え、開式のため司会台へ向かう。

私は打ち合わせ通り、受付へ。万が一のため、道祖神様が受けた分のお香典はすべて手元にお持ちいただく。伊織さんは、いつもの落ち着いた表情で司会台へ移動し、定刻にアナウンスを始めた。

「令和元年六月四日、故・町田ガム様　お別れ会を、ここに謹んで開式致します。町田ガム様は、三十九年という短いご生涯を通し、高いお志をもち、多くの方にゲームの楽しさを発信しつづけていらっしゃいました。本日、ご会葬賜りました皆様におかれましては、生前のお姿を今一度思い出していただき、去りし日にお心を馳せていただきたく存じます」

普段の開式の言葉とは全く違うアレンジバージョンだ。マイクを通すとき、少しだけ低くなった伊織さんの声に、ついうっとりと聞き惚れる。毛布にくるまれるように、心が落ち着く声なのだ。

「はじめに、本日、施主をお務めいただいております、道祖神たわら様より、ご挨拶を賜ります」

祭壇の前に座っていた道祖神様が、用意されていたマイクスタンドの前へ進み出る。勢いよく会葬客のほうへ向きなおると「施主」と書かれた喪章のリボンが翻った。緊張した面持ちで一礼し、ふうっと深呼吸をした。

「本日は、町田ガムさんのお別れ会にお集まりいただき、ありがとうございます。私、道祖神たわらは、生前、町田さんとＴｗｉｔｔｅｒを通して交流がありまして、今回このような役目を、町田さんご本人から、お任せいただいた次第です」

参列者は、道祖神様の言葉に神妙に耳を傾けている。道祖神様のお顔は、開式前よりもさらに白かったが、眼はしっかりと集った人たちを捉えていた。

「本日の主旨ですが、私が町田さんからご依頼いただいた内容を、かいつまんでご説明いたします。まず、自分の動画を見てくれた方を葬儀に呼んでほしい、ということでした。なので、最後にアップロードされた動画のコメント欄で、参加希望の方は私宛てに連絡をしていただき、この会場をお伝え致しました。なお、町田さんと同じようにゲーム中継動画をされているピンキーさんにも、連絡作業は手伝っていただきました」

式場の隅でピンキーさんが、スマホの画面を注視しながら頷いた。

「町田さんのご両親は町田さんが二十代のうちにおふたりともお亡くなりで、ご兄弟もいないとのことです。また、他の親族やお寺ともお付き合いがないとのことで、私が施主に立ち、自由葬という形にして欲しいと言われました」

わずかに震える声は緊張からなのか、悲しみからなのか、わからない。ともかく故人は、危うく無縁仏になるところだったらしい。

「また、遺影は皆様に馴染みのあるものを希望されて、後ろ姿になりました。最期まで匿名・覆面のＹｏｕＴｕｂｅｒでありたいという遺志を尊重し、ご理解いただければと思います。

なお、彼女を死に追いやった病気についてですが、最近になって突然悪化したわけではなく、常に彼女の体を蝕《むしば》んでおり、そんな中でも彼女は動画配信を続けていました。動画配信は彼女にとって大きな希望であり、生きがいでした。彼女の動画はいつかネット上から消える日が来るかもしれませんが、どうぞ、町田ガムさんのことを忘れないでいただきたいと思います」

道祖神様は「以上です」と頭を下げ、よろよろと着席した。

次は、町田ガムの思い出映像だ。式場がフッと暗くなり、プロジェクター用のスクリーンが降りてくる音がする。残念ながら、式場の左手半分に設置されているせいで、私のいる受付からは、わずかに端が見えるだけだ。

「ここで、在りし日のお姿を偲《しの》び、町田ガム様の映像をご覧いただきます」

伊織さんのアナウンスのあと、ピコピコとした電子音を使った、エレクトリックな音楽が流れ始める。明るい曲調に合わせて、町田ガム様が公開した動画の、名場面集のようなものが流れているようだ。映像が切り替わるタイミングで、式場からは、

「ああー」

だとか、

「これ！」

などと、懐かしむ声がちらほらと聞こえる。会場内の人たちはほぼ初対面でも、こうして記憶に残る映像を一緒に見ることで、場の空気に一体感が生まれている。いい趣向だな、と会葬者名簿に視線を落としていると、突然、ビビィ！　とスピーカーが鳴った。

思わず受付から、式場前へ移動する。すると、大写しになったパズルゲームが、フラッシュのように数度明滅し、その後、画面が消えた。

ひえぇ、と身を固くする。大事な場面での機器故障に伊織さんも口元を引き結び、スクリーンを睨んでいる。スクリーンは淡いグレーの光を受けていて、プロジェクターがオフになったわけではないようだ。再生機器か、ＤＶＤそのものに異常があった可能性が高い。会葬者がざわつき始めた、その瞬間。

《こぉろ・さぁ・あ・れたぁ》

地を這うような低い声が、式場に響いた。全身に鳥肌が立つような、気持ちの悪い声だ。単なる電子機器の故障では説明ができない不可思議な事態に、冷や汗が流れる。不具合というより……まるで心霊現象だ。

伊織さんは、式場の照明を点けた。調光をMAXに上げたのだろう、眩しいほどの光に会葬客は口をつぐむ。その隙に、プロジェクタースクリーンを巻き上げる。迅速で冷静な対応だ。

「大変失礼いたしました。只今《ただいま》、音響の不具合を確認中でございます。続きまして、ご会葬の皆様より、献花を賜ります。施主様よりご遺影の前の献花台へお進みください」

伊織さんはマイクを置くと、BGMをオンにし、私に手で合図を出す。私はそろりと道祖神様の隣へ移動して、献花台へご案内する。用意してあったお盆からお花を渡し、次の二名も並んでいただいた。練習の甲斐あって、思ったよりもスムーズに献花の流れが出来上がる。

式場用の穏やかなクラシックに合わせて、会葬者達が何事もなかったかのように席を立ち、カーネーションを供える。写真にお辞儀をする人、じっくりと手を合わせる人、さらっと済ませる人など、お別れの仕方も様々だ。白鳥さんは、また目頭をハンカチで押さえながら、前へ進んだ。

献花のあと全員をお清め場へ通すと、伊織さんの側へ駆け寄った。さっきの音声、私の耳には「殺された」と聞こえた。物騒だけど、聞こえたものは仕方ない。

「伊織さんは、先程の音声をどう思われますか」

思わずグイグイと凄《すご》んでしまう。ところが、伊織さんは軽やかに微笑んだ。

「ああ。DVDの焼き付けに失敗したのかもしれませんね。もう一度ここで流すわけにはいかないので、道祖神様にご確認いただくしかありません」

「焼き付けに失敗……ですか？　たまたま偶然、あんな台詞が流れたなんて」

いつもなら、伊織さんの言うことには百パーセント頷ける。でも今日は、はぐらかされた気分だ。

「タイミングがタイミングでしたから、私も焦りましたが……今は気にしても仕方ありません。では、私は少し事務作業がありますので、献花の片づけをお願い致します」

伊織さんは私に軽く会釈をし、バインダーを抱えて歩み去ろうとした。式場には、後ろ姿の遺影、閉め切られた棺、町田ガムの動画を自動でループさせているタブレット。これまで経験した仏式の祭壇とは違う雰囲気に、ひとり残されるのが急に不安になってしまった。階段の方へ歩いていく伊織さんの背を目で追いかける。すると想いが通じたように、彼がくるりと振り向いた。

「何かあったら、すぐに呼んでくださいね」

ほんのわずかな微笑みに、体の中心が熱くなる。こんな一言で、頑張ろうと思えるから私も単純だ。うん、伊織さんは側にいてくれる。まだお客様がいるのに恐がっちゃだめだ。

初めて尽くしのせいか、今日は自分を鼓舞する瞬間が多い。カーネーションをお盆に載せてさげ、水の張ったバケツに漬けながら、はっと思い至る。地下の霊安室で聞いた「冬子」と故人を呼ぶ、くぐもった声。あれは……。

故人と対面が許されているのは私の知る限り、道祖神様と、白鳥様だけだ。

「お顔、見せてください」

会葬者が引き上げていき、ぼんやりと考えをめぐらせているところへ、白鳥様がやってきた。どうぞ、とご案内する。白鳥様は、誰もいない式場で棺の蓋を開き、故人に語りかける。

「ガムさん、最後の生中継、サイコーでした。みんな、驚いたと思う。アクセス数、過去最高になっちゃうかも」

細い指で、棺の蓋を優しく撫でる。彼女は不意に私の方を見て尋ねた。

「葬儀屋さんも、見ました？」

私が答えに詰まっていると、

「バズってますよ。『実況ゲーマー・呪いの葬儀中継』。亡くなってからも、ネットの世界で生き続けるなんて……理想です」

ぎらぎらと瞳を輝かせて微笑んだ。背筋がぞわり、と寒くなる。

「呪いの葬儀中継、ですか」

つい、鸚鵡返《おうむがえ》し。故人様の傍にひとり残る人は、話し相手が欲しい場合が多い。きちんとお話を聞いてあげたいと思うのだけど、距離感が難しい。経験の浅い私は気の利いた言葉が出なくて、言われたことをそのまま返すのが精いっぱいだった。

「ガムさんには、アンチがいます」

白鳥さんは、写真を見上げてうっすら笑った。『アンチ』は『ファン』の逆で、嫌う人のことだ。

「ガムさん、それほどプレイは上手くなかったんです。だから、バカにする人もいっぱいいました。まあ、けなしてる人も、動画は見ていたんだけど」

「ゲームが上手くなくても、閲覧回数は増えるんですか？」

素朴な疑問を口にすると、彼女はこちらを横目で見て笑った。

「技巧で閲覧数を伸ばす人もいます。でもガムさんは、トークと、引きこもりキャラで人気でした」

「実際はどんな方だったんですか」

白鳥さんは、少し考えるように、棺をなぞる手を止めた。

「どんな人だったんでしょう。もっと知りたかったな」

悲しげに言葉を切る。エレベーターの方でざわざわと声がして、会葬者の一部がお清め場から出て来たらしかった。全員スマホを片手に、ほろ酔い状態のようだ。大きな声で笑っている人もいる。道祖神様は、気を悪くした風もなく、エレベーター前で彼らを見送り、頭を下げた。そこへ、伊織さんが事務所から戻ってきた。

「お疲れ様でございます。お食事は召し上がりましたか？」

「いえ、まだ……」

道祖神様は壁時計に目をやる。もうすぐ二十時だ。会場の使用時間を気にしているのだろう。

「まだお時間はございますので少し召し上がっていただいてから、明日のお打ち合わせをお願い致します。それから……」

伊織さんはバインダーを開き、例のＤＶＤを手渡した。道祖神様の肩が、一瞬、強張ったような気がした。

「こちら、お先にお返しいたします。機器にエラーは出ておりませんでしたので、明日、また再生をご希望でしたら、お手数ですが、最後まで問題なく再生されるかどうか、内容のご確認をお願い致します」

「わかりました……でも、明日は動画は無しにしようかと思います」

「承知いたしました。ちなみに、現時点で何かご心配ごとはございますか」

「いいえ。特にありません。あの、家族でなくても、泊まっていいんでしょうか？　今から帰るには少し疲れてしまって」

「もちろん、お泊まりいただけます」

確かに、道祖神様の顔色はどんどん悪くなっている。伊織さんは、にこりと即答した。

「ただし、貸し布団業者の受付時間は過ぎておりますので、お布団のご用意はできかねます。宜しければ、ひざ掛けをお貸しいたします」

「ありがとうございます」

「お泊まりになるのは、おひとりで宜しいですか」

道祖神様は伊織さんの問いに、はい、と答え、お清め場へ戻って行った。

「かなりお疲れのようですね」

道祖神様を見送りながら私は呟く。

「そうですね……施主をお務めですから、ある程度はどうしてもお疲れになると思います」

「伊織さん、町田ガム様を地下にご安置している間、お参りに来たのって、道祖神様だったかどうか、わかりますか？」

私は、地下室で聞いた声を思い出していた。

「地下にご安置している間、ですか」

伊織さんの目が少しだけ見開かれる。彼にとって意外な質問だったようだ。

「はい。今日の十六時半頃、備品を取りに地下へ降りて行ったとき、町田様を『ふゆこ』と呼んでいた方がいらっしゃったんです。霊安室の中で小さい声でしたので、男性か女性かもわからないんですが」

伊織さんが顎に手を当てる。

「十六時半頃だとすると、私の到着前ですね。清水君が対応したのではないでしょうか」

「もし、道祖神様なら、本名の下のお名前で呼ぶのは不自然だと思ったんです。式中の謎の声のこともあるし、気になって」

「そうですか……故人をご本名で呼ぶ方はいないはずなのに、気になりますね」

伊織さんは一歩私に近づき、周囲に聞こえないよう声のトーンを落とした。

「実は、特に必要ではなかったのでお伝えしなかったのですが、道祖神様の本名は、『町《ま》田《ち》秀平《だしゅうへい》』というんです」

「ええ!?」

私は思わず前のめりになって大声を上げる。シィ、と伊織さんが眉を上げ、唇に指を当てた。

「もちろん、町田ガム様の本名は『望月冬子』ですし、御親戚ではないと思います。母方の、という可能性もありますが、葬儀をこのような形でご依頼していますし、少なくとも血縁者として、お互いの存在を知ってはいなかったでしょう。道祖神様が同じ名字のYouTuberに興味を持った、というほうが自然ですが……」

伊織さんは思考の先にある答えに手を伸ばしかけ、ためらった様子で整った口を閉ざす。

「単なるファン以上の何かを感じますよね」

私が文末を引き取る形で繋いだ。

「ええ。もしかしたら、道祖神様と町田ガム様は、実は面識があるのかもしれません。町田ガム様は認識していなくても、道祖神様が実は同じ学校や職場にいた経歴があってもおかしくないと思うのです」

伊織さんは顎に当てていた手を、今度は口元に当てる。推理中の探偵みたいだ。

「町田ガム様は、動画ではお顔を出していなかったんですよね。例えば、なごみ典礼の誰かが顔を出さずに動画をアップしていたとして、同僚の関係だったら気づくでしょうか」

「個性がはっきりあれば、分かるかもしれません。例えば権藤館長なら、身振りも独特ですから、少しくらいカモフラージュしても気づくような気がします」

お清め場から椅子を引く音がして、また数名の方が帰って行く。

「そういえば、白鳥さんという会葬者の方が、ご葬儀動画のアクセスが凄いけれど、町田ガム様にはアンチがいる、とおっしゃってました」

「アンチ、ですか。嫌う対象が亡くなってからも、攻撃をするのでしょうか」

「うーん、しないとは言い切れないと思います」

「では今夜の動画が多く再生されることにも、反感を持たれているでしょうね」

伊織さんは、また深く考え込んだ。エアコンの風が少し強くなり、前髪がかすかに揺れる。

「私、実は今回のお葬儀に違和感があるんです。道祖神様も、もしも過去に面識があったとしても、ご家族ではなく他人ですよね。他の方々も、お葬儀を生中継したり、イベントのような雰囲気を感じてしまって」

式場のご遺影に視線を向けながら、つい本音が漏れてしまった。伊織さんは、かすかに頷く。

「メジャーな仏式のお通夜とは、雰囲気がまるで違うので、無理もありませんね。ですが、我々の仕事は、施主様の意向をできるだけ反映したセレモニーを作ることです。それに、ご血縁だけがすべてではありません」

伊織さんの言葉は短かったけれど、きっぱりとしていて重みがあった。いつになく力のこもった声音に、伊織さんは権藤さんと暮らしていることを思い出す。伊織さんは、きっと他人が家族と同等の存在になることを、普段から身近に感じていたのだろう。それに担当者は毎回、喪主様や施主様と何時間もかけてお葬儀の内容を打ち合わせる。施主様が申し込まなければ、お葬儀の場は設けられない。会葬者がどんな方々であろうと、スタッフが意見をするような立場ではないのだった。反省の気持ちに項垂《うなだ》れている私に、伊織さんが尋ねた。

「それはそうと、故人様に反感を持つ人の存在は気になりますね。西宮さん、上がり時間を少し遅らせることはできますか」

「あ、はい、それはまったく問題ないです」

「では、私は本社へ一度戻りますが、また清澄会館に戻ってきます。駅まで送りますので待っていてください」

脳内がフリーズする。駅まで送ります、だなんて。ずっと噛み締めていたい台詞だけど。

「だ、大丈夫ですよ。ご面倒かけちゃいますし、駅まで遠くありませんから！　お気持ちだけで、嬉しいです！」

なんて、自分でも不自然なくらいの笑顔で断ってしまった。だって、二人きりで駅までとか。車にせよ、徒歩にせよ、想像しただけで、なんか恥ずかしい！

伊織さんは瞬きを止め、真意を確認するかのように私の目を覗き込んでいたが、すぐにいつもの微笑に戻る。

「では……もし、動画や写真を撮られたり、絡まれたりするようなことがあったら、すぐ私の携帯に連絡をお願いします。ああ、番号をお伝えしていませんでしたね」

伊織さんは名刺を取り出し、裏に番号を走り書きして渡してくれた。業務に必要なので、スタッフ同士が携帯番号を交換することは珍しくない。でも「追っかけ」の私にとっては、僥倖《ぎょうこう》だ。

「わかりました。もし、何かあっても、ここの職員として毅然と対応致します。でも、もしものときは、宜しくお願いします！」

じわじわと込み上げる幸福感を噛みしめ、頭を下げる。

お清め場を覗くと、いつの間にか人数は減っていた。残った人たちは上座に集まって静かに談笑している。先程までのどこか浮ついた雰囲気は消え、会話のペースも落ちたようだ。

話の中心はピンキーさんのようだ。その隣に道祖神様が、心ここにあらずといった表情で相槌を打っている。おふたりの斜め向かいに白鳥さん、ひと席空けて八代将軍様が座っている。

「いやあ、夜勤明けの楽しみが減っちゃったな」

ピンキーさんはワイングラスを揺らし、ため息をついた。

「お医者様のお仕事をこなして、ご自分の動画も公開して、さらにガムさんの動画もほぼリアタイでチェックしてるなんてすごいです」

白鳥さんがきらきらした目でピンキーさんを見つめる。参加者のなかでも特に意志が強くて知性的だと思っていたら、ピンキーさんは女医さんだったらしい。

「ガムさん、ほどよく下手じゃない？　だから、突っ込みながら観られて楽しいんだよね。完璧なプレイなんてただのデモンストレーションでしょ。あと、声がいいわよね。ハスキーで」

「そうそう！　俺も最初、男だと思ってた。つーか、ネカマ？　女のふりしてんじゃねえのってさ」

八代将軍さんがピンキーさんにびしっと指を向ける。

「謎が多いところも、みんながなんとなく観る理由だったんでしょうか」

オレンジジュースの入ったグラスを両手に包んで白鳥さんが首を傾げる。

「白鳥ちゃん、会ったことあるんだよね。いつ会ったの？」

ピンキーさんが尋ねると、白鳥さんは自分の左手首を押さえた。

「ガムさんが私の動画を見て、メッセージをくれたんです。よかったら、東京に遊びに来ない？　って。私、家に居場所がなかった。友達はいないし、田舎で何もなくて、やりたいことも楽しいこともないし、息苦しかった。逃げ場がなかった。つまんなくて、リストカット動画、流してたんです。ほとんど視聴者いなくて。たまにコメント付いても『勝手にやってろ』とか……」

「ムリして話さなくてもいいのよ」

いたわるように、ピンキーさんが白鳥さんを遮った。

「大丈夫です。自分でも、今はそう思うから。ガムさんみたいに、死にたくなくても死んじゃう人もいるんだからって。当時ガムさんがなんで声をかけてくれたのか、全然わからなかったけど、女性だし、断る理由もなかったから、上野で待ち合わせて、一緒に動物園行きました。田舎から初めて出てきて、すっごい楽しかったな。ハシビロコウって……わかる人います？」

「ああ、クチバシの大きい鳥じゃなかったっけ？」

八代将軍さんがやや前のめりで答えた。

「はい。二人でずっと眺めて、その後お茶して帰りました。ガムさん、動画のなかよりずっと言葉数が少なくて、マスクとメガネをしてました。風邪ですか、って聞いたら……外出るの久しぶりで人の視線が怖いって言ってました。小中学時代に何度か転校したらしくて。中三で引っ越した先の学校で、不登校になったそうです。だけど、『何とか生きてるよ』って言ってました。ご両親が亡くなったことは話題に出なかったけど、すごく孤独で、臆病そうなのに、ずっとニコニコしてました」

「えー、マスクしてたのに、ニコニコってなんでわかんの」

八代将軍さんが首をかしげる。

「お茶のときは、外すもんね」

ピンキーさんが助け船を出す。

「はい。でも、ずっとニコニコしてたなあって、そういう記憶があるんです」

白鳥さんは神妙な面持ちで、テーブルクロスに軽く爪を立てた。

「せめて、横顔だけでも、笑顔が見たかったわ」

ピンキーさんが式場を映すモニターを見上げる。

「もうすぐ二十一時ですね。そろそろお開きにしましょうか」

腕時計に目を走らせた道祖神様が立ち上がった。バックヤードからさっと末広さんが現れ、片づけを始める。ガサガサという返礼品の袋の音も加わって、取って付けたような騒々しさが式場へ移動する。

それぞれが、棺の前へ進み、

「おやすみ、ガムさん」

「また明日来るね」

思い思いに声を掛けた。先に帰って行った人たちとは違う温かな空気に、私も少しほっとする。道祖神様が見送りのため、エレベーターに乗った。

静まり返ったフロアには、後ろ姿の遺影がひっそりとライトを受けている。どんな表情をしているのか、わからない。自分の死を無念に思っているのだろうか。それとも……。

彼女にとっての心残りは何だろう？　あの動画の、地底から響くような濁った声を思い出し、また肌が粟立つ。

《殺された》

機器の故障でなければ、あの声は一体なんだったのだろう。集団幻聴？　いや、動画ですべては残っている。まさか本当に誰かに殺された、なんてことはないよね。それなら、ご遺体は警察で司法解剖されるはず。

……いや、待てよ？

町田ガム様のご遺体は、どこから搬送されてきたのか、私は知らない。ひとまずバックヤードへ駆け込み、お泊まり備品を籠にまとめる。末広さんたちが立てる洗い物の音が常と変わらないおかげで、少しずつ平常心を取り戻した。フロアに戻ると、エレベーターの駆動音が聞こえた。扉の前で道祖神様を待つ。

「お疲れ様でございました。お泊まりのアメニティです。お布団はありませんが、ひざ掛けを沢山用意しましたのでお使いください。夜はまだ少し冷えますので」

「ああ、ありがとうございます。おやすみなさい」

道祖神様は、軽く頭を下げると控室へ入りかけたが、不意にこちらを振り向いた。

「あの、伊織さんはもう帰られましたか」

かなり深刻そうな顔つきだ。

「はい、事務作業が残っているので、本部に戻りました。まだいるか、電話してみましょうか」

「ああ、いえ。いないなら、大丈夫です。あの、何かおっしゃってましたか」

「いいえ。何も申しておりませんでしたが」

私の返事に、「そうですか」とまたニヤリと笑って額の汗をぬぐい、部屋のなかへ姿を消した。


翌朝は、謎の音声や白鳥さんがバズったと言っていた呪いの動画のことが頭を離れず、やや寝不足で出勤した。せっかく伊織さんとのお仕事なのに、頭が回らない。おまけに六月とは思えないほどの強い日差しが照りつけ、へろへろになりながら事務所へ入った。

「おはようっすー」

館長の席に座って、くるりと椅子を回したのは清水さんだった。

「清水さん！　権藤館長はお休みなんですか」

「東陽町《とうようちょう》ホールに、備品を取りに出ちゃってるんですよ。俺は、事前相談のお客様がもうすぐ来るので、待っているだけっス」

パンフレットの束を整えている清水さんを見て、はっと目が覚めた。聞きたいことがある。

「あの、昨日、町田様が地下にご安置されてた時のことを伺っても宜しいですか。どなたが、ご対面をされていたのか」

「ええ、西宮さんも？」

「も？」

「伊織さんにも、町田ガムさんの焼香対応について聞かれたんスよ。誰が来たのかって」

伊織さんも気になっていたのだろう。町田ガム様を、本名で「冬子」と呼び捨てにした人物について。

「施主しか来てないですよ。なんだっけ。大黒天様？」

「道祖神様です」

「そうそう、その人」

やっぱり、道祖神様だった。頬に手を当て、うーんと唸《うな》りながら、頭のなかを整理する。つまり彼と町田ガム様、もとい、望月冬子様は名前で呼び合う関係だったということになる。

お身内はいないはずだから、よほど親しい友人か、まさか恋人？　町田ガム様は孤独だったと聞いていたけれど、実はプライベートを伏せていただけで、昔、付き合っていた間柄、という可能性はないだろうか。

だけど引っかかるのは、昨日の伊織さんの言葉。「町田ガム様はＴｗｉｔｔｅｒのダイレクトメールを使って、道祖神様と連絡をとっていた」と話していた。面識があることを隠すために、たとえ嘘でもそんなまどろっこしい説明をするだろうか。メールで、だとか、ネット上でなど、適当に誤魔化すことだってできるのに、連絡手段が具体的すぎる。

　なんだか、すっきりしない。もやもやしたまま、階段で二階へ降りた。伊織さんはすでに式場前に立っている。私が挨拶をすると、端整な顔で、いつもどおりきれいに微笑みを返した。

「西宮さん、おはようございます。昨夜は何もなかったようで、何よりでした」

「はい、無事ご出棺できるといいですね」

「ええ。今日の会葬者は十名以下でしょう。準備するお花も減らしてください」

　私は少しだけ声を落とす。

「承知しました。昨日みたいなことが起きないといいですね……」

　BGMに爽やかなクラシック音楽が流れている。今のところ、音響に異常は無さそうだ。

「それは、道祖神様にお願いするしかありませんね」

（え？）

　顔を見上げると、伊織さんは意味ありげに口角を上げ、道祖神様の控室をノックした。

　ガラリ、と引き戸を開けた道祖神様は、目をこすりながら青白い顔をのぞかせた。すでにワイシャツに着替えており、髭《そ》も剃られている。身支度をした後、仮眠していたのかもしれない。

「おはようございます、道祖神様。本日も宜しくお願い致します。少しお早いのですが、お打ち合わせをさせていただいても宜しいですか」

「構いませんよ。私もご相談したいことがありました。ああ、でも顔を洗っていきます。

ちょっと待っていてください」

「承知致しました」

道祖神様がお部屋に引っ込むと、伊織さんは私のほうへ、すっと近寄る。

「すみません、西宮さん、ひとつ手伝っていただきたくて」

室内に届かないように声を潜めた。彼からの依頼内容を私もなるべく小さな声で復唱する。伊織さんは、満足したように頷いて微笑んだ。

「お手すきでしたらで結構です。宜しくお願いします」

身支度の済んだ道祖神様を、伊織さんはお清め場へお連れする。私は急いでバックヤードへまわり、伊織さんから頼まれたことを実行しつつ、昨夜作っておいた麦茶をグラスに注いだ。グラスをお持ちして、お盆を隅の配膳テーブルへ置くと、お清め場の外に立つ。タイミングよくエレベーターが開き、ピンキーさんが日傘を畳みながら降りてきた。昨夜アップにしていた髪は、黒のバレッタで留めている。

「おはようございます」

私に挨拶をして、式場前で手を合わせると、お清め場にいる道祖神様の隣へ移動した。道祖神様と違い、疲れの色はない。私は彼女にも麦茶を出し、元の位置に戻る。お清め場から、かなり近い絶妙な立ち位置だ。伊織さんの顔はあまり見えないが、道祖神様は伊織さんの頭ごしにお顔が見える。私はすました顔で、他のお客様を待つ素振りも見せつつ、耳だけは二人の会話に集中させる。

「昨晩はよくお休みになれましたか」

伊織さんが声をかけると、道祖神様はぶるぶると首を振った。寝癖で飛び出した髪が、ふらふらと揺れる。

「さすがに眠れませんでした。いろいろ考えてしまって」

「あら、大丈夫？」

心配そうにピンキーさんが顔を覗き込む。女医さんらしく、体調を確かめているようだ。伊織さんが頷き、温かい言葉をかけた。

「本日も長い一日となります。ご体調が優れない場合はすぐにおっしゃってください」

はい、と道祖神様が答えると、伊織さんは二、三通の弔電を取り出し、文面の確認を始めた。全てファンの方から届いたものだ。ピンキーさんも加わって読み上げるかどうか、数分かけて検討していく。

「では、昨日届いた分と合わせて、全てご拝読させていただきます」

「あの、伊織さん。昨日の式の動画が結構出回ってしまっていて。その……ご迷惑をおかけしていませんか」

「ご安心ください。今のところは何も起きておりません」

恐縮する道祖神様に伊織さんが微笑んだのが、お清め場の戸口に立っていてもわかった。いつもの、思いやりに溢れた声だ。

「よかった」

道祖神様がふっと姿勢をゆるめる。ピンキーさんが肩をすくめた。

「私、ちょっと怖かったわ。この建物の前に変な人がいたらどうしようって。お別れ会の告知の文面は、昨日の動画と一緒に拡散されちゃってるもの」

「道祖神様。昨日のあの謎の声ですが……私なりに考えたことをお話ししてもよろしいでしょうか」

伊織さんが、穏やかに切り出すと、道祖神様は、ああ、とため息のような声を出し、

「どうぞ」

投げやりに促した。

「あれは、道祖神様のお言葉ですね」

「な！」

道祖神様は、伊織さんの言葉に目を剥いた。数秒呼吸を止めたかと思うと、はあっと長い長いため息をつく。

「どういうことですか」

驚きを隠せない表情をしながらも、ピンキーさんが落ち着いた声音で問う。伊織さんは、施主である道祖神様に何を話すつもりなんだろう。私は掌にじわりと汗が滲むのを感じながら、聴こえてくる声に耳をすます。道祖神様が、唇をなめた。

「あれは……ガムさんの言葉ですよ。『自分は殺された』と語りかけてきたんです」

ぼそぼそと、低い声には暗く重い音色がこもっていた。ピンキーさんがクルリと道祖神

様のほうへ向きなおる。

「ちょっと待って。昨日のあの音声は、ＤＶＤの焼き付けがうまくいかなかっただけですよね。再生機器に問題がなければ、それしか考えられません。心霊現象なんてあるわけないでしょ」

「ピンキー様、無礼を承知で申し上げますが、あのＤＶＤの音声は、道祖神様が編集されたものだと思います」

伊織さんが言った。ピンキーさんが麦茶のグラスを脇へよけ、ぐっと身を乗り出す。

「どういうことなの。だってあのとき、一度ちゃんと映像をチェックして、それが長すぎたから八代将軍さんに短く編集してもらったはずでしょう？」

ピンキーさんが言うとおり、最後にＤＶＤの編集をしたのは八代将軍様だ。

「八代将軍様に協力していただいたとすれば、可能です」

「確かにそうだけど、内容をチェックされたら、すぐわかってしまうじゃない」

「そうです。なので、開式ギリギリまで焼き付け作業をされていたのでしょう。全編チェックするのが難しい時間まで、お待ちになったんだと思います」

そこで伊織さんは、すみません、とお二人に断り、後ろを振り返った。私と目が合う。

「西宮さん」

「はい」

私は先ほど伊織さんにお願いされた動画を表示して、スマホを手渡した。伊織さんは受けとると、すらりと長い指先で再生ボタンをタップする。

私が用意したのはおよそ一年前の、町田ガム様の動画。そこに何が残っているのか。伊織さんが探している部分は『アレ』だろうか。

「こちらは、町田様の動画です。少しご覧になっていてください」

ゲームはRPGらしく、数名のプレーヤーが、見るからに強そうなブラックドラゴンを倒そうとしているものだ。荘厳なBGMの合間に、町田ガム様の声が入る。

『この日のために弓を合成しまくりましたからね。今日は倒せるはず！　行け！　行け！』

女性か男性か、一瞬聞き分けられないほどのハスキーボイス。しばらく戦闘シーンが続き、一分程でドラゴンの咆哮《ほうこう》が聞こえた。

『うそっ、つえぇー。うわあ、え、これもう終わり？　あぁー殺、さ、れ、た』

伊織さんが動画を止めた。

「使われた音声はいまのものですね。町田様が『殺された』と言っているのは、この動画だけです」

道祖神様は、ハハハ、と喉の奥から高い笑い声を立てた。

「他にもありますよ。五年前の『マキオゴーカート』だとか、ちょっと古いけど二〇一二年の年越し動画だとか。でもおっしゃる通り、聞き取りやすかったのは一年前の『リナ・レボリューション』だったんで、それを使いました。八代将軍さんは快く協力してくださいましたよ」

　ピンキーさんが息を呑む。

「八代さんまで？　うそでしょ。どうしてわざわざそんな手の込んだ仕掛けをする必要があったの……ガムさんの亡くなった原因は、はっきりしているのに」

「ガムさんは殺されたんです。それを伝える必要があったんです」

　震える拳を握りしめた道祖神様がうめく。

「道祖神様は、視聴者が町田ガム様を殺した、とお考えなのではありませんか。町田様はゲーム動画の最後に、お酒を飲むのが恒例でした。強いお酒や一気飲みを煽《あお》る声にも応えてきた。結果、お体を悪くし、命まで奪われた。いわば、画面越しのアルコールハラスメントです」

　道祖神様は伊織さんの言葉を、ふっ、と鼻で笑った。

「アルコールハラスメント……言葉ってどうしてこう、軽いんでしょうね？　言葉にするとすべてが軽くなる！」

　今までの弱々しい様子と打って変わって、挑むようにふんぞり返り、敵意むき出しで表情を歪《ゆが》ませる。苛立ちのせいで落ち着かないのか、スラックスの両ポケットに手を突っ込み、青白い顔で何かを恐れていた道祖神様とは完全に別人だ。

「軽い言葉も、集まれば重くなる。そういうことではないでしょうか」

　伊織さんの声は優しく、道祖神様の応答を促す。道祖神様はそっぽを向いてしまった。

伊織さんは、構わず続ける。

「私は、道祖神様のお気持ちがわかるような気が致します。道祖神様のご主張を、会葬者以外にも伝えなければ、意味はありません。ファンの注目が集まるご葬儀の中、あの方法だったからこそ、町田ガム様の飲酒を支持していた方のほとんどに、町田様のまるで遺言であるかのように、『殺された』という台詞を聞いてもらうことができたのです。昨日の動画再生回数を見れば、目的は百パーセント以上果たしたと言えるでしょう」

確かに、昨夜、もしも施主の挨拶などで「故人は殺された」と訴えたとしても、視聴者もその場の人たちも、妄言として取りあわなかったろう。多くの人を驚かせ、怖がらせたからこそ、ネットを通じて広まったわけだ。

「あの。私もガムさんはアルコールのせいで命を落としたと思っています」

悲しげに眉を寄せていたピンキーさんが口を開いた。テーブル上の空になったグラスをぼんやり見つめる。

「一部のファンは、確かに面白がって飲酒を煽る書き込みをしていました。でも、道祖神様の感じたことと、ガムさん本人が感じていたことにはズレがあると思うんです。つまり、ガムさんはそういう煽り行為に対しても、とても寛容というか、喜んでいて……」

ピンキーさんは躊躇いながらも、伊織さんと道祖神様へ交互に視線を向けた。

「私、医師であることも明かして、ガムさんに何度か忠告をしたんです。『ゲーム中継にお酒はいらないんじゃないか。普通のトークで充分面白いですよ』って。でも彼女は、

『自分みたいなダメ人間が世の中の役に立つには、徹底的にやらなきゃダメなんだ。みんなが楽しいなら、いいんだ』と……お酒を飲むパフォーマンスも含めて、生きがいに感じていたようなんです」

「役に立つ？　バカかよ」

道祖神様が誰にともなく、吐き捨てた。複雑な感情が、私にも沸き起こる。誰かのささやかな息抜きのために消費されることを、『役に立つ』と言う。何だか切なくて、命を落とした故人が、痛々しく思えた。

「バカじゃないわ。自分にしかできないことを探し続けて、辿り着いた。生ききったんだと思う。ガムさんは」

ピンキーさんの言葉に、道祖神様が口を引き結び、天井を仰いだ。

「道祖神様。本日で町田ガム様こと望月冬子様とは最終最後のお別れとなります。差し出がましい提案ではありますが、いかがでしょう、本日いらっしゃった方の前では、ご本名で望月様を送り出されては」

「どうしてですか」

道祖神様は洟をすすった。

「もしも違っていたらすみません、町田ガム様と道祖神様は、中学の同級生ではないですか」

伊織さんの言葉が、スパンとその場の空気を変えた。朝、窓のカーテンが開かれたように。

「え、そうなんですか」

ピンキーさんが道祖神様を眺める。

「なごみ典礼は、人の過去を調査するんですか」

道祖神様がうろたえる。私は、ハラハラしながら伊織さんを仰ぎ見た。

「けしてそのようなことは。ただ、町田ガム様と道祖神様はご年齢が近そうでしたし、今回のDVDの件からしても、ネット上で知り合っただけとは思えないほど、故人様のお気持ちに寄り添っていらっしゃいました。もしかしたら、何か接点があったのではないかと思ったのです」

うめき声を漏らしながら、道祖神様が口を開こうとしたとき、白鳥さんが現れた。

「おはようございます」

今日も制服姿で、片手に日傘を持っている。エレベーターが開いたことに気づかなかった。

「ほかに、打ち合わせることはありますか」

何事も無かったかのように、道祖神様が伊織さんに微笑みかける。

「いえ。昨日ほとんどお決めいただいていますので」

伊織さんは表情を変えずに、頷いた。

「では、何かあればまたご相談しますので」

道祖神様は、さっと立ち上がり、白鳥さんを連れて式場へ行ってしまった。ピンキーさんもその後を追いかけていく。

「ありがとうございました」

伊織さんにスマホを返された。

「あの、今のお話なんですが。道祖神様が故人様の同級生だと察するのは、まだわかるんですが、どうして中学のとき、とおっしゃったんですか」

素朴な疑問をぶつけると、伊織さんは一歩こちらに近づき、声をひそめた。

「女性も、声変わりをしますから。男性よりも変化しないと言われていますが、故人様は一般的な女性よりもかなり低いお声です。中学時代でしたら、すでに今のお声に近くなっていたのでは、と思いまして」

「確かに小学生では声が変わってわからないかもしれませんね。道祖神様が声を頼りに、かつての同級生が動画をアップしていると気づけたとしたなら、納得です。故人様は中三の時に転校して不登校になったとおっしゃっていましたから、最後にお二人が現実で交流があったとしたらそれ以前。中学二年生でしょうか」

必死に頭を回転させて弾きだした私の考えに、伊織さんはゆるやかに頷いた。

「お二人の間に何があったのかは、これ以上はわかりません。確かめる術《すべ》はありませんから。ただ、当たり前ですがお二人とも、現実にもお名前があります。ネットの中と現実の世界、どちらか片方だけが人生ではないと思うのです。

もし道祖神様が町田ガムとしての故人様しか知らないならば、町田様の遺志に沿って、無理に本名を出すことはお勧めしません。けれど、そうでないなら、道祖神様は唯一、故人の過去を語ることができる人なのです。そして、私たちは、その機会を最善を尽くしてお手伝いさせていただきたいと思っています」

伊織さんは、式場の方を眺めながら言った。私は何も言えずにただ頷く。この人は本当に優しさを真似ているだけなんだろうか。

葬儀屋は、葬儀の場所を提供し、滞りなくスムーズに式を済ませるのが仕事だ。語ることのできない故人に対する接し方は千差万別で、生きている人と同じように礼をつくす業者がほとんどだけれど、過去を掘り下げてまで残された人たちに寄り添うのは、なかなかできない。

まして伊織さんのようにクレームぎりぎりまで踏み込み、残された人たちが後から思い出した時に「やってよかった」と感じられるよう助言をするのは、人間心理を深く把握し、考慮をし尽くさなければできないことだ。

開式までに揃ったのは、道祖神様とピンキーさん、白鳥さん、昨夜白鳥さんと一緒に来ていた女性アユさん、八代将軍さんの五名だけだった。お子さんがいるというアユさん以外は、全員火葬場まで同行されることになった。

精進落としはせず、火葬場で解散となる。今日はゲームＢＧＭを流した献奏のあと、献花と弔電。それから出棺の準備。だけど、六名では献花が五分で終わってしまう。

通常、開式から出棺までは一時間。それでも読経とお別れで時間が足りなくなり、スタッフはてんてこ舞いだ。けれど今回のように、献奏も長くて五分、献花も五分となると、空きの時間ができる。家族だけならお棺の蓋をあけて、ゆっくり周りでお別れをしてもらうこともできるけれど、今回は他人ばかりで、故人のお顔は極力見せないことになっている。

時間が余りすぎると式が間延びしてしまうので、どう調整するかは担当者の判断力にかかっている。

「開式時間を二十分遅らせます」

伊織さんは判断した。そして、昨日と同じように、丁寧で流れるようなアナウンスで開式を宣言する。

今日は、お一人ずつゆっくりとお花を手渡しする。献花のあと、弔電の御拝読。道祖神様は時折ため息をつきつつ、じっと遺影を眺めている。

一度皆様に席を立っていただき、いつものようにお花入れの準備。後方で控えていた生花担当者と写真台に飾られていたお花を千切る。昨日の会葬者が直接持ち込んだアレンジメントも全て切って、花籠ふたつに収まった。棺の蓋立てが金具の音を立てて用意される。

私が棺覆《かんおお》いを外して畳み、伊織さんが道祖神様に確認をとった。

「お開けして宜しいですか」

施主が頷き、伊織さんの手で、棺の蓋が外される。白い布団を掛けられた故人の姿が、スポットライトの下、現れた。

不摂生の話を聞いていたので、失礼ながらあまり健康的ではなく太っている姿をつい想像してしまっていた。けれど、顔が少しむくんでいるだけで、肩幅もさほどない。三十代の女性なら平均的な体形だろう。

白髪がわずかに混じった黒髪のボブショート。顔色は少し赤黒い。肝臓疾患の症状が肌に出ているようだ。しかし、死に化粧を施された口元はピンクのラメ入りグロスが塗られ、穏やかに微笑んでいる。小ぶりの鼻、少し頬高、顎もふっくらと盛り上がっている。納棺士さんがまぶたに施した明るいピンクのアイシャドウ。その色の効果か、闘病の末に亡くなったようには見えなかった。

いわゆる美人ではないけれど、愛嬌のあるお顔立ちで、顔出ししても視聴者に人気になったかもしれない。

「これよりは、皆様に最後のお別れ、御花入れへとお進みいただきます。まずは道祖神様、どうぞお進みください」

伊織さんのアナウンスが入り、生花担当の紫藤さんと若いアルバイトさんが、会葬者に花を手渡していく。道祖神様は、白い百合の花をお顔の傍に添えた。

「ガムさん、顔出せばよかったのに。かわいいよ。すっごくかわいいよ」

菊の花を両手にいっぱい掬《すく》い、アユさんが白鳥さんの肩を軽く叩く。白鳥さんは、そっと故人様の頬を触った。

「冷たいけど、まだ柔らかい」

お花を手にして、突然号泣し始めたのが、八代将軍さんだった。

「こんなのいやだ……死ぬなら俺なのに！　俺なのに……」

傍らに立った道祖神様の肩にかじりつく。ピンキーさんも、両手で残りの花を体の上に入れながら、ハンカチで口元を覆い、涙を落とした。

花籠が空になる直前、道祖神様が伊織さんに何か話しかけた。伊織さんが、黙礼をして司会台でマイクを取る。

「それではここで、施主、道祖神たわら様こと、町田秀平様よりご挨拶がございます」

思わず伊織さんの方を見てしまった。本名を、言った。だが驚いている暇はない。私は、棺のお顔近くに立つ道祖神様に遺影を手渡し、挨拶を促す。

「皆様。昨日本日と、町田ガムさんのためにお集まりいただき、ありがとうございました。町田ガムの素顔と、いま初めてご対面された方もいらっしゃると思います。最初で最後の顔出しとなりました。最後だけ顔を見せる、というのは、彼女からDMで葬儀の話が出たとき、わりとすぐに議論になりました。お花の一輪も手向けられないと、せっかく来た人が可哀想だと、僕が説得して、じゃあ最後だけ、ということになったのです」

会葬者の方々は無言で、励ますようなまなざしを向けた。空咳をひとつし、道祖神様は挨拶を続ける。

「今日、この場にいる皆様は、僕が心から町田ガムファンとして信頼を寄せている方です。本当は言いたくないことですが、昨日の会葬者の方のほとんどがお別れ会の内容を、面白おかしく公開していました。僕は、その方々には、丁重に本日のご会葬をお断りさせていただきました。ここから先は、ガムさんと打ち合わせていないことを語らせていただきます」

棺に納められた百合の花から、甘い香りが立ち上ってくる。香りに鼓舞されたように、道祖神様はうつむきがちだった顔を上げた。

「彼女の本名は望月冬子、神奈川県生まれです。ご家庭の事情で、幼少期、何度も引っ越しをしています。ご両親は、留守がちでした。彼女は、家庭用ゲーム機、当時はファミコンやゲームボーイで遊んで、親の帰りを待っていました。

中学に上がった春、彼女は何度目かの転校をします。転校先は、埼玉北部の、のどかな町です。そこにいたのが、僕でした。普通、中一なんて、男女一緒に遊びません。でも、僕と望月さんのいたクラスはたまたま仲が良く、いつも四、五人で誰かのうちに行って、テスト勉強するとか嘘をついて、ゲームで遊びまくっていました」

白鳥さんの手が、自分の袖をぎゅっと握るのが見えた。町田様が育ったのどかな町と、自分の住む町が重なったのかもしれない。

「彼女は裏技を見つけるのが得意で、ゲーム好きの間では中心的存在でした。中学二年の三月、彼女がまた転校をするまでは」

道祖神様、いや、町田秀平様は、すうっと息を吸った。

「中三で彼女は、神奈川へ引っ越します。長らく離れていた生まれ故郷の町です。僕もクラスメートも、出身地に戻った冬子は、きっと楽しく暮らしているだろうと思っていました。受験も近かったので、お互いほとんど連絡も取らず夏休みになり、彼女とみんなで遊びにいったんです。上野動物園でした。昨日、白鳥さんの話に動物園が出てきたとき、そのことを鮮烈に思い出しました。冬子は変わらず、元気そうで、よく笑っていました。僕と友人たちは、てっきり神奈川の中学でうまくやっているんだと思い込み、また疎遠になってしまいました」

ちらりと伊織さんを見ると、司会台の陰で口元を引き結び、真剣なまなざしで道祖神様を見つめている。

「大人になって、僕は相変わらずゲーム好きで、偶然ネット上で彼女を見つけました。後ろ姿で、声だけでしたが、すぐにわかりました。僕……彼女のことがずっと好きだったんです」

会葬者もスタッフも全員が口をぱっくり開け、ええ！　という叫びがかすかに漏れた。

「プロフィール欄を見て愕然としました。視聴者の皆さんはご承知の通り、彼女は中学三年から、不登校になったと書かれています。僕も、友人たちも、何も気づけなかった。連絡を取らずにいたことを謝りたかったけれど、僕が見つけた時点ですでに、彼女は動画の世界で有名になっていました。過去を思い出させても迷惑かと思い、学生時代の思い出は伏せ、ファンとして応援することに決めました」

　道祖神様は涙で光る頬を、手の甲でごしごしと拭った。声はすでに鼻声で不明瞭だが、誰しもが、息を継ぎながら話す道祖神様の言葉に引き込まれていく。

「葬儀のことをＤＭで依頼されたとき、正直に言えばよかった。本当に死ぬなんて思っていませんでした。根拠もなく、治ると思っていたんです。半分冗談で、誰を呼ぶとか呼ばないとか、遺影なんて……こんな後ろ姿、本当に冗談だろうって。現実なのか、非現実なのか、よくわからなくなっていたのかもしれません。……僕の話をしても仕方ないですね。最後に、僕にゲームという大切な楽しみをもたらしてくれたことに、お礼を言わせてください。……ありがとう、冬子」

　道祖神様は、深く深く、棺に向かってお辞儀をした。しん、と静まり返ったなかに、伊織さんの声が響く。

「ありがとうございました」

　暗いままの式場を出て、会葬者は先に一階へ降りてもらった。他のひとの目が無くなると、道祖神様は棺の縁に手をかけてしゃがみこみ、嗚咽をこらえながら、こちらが尋ねてもいないのに、

「大丈夫です、でもちょっと待ってください、大丈夫ですから」

　と呻いた。

お気持ちが静まるのをゆっくり待つ。道祖神様は呼吸すら止めて、静寂の中、町田ガム

様との最後の別れを惜しんだ。伏せられたお顔があげられ、そろそろと立ち上がるのを見て、伊織さんが道祖神様を優しく促す。

「それでは、御出棺とさせていただきます。続いてお進みください」

伊織さんがお棺の頭側、私がおみ足側に手を添えて、棺を台車ごと押した。花の散らかったカーペットに、車輪が、キィと軋《きし》む。

そのときだった。

ぽん、とマイクを叩く音が聞こえた。続けて、

《ありがとう》

ハスキーな明るい声がくっきりと、式場に響いた。慌てて周囲を見渡す。伊織さんも棺から顔をあげ、式場内へ視線をめぐらした。私たち以外、誰もいない。

「はは。仕返しだ。冬子の」

道祖神様が苦笑して洟をすすった。

「参りましょう」

伊織さんが答えずに、棺を押した。私は表情を変えないのが精いっぱいで、エレベーターの操作に手間取る。

一階につくと、開け放たれた自動ドアから蒸し暑く湿気《しけ》た空気が流れ込んだ。駐車場ま

で進み、霊柩車の運転手と男性会葬者の力を借り、棺を車両後部に移す。

皆様がバスに乗り、残るアユさんがひらひらと手を振った。

「御出棺です！」

歩行者を止めるために道路へ出ると、焼くような真っ白な太陽光に包まれる。冷房の効いた室内からの温度差でぶわりと鳥肌が立つ。陽炎《かげろう》のたつ道を、霊柩車はぐんぐん走って、やがて道の先を曲がった。アユさんをお見送りし、館内へ戻る。さすがの伊織さんも蒸し暑さを感じたらしく、額に手を当てた。

「お疲れ様でした。霊現象でしたね、本物の」

爽やかに笑いかけてくる。一般の人が「虹が出てましたね」と言うのと同じくらい嬉しそうだ。

「や、やっぱり、そうなんです、よね」

「ええ、論理的に説明できませんので、さっきのは。度々あっては困りますが、最後にお気持ちが通じたなら、よかったです」

淡々としている伊織さんの横で、苦笑いのままエレベーターのボタンを押す。私は少し考えて、

「両想い……だったのかも」

思わず口に出してしまった。

「どうしてです？」

「女子って、好きな男の子の名字を、自分の名前に組み合わせてみたりするんです。町田ガム、というハンドルネームは、町田秀平様の名字だけ借りたのかなあ、と」

「なるほど」

頷いてはいるけれど、いまひとつピンと来ていない様子だ。女心の解釈は案外苦手なのかもしれない。伊織さんの心の中は、どうなっているのだろう。水面から底石を透かし見るように、横顔を見つめる。

「西宮さん、昨日は感情移入できないと仰っていましたが、ちゃんとひとりひとりのお客様に共感しているじゃないですか」

エレベーターから降りながら、伊織さんが私を振り返った。

「え……」

伊織さんが指摘した通り、私はいつの間にか、町田ガム様がどんな方だったのか、真剣に考えていた。動機は純粋に故人様の人生に興味を持ったのが半分で、残り半分は伊織さんの推理を助けたいという使命感だったけれど。

「西宮さんのように自然と共感する力のある人が、葬儀屋の仕事を続けるのは本当に大変なことです。他人の感情と向き合い続けるお仕事ですから。でも、共感する力がないといいお葬儀にはなりません。これからも大切にしてくださいね」

「あ……ありがとうございます」

伊織さんの言葉は川のせせらぎのように、私の心を潤していく。自分に葬儀アシスタントの適性があるかどうか、正直に言ってずっと不安だった。けれど、声に出して「ちゃんと出来ている」と認めてもらえたのだ。しかも、いつも完璧に仕事をこなしている伊織さんに。

お葬儀屋さんに転職してよかった。

私はこの日、初めて曇りなくそう感じることができた。まだ花の香りが残る式場に立ち、心の中でそっと町田ガム様にも感謝する。自分らしさを貫いたニコニコ顔のＹｏｕＴｕｂｅｒさんが、安らかに旅立たれますように。

# 第4章　喝采の前に

大叔母のピンク色の杖が、そこそこ、と示した先には、周りに比べて少し大きな灰色の墓石が聳《そび》えたっている。長野県松本《まつもと》市の寺院の一角、西宮家のお墓は手入れが行き届いており、墓石もきれいに磨かれている。大叔母一家が、時々掃除をしてくれているらしい。

大叔母の傘を、私が身をかがめて持ち、線香の束に火を点けるのを手伝う。ぼっと灯った炎を、大叔母は豪快にぶんと振って消した。同時に白煙がふわんと溢れ、強く香った。

「七月に入ってからずっと雨でね。昨日だけ、晴れていたのよ。梅雨だから、仕方ないけれど」

雨で線香はすぐに消えてしまう。肌寒いので、私はアウトドア用のジャケットを羽織って来た。大叔母は、長袖のカーディガンに薄手のダウンベスト姿だ。雨だから掃除は省略し、買ってきたミニ向日葵と百合をお供えして、二人並んで合掌した。私にとっては祖父母と万里江ちゃんの眠るお墓、大叔母にとっては、夫と義兄夫婦、姪の眠るお墓だ。

まずは祖母に、転職の報告をする。優しい人だったから、きっと『輪ちゃんが決めたなら応援するよ』と言ってくれる気がした。

「さてと、ご住職に相談があるから、私は事務所に寄るけど、輪ちゃんはもう少しお参りしていくかしら」

大叔母が腰をトントンと伸ばしながら、私の方を向いた。

「はい。せっかくなので、もう少しだけここにいます」

万里江ちゃんの納骨の日は仕事で来ることが出来なかったし、八月のお盆も繁忙期なので休みを取りにくい。七月前半の友引の日にお参りしたい、という私のリクエストに、大叔母が応えてくれたのだった。住職との話が終わったら声を掛けてもらうことにし、私は再び、お墓に手を合わせ、万里江ちゃんに向かって語りかける。

(万里江ちゃん、やっと、お参りに来れたよ)

こちらは雨だけど、お浄土はきっといい天気だろう。ぽかぽかと暖かで明るく快適なはずだ。

(お浄土のお花は綺麗ですか。ずっと見守っていてくれたと思うけど、私は薬剤師を辞めて、葬儀屋さんに転職したよ。きっと驚いたよね。私自身も驚いたもん。お給料も不安定で、足がぱんぱんになる立ち仕事だからね。どっちの仕事がいいかを百人に聞いたら、九十九人が薬剤師を選ぶと思う。でも、残りの一人が私みたい)

万里江ちゃんが聞いてくれると思うと、自然と笑みが零れる。

(最初はお客様に『お大事に』なんて言ってしまったり、貰い泣きしちゃったり、全然ダメだったけど……藤原さんっていう素敵な先輩が沢山のことを教えてくれて、少しずつ仕

事を覚え始めているよ。藤原さんは、仕事の時にとても輝いていて、自信に溢れていて、少し万里江ちゃんに似ています)

お墓の中から『え?』と聞き返す声が聞こえた気がした。『よしよし、もっと褒めなさい』なんて、万里江ちゃんがニヤニヤしているのが頭に浮かぶ。

(藤原さんは、万里江ちゃんよりお洒落で、落ち着いているけどね。くだらない冗談を言ったり、私をくすぐったりはしません。冗談、と言えば、権藤さんという清澄会館の館長さんがとても面白い人なの。いつもふざけて踊っているんだよ。葬儀屋さんがおどけているところなんて、想像したことなかったでしょ。野球少年みたいな清水くんっていう人もいるし、大阪弁で面倒見のよい末広さんは、いつも今川焼きやお団子をみんなに買ってきてくれるんだよ)

墓石を伝う雨の雫が、細かく震えながら次々と零れ落ちる。小さな向日葵が雨の重さでくるんと向きを変えた。

(それから伊織さんっていう、まるで執事のように丁寧な話し方の男性がいます。万里江ちゃんのお葬儀を担当した人だよ。もし万里江ちゃんが生きていて、伊織さんを紹介したら、何て言うかな。伊織さんは小日向さんと真逆のタイプだから……。多分、『やめておきなさい』って言うよね。私の歴代彼氏は一人も、万里江ちゃんの御眼鏡に適った人はいなかったもんね。でも、伊織さんは、女性と付き合いたいとは思っていないみたいなんだ。私もすぐに彼氏彼女になりたい、と思っているわけじゃなくて、ただ興味が止まらないと

いう感じです)

生前だったら、万里江ちゃんは私の脇腹を突きながら、『ホントにー?』と冷やかしただろう。

「本当だよ」

声に出したところへ、事務所の玄関から大叔母の呼ぶ声が聞こえてきた。住職との話が済んだらしい。

「万里江ちゃん、また来るね。私、お仕事頑張るから、応援してください」

傘を差したまま、墓石に深々と頭を下げた。次に来れるのは、秋口だろうか。仕事は大変だけど、また万里江ちゃんと楽しくおしゃべりができるように頑張ろう。

万里江ちゃんからもらったパワーを確認するように、きゅっと拳を握ってみる。墓地を後にする私の足取りは、来た時よりも軽くなっていた。万里江ちゃんが生きていたら、と思わない日は無い。まだ寂しくてたまらなくなる時もあるけれど、彼女が教えてくれたことや、注いでくれた愛情は、色褪せることはないのだと思う。だってこうして、いつでも私の気持ちを聞いてくれるのだから。

「万里江は喜んでいたかしら」

大叔母は私の顔を見て尋ねた。

「はい、とても。あの、秋になったら栗ごはんをお供えに来てもいいですか」

栗ごはんは、昔から万里江ちゃんの大好物だ。

「ええ。不二家のモンブランもね」

親族の好物まで、ちゃんと把握している大叔母には頭が上がらない。

「大叔母様、今日は本当にありがとうございました」

丁重にお礼を述べる私にも、いいのいいの、と軽やかに手を振ってくれる。大叔母の笑顔と澄んだ空気に、日々の疲れが少しだけ溶けていくのを感じた。

◇

尊明寺のお堂の天井には、レースのような金細工がちらちらと幾重にも垂れて揺れている。ブッダの入滅時に咲いた沙羅双樹《さらそうじゅ》を模しているそうで、降り注ぐ光の雨にも見える。告別式の片付けを済ませた私は、ぺたりとお堂の隅に正座している。繊細な金細工を見上げていると、紫藤さんが、冷たい麦茶を運んできてくれた。今日は生花部の仕事はお休みして、お寺の仕事を手伝っている。

「お疲れ様。何だか、顔色が良くないね」

七月半ばを過ぎ、関東はもうすぐ梅雨が明け、本格的な夏が始まる。お礼を言って麦茶に口をつけると、疲れが少し和らいだ。

「最近、食事が不規則で、調子が悪かったんです」

葬儀アシスタントのお昼ご飯は、いつも告別式のあとになる。火葬場でのご案内も追加になると、会館に戻ってくるまで食べられない。告別式の仕事が終わるのが、十三時から十六時の間。お通夜の仕事が始まる十七時～十八時までに、軽い食事をささっと食べる。お通夜の仕事終わりは二十一時。休憩がとれないと、何も食べないまま帰宅し、ゼリー飲料だけ口にして寝てしまう日もある。

不規則な毎日を、この先ずっと続けて行けるかは、不安になっていた。長く勤めても、時給が少し上がる程度で昇進もないし、ボーナスもない。

「夏は忙しくなるから、今からバテてちゃ持たないよ。工夫して乗り切らないとね」

「紫藤さんは、タフですよね。何か秘訣があるんですか」

男の人に混じってトラックを運転し、積み下ろしも清掃もこなしている。メインの祭壇花作りは、大きなものになると深夜まで残業だ。

「私は、藤原さんお薦めのサプリメント飲んで、休みの日はジョギング。旦那と一緒に筋トレもするし」

大覚さんは逞《たくま》しいから、鍛えていると聞いても納得だ。

「紫藤さんはどうしてお寺に嫁いだんですか」

「あれっ、永ちゃんから聞いてない？」

紫藤さんは、麦茶を載せていたお盆を豊かな胸に抱く。永ちゃん、とは伊織永汰《えいた》、伊織さんのことだ。

「私の実家が尊明寺《こ　こ》の向かいで、小学二年になる直前に永ちゃんが隣のお寺に引っ越してきたんだけどね。以来、三人とも仲良しで腐れ縁よ。永ちゃんは今こそ真面目に働いてるけど、常にヒヤヒヤさせる男子でね。上級生と喧嘩したり、家出したり、事故ったり。そんな永ちゃんを全力で助けに行く大覚を間近で見てて、ちょっと尊敬した……っていうのが惚れポイントかな」

紫藤さんは照れて自分の頬っぺたを両手でぱしぱしと叩いている。

「素敵ですね、幼馴染がパートナーになるなんて。それに伊織さんはお寺に……」

住んでいたんですね、と言いかけて、文脈の不自然さに気づく。お寺に引っ越してきた、とは、どういうことだろう。紫藤さんは、私の疑問に気付いた。

「永ちゃんは……お母さんを突然亡くされて、遠縁の親妙院《しんみょういん》というお寺に預けられてたの」

小学校一年生で、お母さんを亡くして、二年生でお寺に預けられた、だなんて……詳しい事情まではわからないけれど、伊織さんは複雑な背景を背負った人だったようだ。しかも、先日の権藤さんたちの話では、高校時代はグレて、チベットスナギツネのような顔だったというし……過去の伊織さんの話は、普段の伊織さんからはまったく想像がつかないことばかりで、混乱してしまう。

コン、と廊下につながる扉が鳴って、見ると大覚さんが作務衣姿で立っていた。私と紫藤さんの話を聞いていたらしい。

「伊織は謎の転校生だったんですよ。あいつ、面白いでしょ。百合も伊織のことが気に入って、よくうちで一緒に遊んでいたんです。毎日、日暮れまで駆け回ってました」

大覚さんは祭壇の周囲をチェックしつつ、懐かしそうに目を細めた。

「駆け回っていたのは大覚ひとりだったけどね。永ちゃんと私は、割とおとなしく遊んでたもん」

紫藤さんが唇を尖らせてみせた。大覚さんが、ほう、と顎に手をやる。

「お寺の屋根に上ってみたいって、伊織に梯子《はしご》持ってこさせたのは誰だったっけ」

「そ、それは……私だけど。永ちゃんが富士山を見たいって言うからよ。大覚だって、永ちゃんと蛇捕まえて、本堂で逃がしちゃったのよね」

蛇を捕まえて盛り上がっている小さな大覚さんと伊織さんを思い浮かべると、少し心が和んだ。

もっと話していたかったけれど、私の携帯に本部からの電話が入ってしまった。

「西宮さん、申し訳ないんですけど、明日のお通夜入れませんか」

明日は休み希望を出している。よほど人手が足りなくなったのだろう。明日出勤すると、七日連続で勤務することになるから、少し辛い。一方で、頑張れば来月の手取りは増える。六月に少なかった分を取り戻せるかもしれない。

「今回は、ご礼状が多いので藤原さんと一緒です。どうですか」

人事担当のスタッフさんが、私を口説く。六月に独り立ちしたものの、規模の大きなお式はまだ藤原さんのサブに付く。今後の展望について、相談できるいい機会かもしれなかった。

「わかりました。お引き受けします」

紫藤さんは、仕事の依頼だと察したらしく、苦笑する。

「あんまり無理しちゃだめだよ。健康第一にね」

「ええ。今日はこれで終わりなので、早く帰って休みます」

ほどなく、火葬場から御葬家が戻ってきて、初七日法要が始まる。精進落としへの案内を済ませて、蝉《せみ》の鳴く尊明寺の敷地を横切る。玉砂利はきっと何度も敷き直されているだろうけれど、ここで伊織さんが大覚さんや紫藤さんと遊んでいたのだ。

伊織さんのお母さんは、ご病気か何かだったんだろうか。考え始めると、万里江ちゃんのお通夜の日に、一度だけ垣間見えた悲しげな表情も、お母さんの死と繋がっているような気がしてくる。伊織さんの過去を知ったからと言って、私に何かできるわけではないと思うけれど、それでも帰る道すがら、頭のなかから、紫藤さんと大覚さんの台詞が、頭から離れなかった。

翌日のお通夜は、ご礼状を三百も用意する大きなお式だった。会社経営をしていた故人を偲び、お焼香の列が長く連なる。階段へ延びた列は一階まで達し、私は列の最後尾で受付の列と混同されないようにお客様をご案内していた。

弔問の列のピークを過ぎたころ、髪にブラウンのターバンを巻き、黒のTシャツにダメージデニムを穿《は》いた背の高い女性が現れた。細い腕もお顔もよく日焼けしている。足元は黒のフラットサンダルで、スタッズがあしらわれているゴツめのものだ。彼女に続いて、グレー系のアロハシャツを着て、ハンチング帽を被った丸顔の男性がふらりと入ってきた。

「こんばんは」

女性が頭を下げる。憔悴している様子から、単なる会葬客でなく、地下にご安置している故人様のご家族のようだ。

「お疲れ様でございます。失礼ですが、お名前を伺っても宜しいですか」

「白樺《しらかば》です。伊織さんは、まだ来ていませんか」

伊織さんのお客様らしい。事務所に内線電話を掛けて確認する。

「お疲れ様です」

さらりとした優しい声が耳元に飛び込んでくる。伊織さんだ。いつの間にか、事務所に来ていたらしい。ちょっとだけ緊張しながら、白樺様がご到着したことを告げる。

「すぐに行きますね」

返事があってほどなく、エレベーターの扉が開いた。ターバンの女性が、伊織さんの姿を見るやいなや、駆け寄って口を開いた。

「伊織さん！　やっぱり駄目でした。お義父《とう》さんは『息子とは縁を切った』の一点張りです。なので、エンバーミングにして最後まで粘ってみようってバンドメンバーで話し合って決まりました」

息子と縁を切った、とは穏やかでない。どういう状況なのか、つい耳をそばだてる。エンバーミング、というのは確か、ご遺体に防腐措置を施して、お姿を保ったまま長期間ご安置する方法だ。通常のドライアイスを当てる方法だと、数日でご遺体の状態は悪くなってしまうけれど、エンバーミングをすれば、外見は綺麗な状態のまま、だいたい一ヶ月弱は霊安室でお預かりできる。

「左様でございますか。後程、詳しくお話を伺います。まずは、故人様とごゆっくりご対面なさってください」

伊織さんはいつも通り、丁寧な物腰で応じる。エレベーターで地下へご案内しようとしたけれど、アロハシャツの男性が引き留めた。

「すみません。オレは時間がないので、この場で少しお話ししたいんですけども」

ハンチング帽を脱ぐと、軽く頭を下げた。声に張りがあり、よく通る。肩に下げたキャンバス地の鞄から、ごそごそと何か四角いものを取り出し、伊織さんに差し出した。

「白樺芳人《よしと》のこだわりが詰まったアルバムです。これと過去の作品を手売りして、少しでもエンバーミングの代金にしたいと思ってるんです。伊織さんも一枚、買ってもらえないですか」

下げた頭をさらに低くし、両手はぐいとCDを差し出す。さすがに伊織さんも困るかと思いきや、そっとCDを手に取った。表と裏、それぞれを吟味するように眺め、わずかに眉を動かした。

「素敵なジャケットですね。曲目は、全てビートルズのカバーですか」

「そうなんです。正確に言うと、最後の『マッチボックス』はビートルズがカバーした曲のカバーです」

「音楽を聴くのが趣味なので、ぜひ一枚買わせていただきます。代金は、芽美《めいみ》様にお渡しするのでも宜しいでしょうか」

アロハシャツの男性の顔がぱっと輝く。ターバンの女性も、手をぱちぱちと叩いて喜んだ。

「ありがとうございます！　嬉しいです、もちろん、代金は私にいただければ大丈夫です」

芽美様、と呼ばれた女性が伊織さんに両手を合わせ、拝むようにして深々と礼をする。

「じゃあ、俺はこれで」

ぱたぱたと鞄の蓋を閉めて暇を告げる男性に、伊織さんはお辞儀を返し、女性と一緒に地下へ降りて行った。話の内容が気になるけれど、持ち場を離れるわけにはいかない。読経が終わりに近づくと、藤原さんが階段下の様子を見にやってきた。

「このあとご到着の方は、すぐにお焼香へ案内できるから、もう大丈夫よ。導師の椅子引きをしてほしいから、式場入り口に来てくれる？」

二階へ戻ると、会葬客がぞろぞろとお清め場から出てきた。人にぶつからないよう、お声を掛けながら導師を控室まで案内する。配膳スタッフさんに頼まれて受付の人数を数え直したり、遅れてきた人のご案内をしていたら、一段落ついたのは二十時過ぎだった。

「あら、記帳のカードがないわね」

明日の告別式に向けて、受付を整えている藤原さんが呟くのが聞こえた。

「私、持ってきますね」

記帳用紙は、事務所に在庫が置かれている。もしかしたらまだ、伊織さんが事務所にいるかもしれないので、用事を買って出た。

「ありがとう。ホチキスの芯と、セロハンテープもお願い」

藤原さんの言葉をさっとメモに残す。簡単な用事ほど、忘れないように注意が必要、と気づいたのはごく最近だ。例えば、事務所に向かう途中、お客様に別な頼まれごとをされないとも限らない。いくつもの仕事がサンドイッチのように重なって、最初のひとつを忘れてしまうことがあるのだ。

「お疲れ様です」

期待を込めて、事務所のドアを開ける。

「お疲れちゃん」

帰り支度をした権藤さんが、半そでのワイシャツ姿で立っていた。他には今晩の通夜の担当をしている女性社員さんが書類作りをしているだけだ。権藤さんは両手をひらひらと振る。

「じゃあ、俺、帰るから。伊織は、まだ地下にいるよん」

私はすっかり伊織さんの追っかけに認定されているようだ。

「いえ、私は、備品を取りに来ただけですから……」

笑ってやり過ごそうとした瞬間、伊織さんが入ってきた。打ち合わせ用のファイルと、アロハシャツの男性が持っていたCDのケースを小脇に抱えている。

「西宮さん、先程は一階でのご対応、ありがとうございました」

「あっ、いいえ、全然です」

二時間近く打ち合わせをしていたにも関わらず、私にちゃんとお礼を言ってくれる。

「さっきのCDですね。音楽お好きなんですね」

緊張しながら尋ねた。いつものように微笑むかと思いきや、少し表情に影が差す。

「ええ、休みの日は……聴くようにしています」

珍しく歯切れが悪い。私が意外そうな顔をしたのに権藤さんが気付いて間に入った。

「伊織、お前さ、西宮ちゃんはいま忙しいんだから。悠長に自己紹介してる場合じゃないの。どうせなら家に遊びに来てもらえよ」

伊織さんと権藤さんの家には興味がある。

「えっ、いいんですか！」

「いいよー。ビキマエに来りゃいいじゃん」

『ビキマエ』は友引の前日のことだ。友引は火葬場が休みで御出棺ができないため、その前日はお通夜の施行が無く、宿直以外の葬儀屋さんは定時に帰ったり、お休みを取ったりしやすい。軽く請け合う権藤さんを、伊織さんはやや戸惑いながら制する。

「ご、権藤さん、勝手に決めないでいただけますか。しかも、そんな簡単に……もちろん、西宮さんがいらっしゃるのが嫌という意味ではないのですが」

「嫌じゃないならいいだろ。お前のちょっと古臭いCDコレクション見せたり、豆から淹れる苦ーいコーヒー飲んでもらったり、もてなせるだろ。そういうおもてなしの精神が仕事にも生きるんだよ」

権藤さんが人差し指を振り振り、リズミカルに諭す。

「いいこと言った風にまとめないでください」

伊織さんが嘆息した。

「俺はどっちでもいいから、来る日が決まったら教えて。じゃあね、お先にー」

鷹揚に権藤さんが答え、部屋を出ていく。女性社員さんも内線で呼ばれ、慌ただしく式場へ降りて行ってしまい、私は伊織さんと二人きりで事務所に残された。

「すみません、あの方は何でも思いつきでしゃべるので」

伊織さんが困ったように言い添えたので、私は笑って首を振った。

「いえ。伺いたいのは山々ですが」

私の答えを聞いて、伊織さんは少しほっとしたように笑顔を見せた。もう少し話をしていきたいけれど、下の階では藤原さんが待っている。

「仕事に戻りますね。伊織さんも、遅くまでお疲れ様でした」

ぺこりと頭を下げて、備品を素早くかき集める。記帳用紙の束は、レンガブロックほどの厚さがある。それを三束持つので結構重たい。

「二階の担当者に引継ぎがあるので、私が持ちましょうか」

「いえ、すぐ階段の下ですし」

「じゃあ、一緒に降りましょう」

事務室が無人になってしまうので、伊織さんは鍵をかけ、私の隣に並んだ。

「先程のお客様は、白樺様というんですね。音楽関係の方が亡くなったんですか」

CDを手売りする、と言っていたし、服装や髪形もアーティスト風だった。

「ええ。故人はバンド活動をなさっていたそうです」

「勘当された、と仰っていませんでしたか。地下に来ていた女性の方が」

質問に夢中になって、前のめりになる。伊織さんは、やんわりと私の問いを受け止めた。

「少し複雑なご事情がおありのようです。ご家族の方にご参列いただくために、エンバーミングをご依頼されました」

守秘義務があるので、ぼかした言い方になる。私は曇った窓を拭うように、質問を重ねた。

「つまり、ご参列を説得するための時間を作ろうとなさっているんですね」

「有体にいえば、そうなりますね」

伊織さんはやや躊躇いながらも応じてくれた。備品を受付に置くと、ちょうど喪主との打ち合わせを終えた担当者がやってきた。備品を棚に収めながら、二人の会話に耳を澄ませる。

「お疲れ様です。白樺様の奥様との打ち合わせが終わったので、私はこれで退勤するのですが、ひとつだけ連絡事項があります。私が事務所の電話から掛けた白樺宗明《むねあき》様から、折り返し連絡があるかもしれません。もしも、掛かってきたら私がもう退勤したことと、明日また掛ける旨、お伝えください」

「わかりました。白樺宗明さんは、故人とどんな関係の方ですか」

担当さんに尋ねられて、伊織さんは小声で答える。

「お父様です」

よろしくお願いします、と付け加え、聞き耳を立てる私をちらりと見やると、伊織さんは階段を降りていってしまった。

息子を勘当した父親に、葬儀屋が電話をかけるものだろうか。奥様の芽美様によほど強く頼まれたのかもしれない。

「こらこら、魂抜けてるわよ」

返礼品の袋を両手に沢山ぶら下げて、藤原さんがやってきた。

「あっ、す、すみません！　手伝います」

私が手を伸ばすと、藤原さんは首を振った。

「もう、これで終わり。さっき五十個追加になったの。そのうち、四十個は会社へ直接送ることになっているから、倉庫においてあるわ」

　ふう、と息をつきながら汗をぬぐう。

「少し暑いですよね。冷房を強めますね」

　私は壁に駆け寄って、スイッチを操作した。

「ありがとう。熱中症に気を付けないとね。昨日も荒川で倒れた人が亡くなったみたいよ。若い男性で、ギターの練習中だったらしいわ」

『ギター』という単語が、頭の中の鍵穴にカチリと嵌《はま》る。バンドをやっていた白樺様のことだとしても不思議はない。

「いま、地下に安置されている方ですか」

　尋ねてみると、藤原さんは頷いた。

「私はウォーキング仲間から聞いたんだけど、三十一歳のバンドマンで、十年近く川原で練習していた人みたい。東大島《ひがしおおじま》の駅前に、ライブのポスターが貼ってあって、よくチラシも配っていたんですって。ご遺体はうちでお預かりしているみたいね」

　熱中症は怖い病気だ。体外の熱気が原因で様々な症状を引き起こす。ウイルスや細菌が原因ではないから、免疫は役に立たない。体を冷やしたり、塩分と水分を補給することで回復することが多いけれど、逆にいうと、それ以外の方法が通用しない。

　知識があっても、予防をしても、気温と湿度、健康状態などで避けきれない場合がある。ギターの練習に夢中で、体の異変に気付かなかったのかもしれない。気付いていても、練習のノルマを決めていたら、自分ではやめられなかった可能性もある。

「人間、何があるか、わからないわよね」

藤原さんが悲しみの色を浮かべて呟いた。万里江ちゃんのことを思い出し、癒え始めていた心がきゅっと痛む。

「エンバーミングをご検討されているみたいです」

「そうなの……海外にご家族でもいるのかしら」

「ええ、ご事情があるようです」

勘当、という単語はなんとなく伏せて答えた。故人様もご家族も、あまり喧伝《けんでん》されたくないだろう。


翌朝、地下鉄に乗り込むと、偶然にも向かいの席に、芽美様が座っていた。昨日と色違いのターバンに髪をまとめ、スマホの画面を眺めている。表情に力はない。スマホを触る手元も、風のない日の柳のように、どこか頼りなくだらりとしている。

「あ」

私の視線に気づいた芽美様は、私をまっすぐに見つめ、小さな声をあげた。

「葬儀屋さん！」

顔を覚えていたようだ。出した声を飲み込むように、ぱっと両手で口をふさいだ。私は知らん顔を決め込むこともできず、小さく会釈をする。

　すると、芽美様は猫のように自然な仕草で、さっと席を立ち、私の隣に座った。まるで、親友や恋人の隣にでも座るように、ぴったりと細い体を横につける。昨日は気づかなかったけれど、スパイシーな香りの香水をつけている。くっきりとした二重の瞳が私を覗き込んだ。

「おはようございます。清澄会館まで行くんですか。私、方向音痴なので、一緒に行ってもいいですか」

「は、はい」

　咄嗟には断る理由が思いつかず、清澄白河の駅で降り、一緒に会館へ向かって歩くことになった。階段を上りきると、曇り空越しに太陽の熱がじわりと肌を焼く。

「独りになりたい、と思うのに、独りじゃ寂しいんです。変ですよね」

　芽美様は手を翳《かざ》して空を仰ぐ。私はひと呼吸おいて慎重に答える。

「大事な方を亡くされたあとですから」

「寂しがりは、昔からなの。でもしっかりしないとね」

　言葉ではどう応じても陳腐になってしまいそうなので、黙って首肯した。駅から会館までは、十分も無い。せめて少しでも話し相手になれればと構えたけれど、芽美様は口をつぐんだままだった。清澄会館の外壁が見えてくると、芽美様はおもむろに電話をかけ始める。

「もしもし。芽美です。お葬儀屋さんから電話があると思うので出てください。私もまたかけます」

留守番電話にメッセージを残したようだ。嘆息して電話を切ると、スマホを握りしめ、やり場のない想いをぶつけるように、ぶんぶんと振りまわした。

「ああもう。バカばっかり！」

「わ、すみません！」

驚いて肩をすくませた私に、芽美様が慌てて首を振った。

「ごめんごめん、違うの！　バカっていうのは芳人の親父《おやじ》さんのこと。息子が死んだっていうのに、電話も出ないなんて。信じられます？」

「お忙しい時間帯なのかもしれません、まだ朝も早いですし」

笑みを浮かべてみたものの、あまり効果は無かった。

「もう九時すぎでしょ？　着信に気づいているのに、無視してる」

腕時計を指さし、芽美様の語気が荒くなる。

「芳人様とお父様は……そのう、仲違《なかたが》いをされていたんでしょうか？　あっ、もちろん、話したくなければ、ご放念ください」

私が体の前で振った手を、芽美様が両手で捕まえた。地下鉄の車内でもすぐ隣に座ってきたけれど、どうやら人と間近に接することに抵抗がないらしい。私の手首を軽く掴んだ芽美様の掌は、さらりと乾いて熱かった。香水の香りが今度は甘く、南国の菓子を思わせる。

「聞いてくれるの？　よかった、私、誰かに話したくて話したくて。でも、普段私の話を聞いてくれていたのは、いつも芳人くんだったから、どうしていいかわからなくて……」

見開いた瞳が、じわじわと涙で埋まっていく。芽美様は渇望していたらしい。突然、我が身を襲った不幸について、耳を傾ける人物を。

しかし、私は今から出勤だ。藤原さんより先に到着して、朝のルーチン業務をこなしておこうと思っていた。迷う私の答えを待たずに、芽美様は話し始めた。

「もともと仲が悪かったなら、諦めきれるんだ。でも、そうじゃなくってバンド活動のことも、私との結婚も、特に反対してなかったの。勘当を言い渡されたのは、去年の年末かな。突然、家に来て『もう親子と思うな』って。年末年始にも帰ってこなくていい、って一方的に怒ってて」

「理由もなく、ですか」

「理由は多分、芳人くんの年齢。丁度、三十歳になったタイミングだったからだと思う。他には思いつかないな。うだつの上がらない息子を谷に突き落としたかったんじゃない？」

はあ、と頷きながら、おそらく「獅子は我が子を千尋の谷に落とす」と言いたかったのだろうと解釈した。

「厳しいお父様なんですね」

街路樹から響く蝉の声に負けないよう声を張る。こくり、とターバンの頭が揺れた。息子の葬儀にすら出席しないなんて、余程の決意だ。ふと、自分の父親を思い出してしまう。薬剤師から葬儀屋に転職することも、もう大人だからと何も言わずにいてくれる。色んな親がいるから、見守ってくれる父には感謝だな、と蝉しぐれと共に噛みしめる。

そういえば、伊織さんはお母さんを亡くされたと聞いたけれど、お父さんはどうなのだろう。遠縁を頼って預けられるくらいだから、お父さんとも事情があって離れて暮らしていたんだろうか。

雲間が切れ、芽美様が少し首を傾けながら陽射しに目を細める。

「でも、芳人くんにとっては、厳しくても親だから。お葬儀も来てほしいんだけど……時間がかかるならエンバーミングすることにしたの。そうだ、ねえ、あなたも一枚買ってくれない？」

会館の正面玄関までやってくると、芽美様はバッグの中からCDアルバムを取り出した。

「ええと……ごめんなさい、家にCDプレーヤーが無くて……」

私は、汗をハンカチで押さえながら、苦し紛れの答えを返す。

「じゃあ、プレーヤーもこの機会に買ったらいいよ。これも何かのご縁と思って。ビートルズのかかっている空間で飲むお酒は最高だから！」

まさか葬儀会館の前で、お客様に押し売りされるとは思わなかった。伊織さんがすんなりと購入を決めていたのは、芽美様の少し風変わりな性格を知っていたからかもしれない。

困り果てていると、後ろから声がかかった。

「おはようございます」

伊織さんが、私と芽美様に、いつものように落ち着いた眼差しを向けていた。間もなく御出棺があるから、社用車は会館から少し離れた駐車場に停めてきたらしい。

「伊織さん！　お義父さんがやっぱり電話に出てくれなくて、困っていたんです。本当にどうしたらいいんでしょう」

芽美様は、ＣＤ販売から話題をすっぱりと切り替え、伊織さんに歩み寄る。

「白樺様、暑い中、お疲れ様でございます。館内でお話を伺います」

「宜しくお願いします！」

芽美様は、すっかり伊織さんのことを頼りにしているらしい。ターバンがずり落ちるほどの深いお辞儀をした。二人が館内に入っていくのを見送って、私も裏口へと急ぐ。すると、タンタン、と非常階段から足音がして、白いトートバッグを下げた藤原さんが降りてきた。

「私たちの入り時間、九時半じゃなくて十時ですって」

「えっ、そうなんですか。昨日、いつもより三十分早く入るようにって、本部から連絡がありましたが……」

通常、告別式の葬儀アシスタントの出勤時間は出棺時刻の二時間前だ。けれど、規模の大きさや読経の長さなどによって、二時間半前に出勤になることもある。てっきり開式時間が早まるのを見越して、早めに出勤するようになっていたのかと思っていた。

「今日は一般会葬が少ないと見込んで、早出は取り消しになっていたんですって。事務所の連絡ミスよ。まったく。私はコンビニに行ってくるわね。西宮さんも自由にしていいわよ」

「わかりました。いってらっしゃいませ」

ルーチン業務を早めに片づけておこう、と考えつつ手を振ると、くるりと藤原さんの顔がこちらを向いた。

「只働きはしちゃ駄目よ」

私の考えは、お見通しだったみたいだ。釘を刺されてしまったので、仕方なく事務所への挨拶だけ先に済ませて、あとは自分のスケジュール帳の整理をすることにした。着替えて三階へ上がる。すると、事務所の中から権藤さんの弱り切った声が聞こえた。

「ええ、すみません。はい、ええ……」

電話の相手に謝りながら、私に向かってメモを掲げた。

『伊織見なかった？』

「あっ、さっき……」

私はメモを借りて、『一階にいました』と書いてみせる。すると権藤さんは館内モニターの画面に目をこらした。霊安室から、芽美様といっしょに出てくる姿が見える。顔は映っていないが、すらりとした長身と、画面越しにもわかる丁寧な物腰は伊織さんに間違いない。権藤館長は、メモに何か書き足し、再び私に向けてかざしてみせた。

『呼んできて』

私は、両手で○を作って事務所を飛び出す。ひょっとすると、電話の相手は白樺様のお父様かもしれない。階段を駆け下りていくと、伊織さんが下から昇ってきた。

「伊織さん！　事務所にお電話が入っています。急いで呼んでほしいと権藤さんが」

「ありがとうございます」

涼しげな顔で、すいすいと階段を駆け上がっていく伊織さんのあとを、私は息を切らして追いかける。事の顛末《てんまつ》が気になってしょうがない。

事務所へ入ると、権藤さんから伊織さんが受話器を受け取るところだった。

「お電話替わりました。伊織と申します」

すると、事務所の入り口でも聞き取れるほどの怒声が、受話器から聞こえてきた。

『あんたか！　伊織とかいう……。何度も留守電に入れやがって』

ひええ、と私が縮み上がる。伊織さんは、受話器を少しだけ耳から離した。権藤さんが小声で、伊織さんに尋ねる。

「何回かけたんだよ、おまえ」

伊織さんは、人差し指を軽く振ってみせた。一回……のようだ。ならば『何度も』と怒鳴られるのは酷い。芽美様がかけた回数と混同されているのかもしれない。

「白樺様、何度もお電話致しましまして申し訳ありませんでした。ご子息様について、どうしてもお話ししたいことがございます。一度、会館までご足労願えませんか」

『行かないっつってるだろ！　勘当したんだから、もう関係ない』

低い声で断言されたけれど、伊織さんは食い下がる。

「そう仰らずに、どうかご一考願えませんか。芽美様は、エンバーミングをして葬儀日程を延ばしてでも、ご参列を希望されています。のちのち、お心残りなさらないよう、皆様のご希望を叶えるのが、私どもの使命と心得ております」

『そう……そちらさんの使命なんて、私には関係ないじゃないか』

一瞬、電話口の声が揺らいだ気がしたものの、すぐに語気は荒くなる。

「どうか、お考え直しいただけないものでしょうか。お時間のあるときにでも、なごみ典礼・清澄会館にお越しいただいて、芳人様とご対面いただけませんか」

数秒の沈黙のあと、伊織さんは受話器を置いた。

「切られてしまいました」

珍しく、ふう、と長い息をつく。

「さっきの剣幕じゃ、とりつくしまが無《ね》えなあ」

権藤さんが煙草をもごもごと咥えながらぼやいた。相手から電話を切られてしまうのでは、説得は難しい。

「あの、差し出がましいようですが……、お父様ではなく、お母様とはお電話繋がらないんでしょうか」

伊織さんと権藤さんが、同時に私のほうへ顔を向けた。

「私も、芽美様にお母様にご連絡してはどうかとご提案したのですが、お母様の携帯電話は電源が入っていないようなんです。ご自宅の電話は、常に留守番電話になっているようですね」

伊織さんが、唇を軽く引き結ぶ。権藤さんがやれやれというように首を振った。

「家にいる高齢者は、自分が電話を掛ける時しか、携帯の充電しないんだよなあ」

「よくあることですね。同じ機種を長く使い過ぎていて、そもそも電池が古くなっていたり」

言葉を切って、伊織さんは少しだけ考える顔つきをして言い添える。

「お母様ともお話ができればよいのですが、お電話を代わっていただくのは、まず無理でしょうね……」

綺麗な指先でデスクの上から、芽美様が売り歩いているCDを持ち上げた。困り顔から一転、くすりと小さく笑いを漏らす。

「白樺家の方がお揃いになるのは、少し時間がかかりそうですね。でも、面白いCDに出会えました」

権藤さんが呆れたように眉をあげ、煙草の煙を窓の外に向かって吐く。

「俺は嫌なんだよなあ、御葬家さんとすったもんだするの。ぱっと日程決まって、ばばっと飾って、しゃばばばあっ！　と出棺するのが一番いいよ」

両腕でキレのいいダンスのようなジェスチャーを加えながら、権藤さんが口をへの字に曲げる。

「芽美様は、まだ霊安室にいらっしゃるんですか」

私の問いに、伊織さんは頷いた。

「ええ。ご対面が済んだら、内線をいただくようにお願いしています」

伊織さんが『面白い』と評したCDならば、私も聞いてみようという気になった。元々ビートルズは嫌いではない。内線が鳴ってしまう前に、とやや急いで事務所を後にした。

三十分あった出勤までの時間も、あとわずかになっている。

一度パントリーに寄って、財布から五千円札を抜き取り、ポケットにしまうと、階段で地下へ降りた。ちょうど芽美様がふらりと霊安室から出てくるところだった。

「お疲れ様でございます、白樺様。ご対面はもう宜しいんですか」

私が声をかけると、芽美様はこちらへ視線を向けた。目元はわずかに赤らんでいる。

「うん。起きてくれるかな、と思ったけど、やっぱり無理みたい」

無理に笑おうとするお姿が痛々しい。CDを購入したい、と切り出すと、バッグの中から大事そうに一枚取り出して渡してくれた。

「芳人くん、喜びます。『ひとりでも多くの人に音楽で感動を届けたい』って言っていたから」

ジャケットに芳人様の顔写真はない。ギターをプレゼントに見立て、赤いリボンを掛けた写真を背景に、小さなフォントでアルバムタイトルが書かれているだけだ。タイトルは

『The Beatles Song of Alive』。

裏返すと、白地に赤で曲目が並んでいる。全部で九曲。有名な曲ばかりだけれど、私の好きな「Let It Be」は収録されていないようだ。「All You Need Is Love」から始まり、軽快なテンポの「Love Me Do」、「I Want To Hold Your Hand」、バラードの「Golden Slumbers」、「And I Love Her」が四、五曲目で、「Ticket to Ride」「Ob-La-Di, Ob-La-Da」と続く。八曲目は一人で弾き語るのが難しそうな「Magical Mystery Tour」だ。洋楽にあまり詳しくない私でもさすがに知っている曲ばかりでほっとする。聞き馴染みがないのは、最後の「Matchbox」だ。昨日、芽美様と一緒に来ていた男性が、確か『ビートルズがカバーした』と仰っていた。伊織さんが『面白い』と喜んでいたのはこの曲かもしれない。

芽美様のお帰りを事務所に知らせ、二階へ戻る。アルバムは三千円だった。興味があるから購入したのだけれど、出費を削っている中では贅沢をしてしまった。

「どうしたの」

藤原さんが、ビタミンタバコのケースを片手にパントリーに入ってきた。

「ちょっとお財布事情が苦しくて……このままお葬儀アシスタントを続けていくと、もっとお金が無くなってしまうのかも、と不安になってしまったんです」

情けない泣き言だけれど、藤原さんは耳を傾けてくれる。

「わかるわ。時給は安いものね」

ふうっと息をつくと、ラズベリーの甘い香りがローズピンクの口元から零れる。

「でも、お金って多いか少ないか、ではないのよ。私は担当者だった頃、今の二倍、ううん、ボーナスも入れると三倍貰っていたのよ。高い生命保険に入って、ブランドの服を買って、マンションの最上階に住んでいたわ。夜遅いから食事は外食やお弁当が多くなって、お肌が荒れちゃったの。お手入れのために高価なクリームを買っていたら、貯金なんてほとんどできなかった。お肌だけならまだしも、体も心も疲れ切ってしまって、最終的には過労死寸前。仕事中に倒れちゃったの」

自嘲気味に笑う頬には、わずかな皺が見えるものの、肌荒れの痕跡はない。

「過労死って……葬儀屋さんがお葬儀中に倒れるなんて」

凄《すさ》まじさに私は息を呑む。

「そうね。そのままあの世に行っちゃったら、まったく笑えないわね」

恐ろしいことを、藤原さんは平気な顔つきで呟く。

「ご無事でよかったです……あの、今は貯金って、どうされているんですか」

私は月々、少額だけれど実家にお金を入れることにしているけれど、ゆくゆくは自立して独り暮らしをしようと思っている。独り暮らしを始めるにはある程度、お金を貯めなくてはいけないだろう。

「使う前に、口座を移しているの。保険も解約、携帯のキャリアも格安に変えて、リノベした団地に引っ越したわよ。普段は節約して、ダイビングや健康に投資することにしたら、友達も増えたし、体の調子もすごく良くなったの」

「お洋服欲しくなったりしませんか」

藤原さんが出勤時にさりげなく身に着けている小物は、品のよいものが多い。

「欲しいものは別にお金を貯めて、思い切って買ってるわよ。家や車を買おうってわけじゃないから、何とかなるわ」

藤原さんの身にまとう自由できりっとした雰囲気は、衝動や惰性ではなく、計画性と自律によるものらしい。ちょこちょこと可愛い文具を買ったり、カフェを利用してしまう自分を反省してしまう。何とかなる、と藤原さんは言うけれど、『何とかしている』のだ。

「ちなみに私の貯金はね」

藤原さんは付け足して、今度は晴れ晴れと笑う。

「お葬儀一回分はちゃんとあるわよ」

お清め場で人の気配がして、藤原さんはすぐに踵を返して行ってしまう。まるで銀鱗《ぎんりん》を翻す魚のように俊敏だ。


告別式は読経時間が押して、慌ただしい御出棺となった。七連勤目の私のふくらはぎはぷるぷると震え、足の裏では豆が潰れた感覚がある。お見送りのあと、足を引きずって駐車場を歩いていると、壮年の男性に呼び止められた。

「ちょっと伺いたいのですが、事務所はどちらでしょうか」

白髪交じりの髪がまだ豊かで、撫で肩だけれど背筋がしゃんとしている。喪服ではなく、グレーのジャケットに紺色のポロシャツ姿だった。

「事務所は三階でございます。宜しければ、御用件をお伺いいたします」

きちんとした雰囲気の方なので、私も足の痛みを堪えて姿勢をただす。男性はためらいがちに、口を開いた。

「息子の件で伺いました……白樺宗明です」

驚いたが、表情に出さないように気を付ける。目の前の爽やかな紳士が、伊織さんを怒鳴っていた白樺様のお父様とは、思いもよらなかったのだ。

「承知しました。内線で連絡いたしますので、少しお待ちいただけますか」

事務所にかけると、権藤さんが出た。

「ご対面を希望するか、念のため聞いてくれる？」

「承知しました」

宗明様を振り返ると、視線は電話をかける私を通り過ぎ、虚空をみつめている。

「白樺様。故人様とのご対面をご希望されますか」

どこに地雷があるかわからないので、大したことのない質問も及び腰になる。反応がないので、そっと同じ言葉を繰り返すと、瞳をしばたかせた。

「ああ、すみません。寝不足で……ええ、対面します」

宗明様のお返事を伝えると、権藤さんからは「じゃあ地下へお通しして」という言葉が返ってきた。地下のエレベーター横には、担当者とご家族が打ち合わせるためのスペースがある。宗明様はその部屋のソファへ肩をすぼめるようにして座った。

「お待たせいたしました、白樺様」

降りてきた伊織さんに、宗明様は軽く頭を下げた。

「電話では失礼しました」

「いいえ。とんでもございません」

伊織さんは微笑んだ。怒鳴られたことなど無かったかのような、仏の笑みだ。

「こちらこそ、再三のご連絡になり、失礼いたしました」

宗明様は、ポロシャツのボタンをひとつ外した。エアコンの風を欲するように、手で顔周りを扇《あお》ぐ。

「いや、冷静になれば明らかにこちらに非がありました。昨晩、眠れなかったせいもあって苛々してしまったみたいです……本当に申し訳ありませんでした。妻が病院で出してもらった睡眠薬を貰って多めに飲んだんですが、効かなくてね。あっすみません、お嬢さん。お水をいただけませんか」

宗明様が、立ち去ろうとした私に声を掛けた。

「はい、すぐお持ちいたします」

伊織さんにとって待ち望んだ大事なお客様だ。急いでパントリーへとって返し、氷を入れたグラスに水を注ぐ。

それにしても、睡眠薬を多めに飲んでも効かないなんて……。清涼な光を放ちながら揺れる水を眺めて、思い出す。薬局に勤務していたときに、同様の声を聴いたことがある。『睡眠薬を沢山飲んだけれど、眠れなかった』。奥様に処方されているのは、もしかしたら『あの薬』かもしれない。

水を持って地下へ戻ると、伊織さんは霊安室でお線香の準備をしているようだった。コースターを敷き、グラスを差し出しながら、宗明様に尋ねてみる。

「……あのう、白樺様、昨夜飲まれたお薬の名前は覚えてらっしゃいますか。私、元薬剤師だったもので」

宗明様は質問する私を横目に水を一気に飲み干し、息をつく。

「……あーっ美味しい。薬の名前ですか。確か、プラスプラス、のような名前でしたよ。効きにくい薬なんですかねえ」

「そうですか、恐らく体質によって、効果が違うお薬かもしれません」

「やっぱりそうなんですね。全然眠れなかったので」

伊織さんが、宗明様を呼びに戻ってきた。空っぽになったグラスをお盆に載せ、お茶をお置きしておきますね、と告げて再びパントリーへ下がる。

宗明様の奥様が処方された睡眠薬は、恐らくプラセプラスだ。お茶を持って地下へ降りると伊織さんが霊安室の外で、宗明様を待っていた。お盆を置き、そっと傍へ近づく。

「伊織さん、すみません。先程白樺様が仰っていた、奥様の睡眠薬なんですが」

声を殺して話しかけた私を、興味深そうに見つめてくる。

「どうかされましたか」

「処方されたのは、おそらく睡眠薬じゃないと思います。ご高齢の方で、睡眠薬が欲しいと仰っても、お医者様の判断でお薬を出さないことがあるんです。例えば、足腰が悪くてすぐ転倒してしまう方や、間違えて沢山飲んでしまう危険がある方……たとえば認知症の方などです。睡眠薬を処方するのは危険だけれど、毎回不眠を強く訴える人もいます。そういう時に、お砂糖を処方するんです」

「砂糖を？」

伊織さんが、霊安室の方を気にしつつ、小さく驚く。

「ええ。処方箋にはお薬の名前が書いてありますし、見た目も錠剤そっくりになっています」

「でも……砂糖では眠れないですよね」

「お薬だと信じていれば、安心感から眠れる方が多いんです」

偽薬効果、と呼ばれている。薬に限らず、医療行為自体を受けたことによって安心し、さまざまな症状が改善するのだ。伊織さんは、ふっと考え込みながら呟く。

「宗明様の奥様が、認知症を患われているのなら、色々と説明がつきますね。お電話に出ないことも、今日ご一緒にいらっしゃらなかったことも」

症状が軽いなら、ひとりでご自宅に残っているのかもしれない。

い。


「西宮さん、さすがですね」

「いえ、専門ですから」

パタパタと手を顔の前で振った。薬剤師の知識を活かすことができて、ちょっぴり嬉しい。

「芳人様のお母様については気になっていたんです。ひとつ謎が解けそうです。ありがとうございます」

間近で囁かれて、疲れも足の痛みもどうでもよくなってしまった。

「私、白樺家のお葬儀がどうなるか、とても気になります。もう少し残っていてもいいですか」

「構いませんが……」

伊織さんが答えかけたとき、霊安室から宗明様が現れた。口を引き結び、しっかりとしていた背筋も、心なしか先程より小さく見える。

「……熱中症なんかで死ぬなんて、馬鹿なヤツですね」

震える声で呟き、助けを求めるように私たちに視線を投げた。伊織さんは静かに首を振り、柔らかく言葉を紡ぐ。

「ギターの練習をされていたとお聞きしました」

「どうせまた、ライブをやるつもりだったんですよ。芽美さんが稼いだ金で暮らしてるのに、いい気なもんです」

　宗明様は、思わず強くなってしまった言葉に気づいたように、けほっと小さな咳をする。伊織さんは、今度は黙って首を振った。霊安室のドアの隙間から、白い布で覆われた芳人様の足の部分が見える。静寂の中、霊安室の蝋燭の火がジジッと揺らぐ音が聞こえた。何も言わなくていいのだろうか、と私が伊織さんの横顔を見たとき、端整な口元がゆっくりと動いた。

「宗明様。芽美様は、お父様にお葬儀にご参列いただきたいとおっしゃっています」

　宗明様は伊織さんから目を背けた。

「勘当した息子です」

「勘当は、解くことができます。あとは奥様にどうお伝えするかです。宗明様、まだ奥様は芳人様がお亡くなりになったことをご存じないのではありませんか」

　まるで、落とし物を拾って渡すように、伊織さんは問う。宗明様の表情がわずかに強張ったが、伊織さんのまっすぐな視線を受けると、諦めたように笑った。

「ええ。でも、どうして……」

「お電話口で、一度も葬儀に関わる単語をおっしゃらなかったので。お近くにいる方に伏せているのかと。もしかしたら、奥様はご病気をされていて、芳人様の死亡をお伝えすることで病状が悪化されるのをご心配されているのではありませんか」

　伊織さんは、具体的な病名をあえて出さずに尋ねる。

　記憶をたどると、確かに、宗明様は、語気荒く伊織さんの電話に応じていた割に、言葉を選ぶような感じがあったかもしれない。お客様からのクレーム、という緊張した瞬間だったはずなのに、伊織さんはわずかな違和感をちゃんとキャッチしていたようだ。伊織さんの冷静さに、あらためて驚く。

宗明様も、何かを言おうと口を開けたまま、しばらく驚きと戸惑いの入り混じった表情で伊織さんを眺めていた。

「実は……妻は認知症を患っていまして、症状は軽度ですが少しずつ悪化しています。今回のことを知ったら急激に衰えるだろうと思うと、話せませんでした」

「今は、ご自宅にいらっしゃるんですか」

「いえ、デイサービスに行っています。私も毎日、気が張って疲れてしまうので」

日常的な介護も必要なのだろう。妻の世話と家事や、介護の手続きに追われる日々に、突然訪れた息子の訃報。すぐに受け止めきれなくて当然だ。

「奥様のご病気が分かったのは、もしかすると、芳人様と距離を置いた時期と同じなのではありませんか」

伊織さんの言葉に、宗明様は唇を震わせた。

「そうです。去年の十二月、診断が出ました。正月に芳人が帰省したら、きっと母親の発言がおかしいことに気づくと思って、先手を打ちました。認知症だと分かれば、芳人は自分が介護すると言い出します。実家に戻れば、絶対音楽に割く時間は減ってしまう。芳人は三十歳になりましたが、母親の介護を言い訳に、メジャーデビューを諦めてほしくなかったんです」

宗明様は、芳人様と勘当して縁を切るどころか、夢をずっと応援していたのだ。私は芽美様に早く事実を伝えたくて仕方なくなる。

「ご病気のこともありますから、奥様のご会葬は難しいかもしれませんが……実は本日、宗明様にいらしていただいたのは、どうしても伝えたいことがあったからです」

お掛けください、と打ち合わせのスペースに宗明様を座らせると、伊織さんは芽美様から購入したCDアルバムを取り出した。

「芳人様が、今年の五月にお作りになったCDアルバムです。芽美様が、エンバーミングの費用の足しに、とご自分の手で販売しています。実は、このアルバムには、芳人様のメッセージが隠されています」

宗明様に、アルバムのケースを手渡す。

「ビートルズのカバーか……芳人が小さいころ、家でよく洋楽をかけていたんです」

宗明様は、懐かしむように目を細めた。

「宗明様も、音楽がお好きだったんですね」

「ええ。私は若いころ、ピアニストを目指して本格的なレッスンを受けていたんです。でも、病気がちで断念しました。もし芳人が音楽の道を目指すなら、全力でバックアップするつもりでしたが、芳人は自分の力で頑張りたいと言って、援助を断りました。芳人はプライドから、私に本心を見せなくなり、私もじゃあやってみろ、とね。突き放すようなことを言うようになってしまいました」

伊織さんの口元が、悲しげに微笑んだ。伊織さんにも、親とすれ違うような過去があるのだろうか。

「宗明様。裏側に収録曲のリストがあるのですが、ご覧いただけますか」

伊織さんに言われて、宗明様はCDケースを裏返す。

「全部で九曲です。少し変わった選曲だとお思いになりませんか」

宗明様は細かな文字を見るために、目をすがめた。

「いや……もう少し多くてもいいとは思いますがね。『イエスタデイ』が入っていないのは、寂しいな。『ヘルプ!』もないし」

「名曲ばかりの伝説のグループですから、カバーアルバムを出すとしたらかなり選曲に悩んでしまうと思います。ですが、芽美様によると、芳人様はこの曲順にかなりこだわったそうです。バンドのメンバーが、曲順について助言したときも、変える気はなかったとお聞きしています」

印象的だった九曲の順番を私は思い出してみる。同時に、宗明様が曲目を小さな声で、読み上げた。

1. All You Need Is Love
2. Love Me Do

3. I Want To Hold Your Hand
4. Golden Slumbers
5. And I Love Her
6. Ticket to Ride
7. Ob-La-Di, Ob-La-Da
8. Magical Mystery Tour
9. Matchbox

宗明様は少しだけ考えていたが、はっと顔をあげ、伊織さんの方へＣＤケースを掲げた。

「芳人のメッセージと言うのは、曲名のイニシャルですか」

宗明様の言葉に、私もあっ、と小さく声をあげそうになった。

「仰る通りです。頭文字をつなげると、『ありがとう、ママ』と読むことが出来ます。発売されたのは五月。母の日を意識されていたのかもしれません」

伊織さんの言う通りなら、赤いリボンでギターをラッピングしたジャケット写真もなんとなく、母親に向けたプレゼントを意識しているように思える。

「ちょうど、妻は五月に還暦を迎えたんです。でも芳人が自宅に帰ることを私は許していなかったので、祝いの席も設けませんでした。私もそんな気分じゃなかったので……」

宗明様の手が震え、ＣＤケースがカタカタと細かな音を立てた。

「一体、どうすれば良かったんだ……」

壁掛け時計の秒針は、無情にゆっくりと回っていく。

「私は……芳人を追い込み、母親と過ごす時間を奪ってしまったんですね。幸せを願っていたのにいつしか意固地になって、芳人の方も私や妻と距離を置きたいのだろうと思ってしまったんです」

宗明様の目尻の皺を伝い、涙が落ちた。伊織さんが綺麗に畳まれたハンカチを差し出す。悔恨の苦しみが伝わってきて、私の胸もぎゅっと痛んだ。いま泣くわけにはいかないから、目を見開いて涙を堪える。

「ご両親がお元気だと信じていたからこそ、芳人様は音楽活動に打ち込めたのではないでしょうか。CDを拝聴致しましたが、ギターの腕前もさることながら、歌声も音域が広く、優しいお声が聴く者を惹きつけます。一朝一夕で得ることのできない努力の賜物《たまもの》だと存じます。芳人様は荒川で連日、こつこつと練習をされていたそうですね。きっと、成功した暁には、ご両親に認めてもらおうと、お顔を思い浮かべながらの練習だったのではないでしょうか」

荒川の対岸に、夢の行く先を思い描きながら、ギターを抱き続けた芳人様の背中が見えたような気がした。

「どうでしょうか、あいつのことだから、早く風呂に入りたいだとか、新しいスニーカーが欲しいだとか、くだらないことばかり思っていたんじゃないでしょうかね。……でも、そうか……好きなことをやりながら死ねる人間はそう多くはいません。そのことだけでも、褒めてやるか。なあ、芳人」

宗明様は霊安室の方へ近づいていき、芳人様の傍で頭《こうべ》を垂れた。

「よくやった……よくやったよ、お前は！」

ひび割れた声で、短く叫ぶと、宗明様はすぐに廊下へ戻ってきた。伊織さんが気付いたおかげで、芳人様の想いがお父様へつながった。

「エンバーミングと葬儀の費用は私が負担する、と芽美さんに伝えていただけますか。葬儀にも参列します」

宗明様は会館へやってきたときと変わらない、真っ直ぐな姿勢で伊織さんに向き合った。ほっとする私の横で、伊織さんは頷き、神妙に目を伏せて答える。

「承知致しました」

伊織さんの声に、わずかだけれど安堵が混じる。最初は頑《かたく》なだった宗明様だけれど、伊織さんの言葉に耳を傾けてくれて、本当によかった。芳人様を失った悲しみは大きく苦しいものだろうけれど、いつか、芽美様と懐かしい思い出を語り合う日もくるだろう。ご参列を拒んだままだったなら、そんな未来もなくなっていたかもしれない。

宗明様は壁の時計を見やってため息をついた。

「ああ、もう十三時か。エンバーミングの業者の方が来るんですよね」

「はい。ご対面はもう宜しいですか」

「ええ。お茶を淹れていただいたようなので、飲んでから帰ります。お嬢さんも付き合わせてすまなかったね」

宗明様は、温《ぬる》くなった緑茶をひと息に飲み干した。一階でお見送りをし、伊織さんと顔を見合わせる。

「すっきりしたお顔でお帰りになりましたね」

「奥様に芳人様のことを伝えるか否か、決心が決まったのでしょう。どちらになさるか、までは分かりませんが」

息子の死を、お母様は受け入れられるのだろうか。相当な勇気が無ければ打ち明けられないだろう。告白の瞬間を想像すると、他人のことながら、ずんと胸が重くなる。

「西宮さん、大丈夫ですか」

眉間に皺を作った私を心配して、伊織さんが声を掛けてくれた。

「はい」

頷いたものの、疲れと足の痛みが復活するのを感じる。もう間もなく火葬を終えた御葬家様が戻ってきて、精進落としのご案内をしなくてはいけない。

「私はそろそろ二階に戻ります」

藤原さんも、私がまだ昼食を終えていないことを心配しているだろう。伊織さんは律儀に頭を下げる。

「休憩中に付き合わせてしまって申し訳ありませんでした」

「いえ、私が気になって出しゃばっただけですから」

その時、駐車場に一台の白いワゴン車が入ってきた。車体の側面にシンプルなロゴで、『サイキ・フューネラル』と書かれている。警備員さんに案内されて、業者専用のスペースに停まる。二人の男性が詰襟の白衣姿で降り立ち、手際よくワゴン車の後ろから荷物を降ろし始める。

「エンバーミングの方がいらしたみたいですね」

湯灌専門の業者さんも、似たような服装で会館を訪れるが、なごみ典礼と契約しているのは『こすもす』という会社名だったはずだ。ひとりが台車を押してこちらへやってくる。もう一人は積んである荷物が崩れないよう押さえていた。どちらも俯いた角度なので、顔はよく見えなかった。それにもかかわらず、伊織さんは私の声に反応せず、凍りついたように二人のエンバーマーを見つめている。

「伊織さん……どうかされましたか」

心配になって、伊織さんの顔を仰ぐ。いつもはすぐに、穏やかな微笑が返ってくるのに、今の伊織さんは蒼白のまま、瞳だけが揺れている。

自動ドアが開いて、エンバーマーの二人が会館の中へ入ってきた。

「宜しくお願いしますぅ」

笑った猫のような顔の男性が台車を押しながら、唄うような調子で頭を下げた。荷物を押さえていたのは、痩せた壮年の男性で、豊かな髪のほとんどが白髪だった。猫顔の男性とは対照的に、笑顔らしきものは見せず、頭だけを必要以上に下げて、エレベーター前へ進んでいく。猫顔の男性が勢いをつけて台車の向きを変えた。ぐらり、と荷物が揺れて、一番上に載っていた小ぶりの道具箱が床に落ちる。

「あっ」

私は駆け寄って道具箱を拾い上げ、壮年の男性に渡そうとした。

「どうも」

顔を上げた男性は、白い前髪を掻き上げ、私の後ろに立つ伊織さんを視界に捉えた。道具箱は宙に浮き、再び床へ高い音を立てて落ちる。

「永汰……」

時が止まったように感じた。落下音の残響の中、男性が口の中で微かにそう呟くのが聞こえた。白い襟の陰で、喉仏がごくりと動く。見開かれた瞳に、私は映っていない。

「あっ、すみませーん、拾います拾いますぅ」

猫顔のスタッフが、道具箱を拾い上げようと台車から手を離し、身をかがめる。その横を音もなく伊織さんが通り抜け、あっという間に会館の外へ歩き去ってしまった。何か急ぎの用事でも思い出したのだろうか。それにしても何も言わずに立ち去るのは伊織さんらしくないように感じた。用事でなければ、目の前の壮年の男性に声をかけられたことが原因としか思えない。

「あ、あの」

ただ事ではない様子に、知り合いなのかどうか、男性に直接訊くしかない。声を掛けようとしたが、猫顔の男性がニコニコと台車を押してエレベーターへ乗り込んでしまう。

「では、どうも、よろしくですぅー」

壮年の男性が、無言で俯いたまま一緒に乗り込むとドアが閉まった。伊織さんを追いかけるべきか迷っていると、内線電話が鳴った。

「はい、一階です」

電話の向こうから、カタカタと食器の音が聞こえる。

「藤原です。西宮さん？　御葬家が火葬場を出発したわよ。あなた、お昼ご飯どうするの」

「すみません、すぐ戻ります」

受話器を置くと、私は会館の外へ走り出た。真昼の日差しに目が眩《くら》む。ぐるりと会館の周りの道を走って伊織さんの姿を探したけれど、もうその姿はどこにも見当たらなかった。

連勤が明けた翌日は、寝不足で目が覚めた。疲れをとるためにたっぷり寝たいと思っていたのに、無言で立ち去った伊織さんのことが気になって、うまく眠れなかったのだ。

菜々子の部屋でお昼を食べる約束だったので、ぼんやりする頭を振りながら出掛けた。

「うわあ、疲れのオーラがすごいよ、輪花」

江戸川《えどがわ》区のマンションを訪ねると、ぴたっとした茶色のタンクトップに黒のショートパンツを合わせた菜々子が呆れた声で出迎えた。眠れなかったのが、目の隈《くま》に出てしまっているのは、自分でもわかっている。

「不摂生してました」

えへへ、と笑う私を、菜々子はい草の座布団に座らせた。なるべく自然な暮らしを心がける菜々子の部屋は、どの季節も居心地がいい。今は、扇風機がゆったりと首を振り、窓には日よけのすだれが下がっていた。窓は開いているらしく、蝉の声に混じって近くを通る車の音や人の声が聞こえ、緩やかな風も吹いてくる。菜々子が作っておいてくれた薬膳カレーと冷たい麦茶をいただきながら、昨日の話を聞いてもらった。

「まあ、普通は声を掛けるよね。急に用事が出来たとしても」

エンバーミング業者さんに名前を呼ばれた途端、その場から立ち去ったことを話すと、菜々子はカレーを口に運びつつ、腑に落ちない顔をした。

「伊織さんの名前を呼び捨てにしたってことは、ひょっとしてご家族だったのかも、って思ったんだ」

「家族って……一緒に住んでるのに、仕事で鉢合わせしたくらいで逃げたりするかな」

「ううん、伊織さんの生い立ちって複雑みたいで」

私は伊織さんの過去について、人づてに聞いた話を、かいつまんで説明する。

「じゃあ、生き別れた父親、みたいな線はないかな」

菜々子は頬杖をつき、唇を尖らせた。壮年の男性の顔は、本当に一瞬しか見ていないけれど、伊織さんに少しだけ似ていたような気がする。

「あ、鼻が似ていたかも……目元もちょっと似てた」

うーん、と唸りながらカレーをスプーンの先でつつく私を菜々子は笑う。

「輪花、絶対もう記憶補正かかってるよ。伊織さんの顔と混ぜちゃってるんじゃない？」

「ううん、顔は覚えてる」

記憶力には自信があるから、ぶんぶんと首を振ったものの、頭の中でどんどんイメージに寄せてしまっている可能性はある。

「伊織さんがお寺に預けられたのは、小学校低学年の頃なんだよね。生き別れた父親って、大きくなった息子を簡単に見分けられるかな」

菜々子は首をひねりながら、もぐもぐと最後の一口を頬張る。

記憶のなかの姿が小学生だとしたら、いくら親でも大人になった伊織さんを一瞬で見分けるのは難しいのではないだろうか。目立つほくろだとか、怪我のあとでもあればわかるのかもしれないけれど、伊織さんの顔には、そういう目印は無い。なのに、壮年の男性はかなり確信を持って、名前を呼んでいた。

「確実に言えるのは、『永汰』って呼び捨てにしたってことなんだよね」

「うん。あと、伊織さんが不自然な立ち去り方をしたこと」

壮年の男性が驚いたように瞳を見開いたとき、伊織さんはどんな顔をしていたのだろうか。頭の中で何度もあの光景を再生する。

「輪花、あんたってホント、人のことばっかりだよねえ」

揺れるすだれを眺めて記憶を探っている途中、菜々子が麦茶を注ぎ足してくれた。

「え？」

ぽかん、と見上げると、菜々子は苦笑している。

「お節介気質って意味。でもよかった、仕事のことでは悩んでないみたいだね」

「ああ、うん」

そう言えば、お給料について藤原さんに相談して以降、仕事に対するモヤモヤは全然ない。ネクタイを締め、式場へ向かってハイヒールで歩き出す瞬間、迷いや疲れは消えてしまう。代わりに、緊張と『やるしかない』という覚悟が、全身を満たしている。

「まだ勉強しなきゃいけないことも多いけど、頑張れてるよ」

「さっき来たとき、疲れてて心配したけど、姿勢もよくなったし、ちょっと顔つきも変わったよ、輪花」

菜々子は頬杖をついてにっこりと笑った。

「ほんと？」

いつも本音で話してくれる菜々子だから、本当なのだろう。お礼を言いながら、食器を洗うために立ち上がる。菜々子と話したおかげで、伊織さんとエンバーマーの男性のことは、伊織さんに直接聞いてみようと、決心が固まった。

白樺家の告別式が執り行われたのは、宗明様が会館を訪れてから十日後だった。宗明様が中心となって遠方の親戚やお寺様を呼び、前日のお通夜は家族のみで行い、告別式は芽美様が音楽関係者や芳人様のファンに声を掛け、会葬者は百名と少しとなった。

担当は伊織さん、アシスタントは私が付いた。伊織さんが指名してくれたのかどうかは、わからない。

白木の祭壇の横には、アコースティックギターが飾られており、BGMには例のCDアルバムを流している。芳人様の歌声は伸びやかで、低い音程では色気があった。もう、この世で直《じか》に聞くことがないなんて、信じられないほど生き生きとした声が、スピーカーから聞こえてくる。

芽美様が伊織さんに張り付いて、あれこれリクエストをしているので、先日のエンバーマーのことは聞けないまま、間もなくお花入れとなってしまった。

芳人様のお母様の傍には、お母様の妹様――芳人様の叔母様が付いている。宗明様が伊織さんとの打ち合わせの際に教えてくださったのだが、芳人様の死を告げたのは、叔母様の口からだったそうだ。

不思議だけれど、芳人様のご遺体とご対面した時、お母様の意識はとてもはっきりしていたという。いまもしっかりとした足取りで、叔母様と一緒にそっとお花と遺品の楽譜を棺に納めた。その後ろからご親族の方が沢山の白菊を納め、音楽関係のご友人たちもまだ現実を受け止めきれない、という風に顔を覆いながらお花を手向けた。

お花に囲まれた芳人様のお顔は、とても安らかに微笑んでいた。音楽を止めて耳を澄ませば、鼻歌が聞こえてきそうなほどだった。会葬者のやりきれない気持ちは私にも伝播《でんぱ》し、泣き顔になりそうなのを必死に堪える。お棺の蓋を閉めるときには、会葬客の方と同じように、唇を噛みしめた。

出棺のご挨拶は芽美様がした。今日はターバンを取り、セミロングの髪をおろしている。ふんわりとした黒のワンピースが、すらりとした長身に似合っている。お化粧はほとんどしていない。ご挨拶の練習を、開式直前まで伊織さんと相談しながら繰り返していた。

「白樺芽美と申します。今日は、芳人くんのためにご会葬いただき、ありがとうございました。芳人くんとは、勤務先の運送会社で知り合いました。私も彼も、音楽が本当に大好きで、いつも一緒にライブに行ったり、歌ったりしながら暮らしていました。

芳人くんは、一度だけギターを弾けなくなってしまったことがあります。心の病気だったのですが、お友達の皆様や、ご家族の励ましをいただいて、困難を乗り越えました。最近ではいつか大好きなイギリスでライブをしたいという夢も持っていました」

芽美様はマイクにしがみつき、深呼吸をした。

「これからも、私は芳人くんの歌声と共に生きていきますので、どうか、皆様も芳人くんの思い出だけじゃなく、芳人くん本人と一緒に生きていってください。お願いします」

一礼をすると、さらりと髪が揺れた。どんなに鮮やかな個性を持っていても、どんなに頑強な肉体を持っていても、心は弱り、揺れ、傷つくことがある。弱った心は目に見えないからこそ、私たち葬儀スタッフが支えなければいけない。

「どうぞ」

伊織さんの真似をして、用意しておいた真新しいハンカチを芽美様に差し出す。芽美様はそっとハンカチを受け取って、またぺこっと小さく頭を下げた。

長い黙祷《もくとう》を経て、ご出棺となる。火葬のあとは、会館には戻らず東京駅に近い料理屋で精進落としをする予定だ。お忘れ物がないように私はお部屋を入念にチェックした。

「お部屋、オーケーです」

「承知しました。では、ご出棺いたしましょう」

伊織さんは、いつもの紳士的な穏やかさで応える。芽美様がお写真、お父様がお位牌を持ち、その後ろからお母様と叔母様が続いた。一階へ到着すると、バンド仲間の男性たちがお棺を持ち上げ、霊柩車に載せる。霊柩車の後ろのドアを運転手がそっと閉めると、ファンの方たちから餞《はなむけ》の拍手が起こった。パチパチパチ、という小さな音は、やがて大きな喝采になる。

「よしとーっ！」

誰かが叫んだのを機に、芽美様もお腹の底から絶叫する。

「……っ、よしとぉぉ！！！！」

駐車場にびりびりと反響するその声は、きっと棺の中まで聞こえたに違いない。本人でもないのに、私の心臓まで震えるような声だったのだから。肩を震わせる芽美様に私は駆け寄り、体を支えた。芽美様は躊躇いなく遺影を持っていない方の手で私に捕まり、俯いたまま細かく首を縦に振った。『大丈夫』と、芽美様の声なき声が伝わってくる。

「お声、届きましたね」

私は貰い泣きの代わりに、囁いた。芽美様は私と目を合わせ、今度はしっかりと頷く。

「はい」

会葬客に頭を下げると、霊柩車の助手席に乗り込む。前を向き、シートベルトを締めるお姿を見て、私は少しでもお役に立てたかな、と思う。

霊柩車を見送り、汗を拭きながら会館のなかへ戻る。エレベーターの中でやっと伊織さんと二人きりになった。

「お疲れ様でした」

声を掛けると、伊織さんが、はっとした様子で口元を押さえた。どうしたのかと、表情を窺う。

「西宮さん、俺は……大失敗をしました」

伊織さんの瞳は宙を見つめたまま、記憶を探るように止まっている。『俺』と自分を呼ぶのも珍しければ、『失敗』という単語も珍しい。伊織さんらしからぬ一言に動揺しながら、エレベーターを降り、一緒に式場へ走っていく。

生花部さんがお花の台座を運んでいく隙間をかいくぐり、式場の中へ飛び込む。

「あ！　ギター！」

「そうです、お忘れになってしまったので……お供え物と一緒にご自宅へお持ちしなければ」

しゅんと肩を落とす姿を見て、思わず私は笑ってしまった。

「ふふふ。伊織さんらしくありませんね。いつも完璧ですから」

「まさか。そう思ってくださっていたなら光栄ですが、ミスもあります」

伊織さんはアコースティックギターの方へ歩み寄った。ケースは確か、受付の机の下に置いてある。

「伊織さん。白樺様のご自宅へ行くときに、私を車に乗せていきませんか。江戸川区は駐車禁止の道も多いですし、ご自宅に飾るものを運ぶのを手伝えます。ほかにも何かお役に立てるかもしれません」

私は床に零れ落ちた花びらを拾いながら、提案する。駐車禁止の道でも、人が乗っていれば、切符を切られずに済む。平日は、かなり厳しく取り締まられるので、担当者がアシスタントに同行を頼むことは珍しくない。アシスタントはそのまま次の現場や駅まで送り届けてもらうので、お互い助かるのだ。

「ありがとうございます。でも、お通夜の出勤時間に影響しませんか」

「今日はこれで終わりです。伊織さんは？　お通夜の担当はあるんですか」

「いえ。私も今日は定時退社です」

伊織さんの答えを聞いて少しほっとする。厚かましいと思われたくない気持ちと、少しでも話をしたい気持ちが、自分の中でシーソーのように揺れている気がした。

伊織さんは芽美様の携帯電話に連絡をし、十五時に自宅へ伺う手筈《てはず》を整えた。私はそれまでに片付けと自分の食事を済ませ、荷物をまとめて伊織さんを待つ。伊織さんは他の会館の手伝いに出掛け、十五時前に会館へ戻り、私に声をかけてくれた。駐車場へ降りていくと、白樺家の荷物はすでに社用車に積まれている。

「助手席に乗ってください」

今日は、気温三十二度を超える予報だった。さすがに伊織さんはジャケットを脱いでいるが、半袖のワイシャツにはきちんとネクタイを締めていた。運転席に座ると、胸元を少しだけ緩める。

「エアコンが強かったら仰ってくださいね」

「ありがとうございます」

顔が火照《ほて》って、冷たい風が嬉しいくらいだ。午後の光が眩しい道をしばらく走り、小松《こまつ》川《がわ》の住宅街までやってきた。細い路地の中に立つマンションが白樺様の家だ。

「中で待っていてください」

伊織さんに制されたけれど、果物やお花を運ぶのを手伝う。チャイムを鳴らすと、芽美様は藍色のターバンを巻いた姿で玄関に現れた。すでに平服に着替えている。三和土《たたき》には男性ものの履き古したスニーカーが、三足ほど並んでいるが、全て芳人様のものだろう。

「大切なギターを忘れるなんて、私、芳人くんに怒られちゃいますね。あ、ハンカチもありがとうございました。もうちょっとで乾くんですけど」

　芽美様は、私が貸したハンカチを律儀に洗ってくれたようだった。生乾きだったけれど、気にせずに受け取る。

「もしお時間があったら、芳人くんが最後にいた土手を見て行ってください。ここから真っ直ぐ、川に向かっていくと階段があって、上った先がお気に入りだったんです」

　荷物を運び終え、辞去する私たちに、芽美様は屈託なく教えてくれた。

「そうなんですね。帰る前にお参りさせていただきます」

　伊織さんが微笑むと、芽美様は両手を祈るように組み、くすぐったそうな笑い声をあげた。頬に真新しい涙が流れていく。

「お願いします」


　マンションを出て、芽美様の言った通り真っ直ぐに歩く。堤防の上へ続く道までやってきた。階段をあがると、荒川の広々とした河川敷が広がっている。大きな雲が空に流れて、時折日差しを遮ってくれた。

　土手の上から川原に降りていく広い階段の端に、少しだけ萎れた花がペットボトルに活けられている。恐らく、芳人様が倒れてしまった場所なのだろう。私は花の前にしゃがんで手を合わせた。伊織さんも同じように目を閉じ、芳人様のご冥福を祈る。

　耳の中で芳人様の歌う「Golden Slumbers」が川の流れに合わせてまだ聞こえるような

気がする。霊柩車に乗り込む前の、芽美様のすべてを受け入れたお姿も、瞼の裏に浮かぶ。誰かの悲しみを癒せたわけじゃない。苦しみを和らげることができたわけでもない。けれど、自分自身の心と体を使って、全力で仕事をした、という感覚が胸を満たしていた。

「私、お葬儀屋さんになってよかったと思っています」

呟いた私を、立ち上がった伊織さんが見下ろす。

「大変ではないですか。夜は遅いし、朝の出勤時間もバラバラです。ストレスもあるし、足腰を痛める人も多い。二十代の方の大半は一年以内に辞めてしまいます」

遠くを見つめて伊織さんが言う。

「足はとても痛いです」

私は正直に告白して、ふくらはぎをさすってみせた。

「でも、痛みすら忘れるくらい、夢中になっています。まだミスも多いし、沢山ご迷惑もかけていますけど……辞めたくないって思っています」

私の言葉に伊織さんは頷き、目を細めた。

「ありがとうございます。藤原さんも、喜びます」

「喜んでいただけるように、頑張ります」

私は笑って、ファイティングポーズをしてみせた。毎日、全力で頑張らないと何年経っても藤原さんのようにはなれないだろう。

さあっと涼しい川風が私たちの間を通り抜ける。先日の男性のことを聞くなら今しかない。

「あの……立ち入ったことをお尋ねしてもいいですか。先日のエンバーマーの男性の方のことなんですが」

私が切り出すと、え、と伊織さんは戸惑いの表情を浮かべた。私は続ける。

「あの方は、伊織さんを『永汰』と呼びました。けれど、伊織さんは応えなかった。それどころか、会館から出て行ってしまいました」

伊織さんの表情が揺らぎ、瞳が見開かれた。

「驚かせてしまって、すみませんでした。……ひとこと、声をかけるべきでしたね」

また暑さが戻ってくるのを感じながら、私は首を振る。

「いいえ。でも、私、気になってしまって。これまで、権藤さんや紫藤さんから、色々伊織さんについてお聞きしました。尊明寺のご近所のお寺に預けられていたことや、高校中退後、権藤さんと同居されてなごみ典礼に入られたこと」

不良だった、とも聞いたけれど、本人を目の前にして口にするのは憚《はばか》られた。

「まったくあの人たちは……」

伊織さんは額に手を当て、少しだけ顔をしかめた。

「それで、私なりに推理してみたんです。いえ、推理というほどのことではないかもしれないんですが……。最初は、伊織さんの預けられたお寺の方なのかと思いました。小学二年生から、伊織さんと暮らしていたなら、下の名前で呼び捨てにしてもおかしくありません。ですが、たしか紫藤さんのお話では、お寺は『遠縁の』親戚だったとおっしゃっていました」

「人の噂は大好きですからね、あの人たちは」

伊織さんは、呆れ顔で嘆息する。

「あの日、エンバーマーの方のお顔を私は一瞬だけ間近で見ていたんです。ご年齢は離れていますが、鼻や口元が、伊織さんによく似ていらっしゃいました。遠縁の方というより、もっとご血縁の近い方なんじゃないかと思ったんです」

私は、こわごわ、伊織さんの方に眼差しを向けた。しばしの沈黙が流れ、緊張のせいで噴き出た汗が脇の下を伝っていく。いつも穏やかでいようとする伊織さんの内面を、私は乱してしまったのかもしれなかった。何も聞かないほうがよかっただろうか。

「西宮さん」

伊織さんはハンカチで軽く顔の汗を押さえたあと、ぽつりと私を呼んだ。

「あなたが叔母様を亡くしたように、私も大切な叔父を失いました。その叔父が、先日の男性なんです」

「え……でも。このあいだ、生きていらっしゃいましたが」

つい、間抜けな返事をしてしまう。ふっと、伊織さんの表情が和らいだ。

「探偵ぶっていた割には、緊張感がないですね」

「べ、別に探偵ぶってなんか！　普段の伊織さんの真似をしただけです！　いつもの伊織さんの方が、ずっと探偵っぽいです！」

「私が探偵ですか？　それは面白いですね。じゃあ、西宮さんは私の助手ですね」

「助手……」

モーターボートがエンジン音を響かせ川を遡っていく。目が眩んだのは暑さのせいじゃない。鼓動が急速にペースをあげる。

「ええ。お嫌でしたか」

「いえ、いいえっ！」

あはは、と私を見て笑う伊織さん。完全に彼のペースだ。せっかく推理したのになあ。あのエンバーマーの男性は伊織さんの叔父さんだった、ということで合っているのだろうか。なんだか話を逸らされている気がする。

「叔父と私のことを話すと暗い話になります。それでもよければ、いつか聞いてくださいますか。西宮さんに話すつもりでいれば、少し気持ちの整理ができそうです」

諭すように言われて、いつもの私なら、はい、と答えるところだけれど。

「いいえ。未整理でもいいから聞きたいです。伊織さん、今のお気持ちを、話していただけませんか。今日でなければ、二度と聞けない気がします」

伊織さんはしばらく空を仰ぎ、考えていた。午後の日差しを浴びたまま待つには、長い時間だった。やっぱり今すぐに答えを求めてはいけないことだったろうか、と後悔し始めたころ、ふうっと伊織さんは大きなため息をつき、口を開いた。

「分かりました。その辺りに、座りましょうか」

私たちは土手の夏草の上に座った。地面から立ち上る空気も暑く、草いきれの青い匂いに包まれる。虫がぶうんと鼻先をかすめた。

「どこから話せばいいのか……長くなりますよ」

伊織さんは、近くのエノコログサを一本手折った。私は頷き、伊織さんの男性にしては白くすらりとした手を眺めた。

「そもそも、覚えてない事柄も多いので、うまく話せるかわかりませんが……私は物心ついたときから、母と二人暮らしでした。父親のいない婚外子というやつです。葛飾《かつしか》区の小さなアパートで生活していました。事件の日までは」

事件って何だろう。私は黙って耳を傾ける。

「母と私は、他人から言わせるとよく似ていると、小さい時から言われていました。父親の話に触れさせないよう、大人がわざと言っていたのかもしれませんが、私はそう言われるたびに怖かったんです。

母は、子供の自分から見ても、頼りなくて不安定でした。機嫌よく着飾って出掛けて行ったかと思うと、泣きながら帰宅し、食事も作らないときがありました。私には教えてくれませんでしたが、私が五歳になる頃までは、父と会っていた日もあったようです」

伊織さんは、まるで対岸に当時のアパートが見えるかのように、瞳を細める。

「それは、どうしてわかったんですか」

「大人になってから、意味がわかったという感じです。よく『友達』からのお菓子やおもちゃを持って、朝帰りをしていたので」

「夜、いつも一人だったんですか。まだ小さかったのに」

まだ保育園に通うような年頃で、夜に一人なんて……私だったら一人でお手洗いにも行けなかった。

「はい。寝たふりをしていると母が出掛ける物音がするんです。行かないで、と言いたくても体を動かすことができませんでした。母に嫌われたくなかったので。ひとりでは眠れなくて、よく寝不足になっていました。それでもよかったんです。母が元気なうちは」

小さな伊織さんが暗い部屋で布団にくるまり、お母さんの帰りを待っている光景が浮かんで、胸が締め付けられた。

「私が小学校に上がる前に父と完全に縁が切れたようで、そこから母は変わりました。体調を崩しがちになり、家から出ない日が増えました。私は母のことが心配でしたが、一緒にいられる時間は増えたので、嬉しくもありました。だから、懸命に自分なりに家のことをやって、彼女を支えようとしました」

伊織さんの横顔が、急に小さな少年のように感じられた。

「お手伝い……頑張られたんですね」

ええ、と伊織さんは苦笑いする。

「しかし、お金のことはどうにもなりません。生活はあっという間に貧乏になって、母の弟がときどき面倒を見に来てくれるようになりました」

はっとして、私は伊織さんの方へ身を乗り出す。

「その方が、この前の男性、ですね」

伊織さんが頷く。

「はい。伊織誠司《せいじ》、私の叔父です。同じ業界で働くようになるなんて……しかもたったひとつの居場所が同じだなんて、因果なものです」

たったひとつ、という何気ない言葉が私の胸を打った。伊織さんにとって、預けられたお寺でもなく、権藤さんの家でもなく、なごみ典礼が唯一の居場所だなんて、どれだけ孤独な日々を過ごしてきたのだろう。伊織さんは私の表情を確かめることはせず、淡々と続ける。

「そのころ、叔父は都内で働いていて、姉である母に一緒に暮らさないかと提案してくれました。母は自活できると言い張って、首を縦には振りませんでしたが。私と叔父は不思議と仲が良くて、叔父も家を訪れる度に、わが子のように私を可愛がってくれました。彼と一緒にいるときだけは、私は子供らしくいられたんです」

伊織さんは視線を上流に移す。モーターボートの残した波が、こちらと向こう岸に達するところだった。葛飾のあたりは雲の影になって暗い。

「すべてが変わってしまったのは、私が小学校一年生のときでした。母は、どんどん心を病んで、ほぼ毎日といっていいほど睡眠薬の大量摂取をしていました。父との別れの悲しみなのか、恨みなのか、もっと違う感情なのか、今となってはわかりません」

伊織さんの顔つきも、次第に暗くなっていく。私が万里江ちゃんのお通夜のときに見た、悲しげな瞳が、もっと暗く深く沈んだ黒に染まっていく。

「ある日、母が新しいパジャマを買ってくれたんです。そのこと自体はどうとも思わず、お礼を言って先に布団に入りました。なかなか寝付けずにいると、居間で人の倒れる音がしたんです。襖を開けると、母が蹲《うずくま》って倒れていました。慌てて駆け寄ると、素足に血が触れ、母が大けがをしているのに気が付きました。自分の腹を包丁で刺していたんです」

「ご自分で……？」

サアッと血の気が引くのを感じた。

「はい。私は小さくて、早く包丁を抜かなくては、と思ったんです。慌てて、母を起こして、手をかけましたが、恐くなって抜けませんでした。母の体はまだ温かくて、血も……」

伊織さんの唇は、続きを紡ぐのを恐れるように、一度止まった。私も暑さなど忘れ、体中が凍るような衝撃を覚える。

「なんとか救急車を呼び、それでも足りずに叔父に電話を掛けました。けれど、上手く伝えられなかった。完全にパニックになっていた私は、『お母さんが死ぬ』、とだけ繰り返したらしいです。叔父が先に到着し、がくがく震えている私の手が血に染まっているのを見つけました。その後、わずかの差でやってきた救急隊員に、叔父は思わず言ってしまったんです、『この子じゃない、俺がやったんだ』と」

私の脳裏には、うまく情景が浮かばなかった。ただ、赤く広がる不透明な液体が、夏の景色を濁らせてゆく。

「母が私をネグレクトしていたことは明白でしたし、あの状況を咄嗟に見たとき、叔父が自分を疑っても仕方なかったのかもしれません。叔父はその後、警察に取り調べを受け、私も混乱のなかで事情を説明しましたが、私を庇《かば》うことに必死だった叔父の自供が重く見られ、有罪になりました」

私はごくりと唾を飲んだ。誰の罪でもないはずなのに、残酷な運命が伊織さんと叔父さんの人生を変えてしまった。

「引き取られた遠縁のお寺でその話を聞いたとき、私は自分が疫病神に思えました。叔父とは縁を切ろうと決めて、実行したんです」

伊織さんは目を閉じる。弄んでいた夏草はいつの間にか手から落ちてしまったようだった。

大好きな叔父さんと、そんな辛い別れ方をしなければならなかったなんて……私の胸も引き裂かれるような気がした。伊織さんは、私を励ますように、一度笑顔を作り、また話し始める。

「そもそも叔父は刑務所に入ったので、連絡は取れなかったんですけどね。私は引き取られた先の家族には馴染めず、中学になる頃には派手に反抗して友人の家を転々としました。学校も行かなくなって、孤立する私に声を掛け続けてくれたのは、大覚と紫藤さんだけでした。高校は中退したのですが、十八歳のときに権藤さんと出会って、なごみ典礼のアルバイトとして雇ってもらえたんです」

「そんな経緯があったんですね……叔父様とは、再会することはなかったんですか」

身を挺して守った甥《おい》がどんな生活をしているかは、叔父様も気になっていたはずだ。しかし、伊織さんは静かに頭を振った。

「叔父とはいつか連絡を取ろうと思っていましたが、自分が叔父にかけた迷惑を思うと出来ずにいました」

「……伊織さんは、許せずにいるんですか？　かばったとはいえ、一瞬でも伊織さんを疑った叔父様を」

私の問いに彼の口元が、ふわりと笑みを作った。

「そんな時期も、あったのかなあ……今はもう、わかりません」

伊織さんは笑みを浮かべたまま、瞳を閉じる。まるで仏像のように穏やかな表情だが、同時に自分自身と周囲の人間を憐れんでいるようにも見えた。

「遠ざけて、逃げて、考えないようにしていたんです。自分の感情について。目を逸らし続けるうちに、いつのまにか、本当に分からなくなってしまいました。それが、叔父を大変な目に遭わせた報いなのかもしれません」

「そんな……」

言いかけて、私は止めた。重すぎる告白を促したのは自分だ。

「なるほど」

わざと芝居がかった表情で、探偵の助手ぶって頷く。

「納得するところではないですよ」

伊織さんが苦笑する。

「すみません」

私は頭を下げた。風が川からの湿気を含んで吹き付ける。万里江ちゃんの葬儀の後に見せた伊織さんの人を突き放した寂しげな背中の理由が、ようやく分かった気がした。人の何倍も丁寧な仕草も、優しい笑顔も、私の想像もつかないくらい苛酷な子供時代に、たくさん傷ついて、大切な人を失った深い喪失による不安の裏返しだったのかもしれない。

でも、さっき伊織さんは葬儀の現場を『たったひとつの居場所』と呼んだ。今は、生きる理由を見つけ、地に足をつけて生活している。そんな伊織さんを、私は尊敬する。

「権藤さんと出会えて、よかったですね。叔父さんと再会できたのも、元を辿れば権藤さんが葬儀屋さんだったおかげですし」

熊のような顔を思い出したのか、伊織さんの表情が少し和む。

「権藤さんは、物凄い変わりものですけどね。私は学歴が中卒になりますから、あの人が声をかけてくれなければ、もっと大変な人生だったのは間違いありません。紹介してくれた仕事が、葬儀の現場だったのもよかったんです。母を亡くしたとき、事情聴取や何やらで、葬儀は行えなかったんです。お別れができなかった心残りを、日々の仕事で少しずつ消化しているような気がします」

私は頷き、また尋ねた。

「叔父様は、伊織さんと会って話ができたら、きっと喜ぶんじゃないでしょうか」

わずかな沈黙が流れる。伊織さんの心に、指先が届きそうで届かず、もどかしい。

「私と叔父の仲は、西宮さんと叔母さんのように、時間をかけて築いた信頼とは違います。喜んで……くれるでしょうか」

伊織さんはどこかぼんやりとした表情を浮かべる。過去の様々な情景を思い浮かべているのだろう。

「喜んでくださいますよ、きっと。私、葬儀の仕事にかかわるようになって、わかったんです。人間ってすごく儚い存在ですよね。万里江ちゃんも、芳人さんも、一か月後の未来を……いえ何十年後の未来も生きるつもりだったと思うんです。それなのに、突然いなくなってしまいました。もっと万里江ちゃんと話せばよかったって、私、後悔しています」

万里江ちゃんが、いまこの瞬間も上から見守ってくれているような気がして、私は空を仰ぎ見た。

「伊織さんも叔父さんも元気で、今日を生きているなら、喜ばしい、素晴らしいことなんだと思います。偶然にも再会できたのは、巡り合わせじゃないですか」

詰め寄る私に、ふっと伊織さんが笑う。

「西宮さんも、変わっていますね。どうしてそこまで考えてくださるんですか」

「伊織さんから学んだんですよ。お葬儀の時、お客様のお気持ちを丁寧に辿っていく真似をしているんです」

「私は……いつもどうしていいか分からないだけです」

伊織さんは困ったような顔をする。

「伊織さんが謎を解いてくださるから、お客様はより故人様との絆を深めることができます。でも、もしかしたら……チャンスがあるなら、生きているうちに分かりあえた方がいいんじゃないでしょうか」

自分の手に、爪痕が残るくらい握りしめて力説する。

「ありがとうございます、西宮さん。自分が謎を解いてもらう側になるのは初めてでした。恥ずかしさもありますが、自分でも気づかなかった重い鎖を解いてもらったような感じがします……私と叔父が生きている間に、向き合ってみようと思います」

伊織さんは、笑って立ち上がり、深呼吸と共に手足を伸ばす。私も立ち上がろうと、膝に手をつき、身を起こした。

「あれ?」

くらり、と目が回る。すうっと視界が暗くなった。熱中症か貧血か。七月はお給料の心配をしすぎて、無理をしてしまったのかもしれない。冷静に分析する一方、体はいうことを聞かない。慌ててしゃがみこもうとしたけれど、遅かった。ふわーっと倒れていくのがわかる。伊織さんが叫ぶのが聞こえた。

「西宮さん！」

どんっ、という音と共に、伊織さんの腕が私を受け止めてくれた。

「すみません、暑すぎて、眩暈《めまい》がしただけです」

慌てて、掴んだワイシャツの袖を離す。

「熱中症になってはいけません。早く帰ってお互い、休みましょう」

「はい……ありがとうございます」

気持ちを伝えなければいけないのは、私もだ。人生は儚いものだと知ってはいても、感情だけでは動けない。きちんと告白ができる時が来るまで、伊織さんと一緒に働こう。ポケットの中の灰均しと珊瑚を握りしめた。

# エピローグ

八月に入ってからは、伊織さんと一緒に仕事をする機会がぐんと減ってしまった。権藤さんによると、清澄会館ではなく両国にある会館での仕事が続いているらしい。その代り、清水さんとはよく顔を合わせる。本部からの書類を届けたり、ご遺体の搬送をしたりといつも忙しそうにしつつも、愛想よく声をかけてくれる。

ところが、今日の清水さんは様子が少し違った。時刻は午前十時半。私が清澄会館での告別式の片付けを済ませ、家に帰ろうと建物から出てきたときだった。

駐車場を、俯きながらのろのろと歩いている清水さんが、目に飛び込んできた。顔色は青く、頭をぼりぼりと掻きながら何か呟いている。

「どうしたんですか」

私が声を掛けると、清水さんはほとんど泣きそうに唇を歪ませた顔で、振り返った。

「お、おつかれっす……。そうか、さっきのご出棺に付いてたんでしたっけ……」

声もすっかりしょげて、ただ事でないことが窺えた。

「ええ、火葬場で解散されるらしくて、もう退勤時間になっちゃいました。清水さん、何かお困りですか」

心配になって尋ねると、清水さんはまた後頭部を掻いて、小声で答えた。

「あ、いや、実はオレ、お客様から預かった印鑑を、落としちゃったんス……」

「印鑑って……あ、区役所に行くときですか」

葬儀スタッフが、お客様から死亡診断書とご印鑑を預かり、区役所へ死亡届の提出を代行することは結構多い。書類も印鑑も大切なものだから、通常は絶対に失くしたりしないように、会社が用意したジッパー付きのファイルケースに入れて、慎重に持ち運ぶ。清水さんはぶるぶると首を振り、ため息をついた。

「区役所で手続きはちゃんと出来たんで、帰りに失くしたみたいッス」

言い終えるなり「ああー！」と天を仰いで嘆く。

「区役所から戻ってきたとき、この駐車場も通ったんですね」

私が確認すると、清水さんは大きく頷いた。出棺後なので駐車しているのは清水さんの乗ってきた社用車と、生花部さんの軽トラだけだ。二人で手分けして隅々まで探したが、汗が滴るばかりで、まったく見つからない。

「駐車場には無さそうですね。あとは、社用車の中か、区役所の駐車場や廊下に落とした可能性ぐらいですね……」

私は、タオルハンカチで額と首元を拭う。

「ああっ」

清水さんは弾かれたように大声をあげ、続けた。

「伊織さんかもしれないっス」

「えっ伊織さんもご一緒だったんですか」

清水さんはこっくりと頷く。

「伊織さんが両国会館で夜勤してて、退勤前にどうしても本社に寄る用事ができたんで、拾って送り届けたんッスよ。そのとき、助手席に伊織さんが座ったんです。で、ダッシュボードに、ファイルケースを置いてて……」

清水さんは言いながら、自分の乗ってきた社用車の助手席あたりを指さす。もしも、伊織さんが荷物を膝に抱えたり、足元に置いていて、ファイルケースのジッパーが開いていたなら、伊織さんの荷物に紛れている可能性もあるかもしれない。

「電話してみます！」

清水さんはスラックスのポケットから携帯を取り出し、伊織さんに電話をかけた。呼び出し音が私の耳にもかすかに届く。

「……出ないッスね」

しゅーん、と顔を伏せて清水さんはその場にしゃがみこんだ。私は考えながら、代わりの策を考える。

「権藤さんにも聞いてみましょう。伊織さんがご自宅に帰っているのがわかったら、直接伺って印鑑を探してもらうのは、どうでしょうか」

清水さんは、口を一文字に結んで、悲しそうな顔を見せた。

「絶対怒られますね……」

「見つかっても見つからなくても怒られるなら、見つかって怒られたほうがいいんじゃないでしょうか」

私が苦笑いすると、駐車場の外から、半袖のワイシャツ姿の権藤さんが、レジ袋をぶら下げて、やってきた。

「あれっ、西宮ちゃんまだ残ってたの。ちょうどよかった、アイス買ってきたから、一本食べてよ。清水もやるよ、何味がいい？」

ごそごそと袋からアイスの箱を取り出した。数種類あるフルーツ味のアイスキャンディらしい。有難く一本いただいてから、私は訊いた。

「あの、権藤さん。伊織さんって、今日どちらにいらっしゃるか、ご存じですか」

「うーん、昨日なんか言ってたなあ。いま出掛けてるよ、たぶん。清澄白河のカフェに行くって言ってたぞ」

清水さんが、ここぞとばかりに権藤さんに歩み寄った。

「カフェって、どのカフェかまでは言ってなかったッスか」

「どうしたんだよ、すごい剣幕だなあ。たしか、ブルーなんとかっていう、有名なところだったな。コーヒーがうまいらしいよ」

権藤さんはカタカナは覚えられないんだよなあ、とアイスの箱をしまう。清水さんは心当たりがあったようで、目を見開き、アイスキャンディを持ったまま、両手を叩いた。

「ブルーボトルコーヒーかもしれない！」

なるほど、と私は清水さんの言葉に相槌を打つ。清澄白河にはたくさんのカフェがあり、『ブルー』から始まる名前のお店もひとつではないかもしれない。しかし、一番有名なのは、『ブルーボトルコーヒー』だろう。アメリカのコーヒーショップで、日本での一号店が、清澄白河にある。美味しいコーヒーと、おしゃれな外観で、オープン以来、休日は行列が絶えない人気スポットだ。

清水さんはありがとうございます！　と権藤さんにお礼をいうと、私の顔を覗き込み、大きく頷いた。

「じゃ、西宮さん、行きましょ！」

「えっ、私もですか」

「怒られるときに、西宮さんがいた方がソフトだと思うんスよ」

そうかなあ、と首を傾げる私を清水さんは、乗って乗ってと助手席に促す。溶けはじめたアイスキャンディをこぼさないように車に乗り込み、清澄白河へ向けて出発した。

コインパーキングに駐車して、ブルーボトルコーヒーの店舗前へ歩いていく。真夏の光が細い路地に差し込んで、辺り一面からの熱に包囲されている気分だ。権藤さんからもらったアイスキャンディの後味が、口のなかで甘く、キリッと冷えたアイスコーヒーが欲しくなってくる。

白い壁が印象的な建物の前には、平日のせいか、行列は無い。私と清水さんは、顔を見合わせた。

「入ってみましょう」

清水さんが先に立ち、いざ店内へ進む。半分ほど席の埋まった店内を見渡し、伊織さんの姿を探した。コーヒー豆だけを買って帰ってしまったかもしれない、という不安は、すぐに拭われた。店内の一番奥の席に、伊織さんの後ろ姿がすぐに見つかったからだ。淡いブルーの半袖シャツに着替えているけれど、まっすぐに伸びた背中は、見間違えようがない。

「……誰ですかね」

清水さんがかなり小さな声で私に尋ねたのは、こちらに背を向ける伊織さんの向かい側に、もう一人の人物が座っていたからだ。

「あの方は……」

私は答えるか否か迷って言いよどんだ。一度しか会ったことはないけれど、彼の顔は、しっかりと脳裏に焼き付いている。サイキ・フューネラルの伊織誠司さん……伊織さんの叔父さんだ。ごくりと唾を飲みこむ。二人が再会している場面に出くわすなんて、夢にも思わなかった。一体何を話しているのだろう。すごく気になる。

「なんか見たことあるんスけど」

出入りの業者だけあって、清水さんも顔は知っているようだ。ただ、今日の誠司さんは白衣ではなく、グレーのポロシャツにデニムという出で立ちだから、ピンと来ていないようだった。

「そうですねえ」

ひとまず調子を合わせておくことにした。誠司さんが伊織さんに、しきりに話しかけている。伊織さんもそれに応じ、頷いているようだ。

そういえば、誠司さんが大人になった伊織さんの顔を見て、すぐに本人だと気づいたのはどうしてなんだろう。伊織さんのお母さん――誠司さんのお姉さんが亡くなった事件以来、二人は離れ離れになり、音信不通だったはずだ。それなのに、サイキ・フューネラルの職員として、白樺家の件でなごみ典礼に来たときには、かなりの確信を持って『永汰』と呼んでいたように思う。自分に似ているから、だとも思えない。

「なんか、話しかけづらいっすね。コーヒー頼んで、ちょっと待ってましょうか」

「そうしましょうか」

清水さんが、別の場所で待つと言っても、私だけでもここに残っただろう。もちろん、伊織さんたちの邪魔をするつもりはない。叔父さんに会った方がいい、と勧めたのは私自身だ。だからこそ、再会のあとが気になって仕方ない。スタッフが流れるような手つきでドリップしている間も、二人の様子をちらちらと伺う。

伊織さんたちの近くの席は、あいにくというべきか埋まっており、私と清水さんは二人の様子が見える窓際の席に座る。

「飲み終わってても話が終わってなければ、声かけようかな」

清水さんは勤務時間中だから、カフェでのんびりしている時間はない。

「ええ。印鑑を失くした時、伊織さんってあのバッグでしたか」

恐らく違うだろうけれど、念のため清水さんに尋ねてみる。伊織さんの席の後ろに掛けられているのは薄手の黒いトートバッグだ。きっと、休日のお出掛け用だろう。

「いや、全然違いますね。普段はもっとデカいバッグっす。ていうか、ほんと誰だっけなあ、あの人。なんか、ちょっと伊織さんに似てますね。お、笑った」

清水さんはアイスコーヒーのストローをカップに差しながら、何気なく誠司さんの方を窺う。つられて私もそっと視線を向けると、誠司さんが口元を押さえながら、楽しげに笑っているところだった。

「楽しそうですね……あれ、そうでもないですね」

誠司さんの表情は、すぐにまた翳《かげ》った。思い出話でもしているのだろうか。事情を知っていると、笑顔も憂鬱な顔も、見ているだけで切ない気持ちになってくる。伊織さんは、自分の感じていたことを打ち明けることができたんだろうか。

「古い友達と思い出話をしてる、って雰囲気っすね、なんとなく」

私の心を読んだかのような清水さんの反応に、私は椅子に座ったまま飛び跳ねる心地がした。つい忘れてしまうけど、清水さんは意外と鋭い。天真爛漫なようで、人間観察はしっかりしている。

「あのひと、伊織さんの親父さん、だったりして」

当たらずとも遠からずで、さらにドキドキしてしまう。

「えっと……どうなんでしょうねえ」

私が誤魔化そうとしているのも、バレるかもしれない。

「だって、夜勤明けすぐッスよ。普通、寝たいじゃないですか。なのに、おっさんとカフェに来るって、よっぽどの用事じゃないとないッスよ。彼女ならまだしも」

清水さんが、頬杖をつく。私は紙ナプキンを握りしめながら、前のめりに尋ねる。

「伊織さんに彼女っているんですか」

清水さんはきょとんとした顔つきで固まり、首を振った。

「いやいやいや。彼女の話は聞いたことないッスよ。例えばです」

鼻の頭に皺を寄せ、にかっと歯を見せてストローを噛む。同時に誠司さんが立ち上がった。お手洗いの場所を探しているらしく、きょろきょろし、伊織さんが斜め後ろを振り返り、店内の一角を指差す。私は慌てて、首をひっこめた。逆に清水さんは、手を軽くあげてこちらに気づいてもらおうとアピールする。

清水さんのアクションに気づいたのか、伊織さんがくるり、とこちらを振り向いた。私たちと目が合った瞬間、伊織さんのコーヒーカップが、カタン、と音を立てて転がった。

「うっす」

清水さんが、ぺこっと頭を下げる。カップの中身は空だったようで、伊織さんはそれを拾い上げてテーブルの上に置き、立ち上がろうとした。伊織さんを制するように、私たちも席を立って伊織さんの傍に駆け寄った。

「伊織さん、お休みなのに、すんません。実は……」

清水さんが手短に、印鑑を失くした経緯を説明する。伊織さんは赤らんだ頬が少しずつ元に戻っていき、最後に軽く咳払いをした。

「状況はわかりました。でも、西宮さんはどうしてご一緒なんですか」

どう答えるべきか、一瞬迷ったが、私より先に、清水さんが口を開いた。

「怒られると思ったんで連れてきました」

へらっと笑う清水さんにつられて、伊織さんが苦笑する。

「西宮さんの前なら、怒らないとでも？　もし印鑑が見つからなかったら、大変なことですよ。きちんと所定の袋に保管して持ち歩けば、こんなミスは起きませんし、冷静に自分の記憶を辿ることができれば、ここへ来る必要もなかったと思いますよ」

やれやれ、と首を振る伊織さんに、清水さんは素直に謝る。

「お休みを邪魔してすみません……全部、オレの不注意が原因です。ホント、すんませんしたッ！」

清水さんは潔く、ビシッと深いお辞儀をした。

「はい、以後気を付けてください」

ふうっと伊織さんは、椅子へ座ろうとする。

「あ、あれ？　ええと、伊織さん、家に着いてからでいいので、鞄の中を見ていただけますか……いただけますよね」

話が終わった、とばかりの伊織さんの態度に、清水さんは焦って問いかけた。伊織さんはため息をつき、肩をすくめた。

「それには及びません。清水くん、思い出してください。区役所は冷房が強かったでしょう」

冷房、と呟いて、記憶を探るように清水さんは私の目を見る。冷房と印鑑、これまでの伊織さんの推理を知っている私には、どうやらこの二つが関係あるらしいと分かる。分かるのだけど、どうして関係があるのだろう、と首を捻る。清水さんもまったく同じ感じ方をしているようだ。

「そうなんスよ、区役所の待合、今朝はやけに冷房が強くて、寒かったです」

「昨日の日中は、今年の夏の最高気温の記録更新でしたからね。でも、朝は少し気温が下がり、暑い日中に設定した冷房の温度だと、寒く感じたはずです。書類提出の前に寒さを感じ、車に戻って作業用ジャンパーを羽織りましたね」

今度は清水さんが、驚いて声をあげた。

「な、なんでわかるんですか」

「私を迎えに来たとき、ジャンパーをまだ羽織っていましたから。印鑑はジャンパーのポケットにあると思いますよ」

ああっ、と清水さんが手を打つ。身に覚えあり、のようだ。私は、ほっとして清水さんの肩を叩く。

「なあんだ、ポケットにあるかもしれないなら、よかったですね。急いで確認しましょう」

そこへ、誠司さんがお手洗いから戻ってきた。

「どうも」

誠司さんは軽く会釈をしてくれたものの、やや不愛想ともいえる怪訝な表情で私たちをながめ、無言で誰なのか問うように、伊織さんを見た。伊織さんは、誠司さんに私たちを紹介してくれた。

「こちらはなごみ典礼の同僚です。清水くん、西宮さん、こちらは私の叔父の、伊織誠司です。サイキ・フューネラルのエンバーマーでもあります」

誠司さんは、納得したように緊張を解く。

「ああ、道理でお顔に見覚えがありました」

穏やかだけれど、やや浮世離れした雰囲気で、誠司さんは呟いた。私は、部外者が乱入してしまったことを恐縮に思う。

「なんだ、叔父さんだったんですね。似てると思いましたもん、伊織さんと」

清水さんがあっけらかんと頷き、付け足す。

「仲良いんスねえ！」

一瞬の間ののち、誠司さんと伊織さんが互いを見交わし、「はい」と微笑んだ。

辛い事件から十数年の時を経て、仲の良い叔父と甥に戻れた、という事実が私の胸を打つ。大きな鐘が鳴り響くような喜びに、肌が粟立った。

よかった、本当によかったですね、と声を掛けたかったけれど、清水さんの手前飲みこむしかなく、代わりに私の目から大粒の涙が一粒、どうしても堪えきれずに溢れた。さりげなく横を向いて、涙を拭く。泣き顔を隠すのが、私はとても上手になっていた。

「じゃあ、オレ印鑑探してきまっす！　西宮さんはゆっくりしてってください！」

清水さんが、一秒でも惜しい、というように、お店を飛び出していく。残された私に、伊織さんが尋ねた。

「どうしてこの場所がわかったんですか」

「権藤さんが教えてくださったんです」

私が答えると、伊織さんはわずかに眉をしかめた。

「それは妙ですね。今日の予定は、人と会う、としか話していないのに」

考える顔つきになり、いつのまにか、レジカウンターに並んでいる誠司さんに視線を移す。

「……恐らく、別の線で情報を得たんでしょうね」

「ど、どういうことですか」

私は意味がわからず、ぱちぱちと目をしばたいた。

「権藤さんが、『ウルトラお節介たぬき』かも、ということです。それはそうと、西宮さん、こちらの席へいらっしゃいますか」

伊織さんに問われて、私はぶんぶんと顔の前で手を振った。

「いいえ！　せっかくですけれど、帰ります」

感動の再会にこれ以上、水を差すつもりはない。アイスコーヒーをふたつ手にして戻ってきた誠司さんに挨拶をし、カフェを後にした。ガラス張りの扉を開けると、熱風が身を包む。振り返って伊織さんと誠司さんの席を見ると、テーブルに頬杖をついて語り合う姿が見えた。

翌週、清澄会館の事務所のエアコンがまた壊れてしまった。古めかしい扇風機がぬるい風を送るなか、ホワイトボードの前でメモを取っていると、汗だくの権藤さんが麦茶を片手に隣にやってきた。事務所には私たちしかいないのに、権藤さんはなぜか声を潜める。

「西宮ちゃん、伊織が叔父貴に会いに行ったの、知ってる？」

「えっ」

まさか権藤さんの口から、誠司さんの話が出ると思わなかったので、驚いてボールペンを取り落としてしまった。

「その話……どうして、ご存じなんですか」

伊織さんが権藤さんに話したのだろうか。権藤さんの口ぶりからすると、私が叔父様に会うよう勧めたことも知っている様子だ。権藤さんは、ニカッと笑って扇風機の前に立つ。

「あいつの叔父貴……伊織誠司から聞いたんだ。誠司と俺は若い頃からの親友でさ。『永汰を頼む』って言われてたのよ」

口をぱくぱくしながら、私はボールペンを拾い上げる。

「え……ええっ？」

まさか、誠司さんと権藤さんが親友だったなんて、驚きすぎて声が出ない。頭のなかで、さまざまな記憶がフラッシュバックする。権藤さんが『ウルトラお節介たぬき』ってこのことだったんだ。そういえば、白樺家のエンバーミング業者を手配したのも、権藤さんだ。一度依頼を受けると、エンバーミング業者はご遺体の状態をきれいに保つため、度々、会館を訪れる。権藤さんが伊織さんと誠司さんの再会を狙って、すべてをセッティングしていたと考えるのは、深読みしすぎだろうか。

絶句する私を横目に、麦茶をごくりと煽って、笑う。

「今回、会えたことが誠司はかなり嬉しかったみたいで、俺に電話を寄越《よこ》してきたんだ。再会のきっかけが『職場の人に勧められた』って永汰が言うから、よくよく話を聞いたら女性だった、ってさ。俺はピーンと来たのよ。白樺家のエンバーミングのとき、誠司と顔を合わせた可能性があるのは、西宮ちゃんか、藤原ちゃん。でも藤原ちゃんは、あんまりお節介をする柄じゃねえからな。永汰にぐいぐい迫るのは西宮ちゃんじゃないかって思ったわけ」

権藤さんの名推理に唸る日が来るとは思わなかった。

「あの……権藤さんと誠司さんのことは、伊織さんはご存じないんですか」

「もちろん、内緒にしてるよ。西宮ちゃんも黙っててな。でも、誰かに言いたかったんだよ」

「わかりました。心に留めておきます……」

私はそう答えたものの、伊織さんは恐ろしく鋭いから、すでに少しは勘づいている。いつの日か、誠司さんの口から伊織さんに、権藤さんとの関係が明かされるときも来るのだろう。

「よろしくねっ。さて、仕事仕事！　今日の担当は噂のあいつだよん」

嬉しそうに小躍りしながら、権藤さんは風でひらひらと揺れる書類を手で押さえた。

御葬家の情報をメモにまとめると、私は二階へ降りていく。台車で返礼品を運んでいたのは清水さんだ。

「お疲れっスー。家族葬だったのが、一般会葬もくるみたいっすよ。返礼品が五十個追加になりました」

「承知しました。受付も広げないといけませんね」

「西宮さんも、大分慣れてきましたね。受付はさっき伊織さんが、準備してましたよ。あっ、そうだ、これ西宮さんに渡すようにって言われてました」

清水さんが返礼品の箱の上にちょこんと載っていた小さな紙袋を手渡す。

「伊織さんが、私にですか」

「そうっす。自分で渡せばいいのに」

清水さんが、にやっと笑って行ってしまうのを横目に、紙袋のなかの小さな箱を取り出す。さらっとした茶色の紙でラッピングされ、チョコレート色のリボンがついている。包装を解き、箱のふたをドキドキしながら開ける。

「わあ、綺麗な色」

つやつやと輝くパステルピンクのボールペンが、品よく収まっていた。クリップ部分はゴールドで、きらりとフロアの照明を反射する。

早くお礼を言いたくて、ボールペンを手に、式場へ向かう。伊織さんは長身を少しかがめて、祭壇の花の状態をチェックしているところだった。落ち着いた物腰は、いつもと変わらない。けれど心なしか、顔つきが明るくなったような気がする。伊織さんと再会できた誠司さんの喜びが、伊織さんの胸中を照らしているのだろう。想像しながら眺めていると、自然と笑みが零れてしまう。

「宜しくお願いします」

伊織さんは手を止めて振り向いた。私の顔をまじまじと見つめ、笑顔を見せた。

「西宮さん、本日も宜しくお願いします。……なんだか、笑顔が自然になりましたね」

「本当ですか、嬉しいです！　あの、ボールペンを清水さんから受け取りました。ありがとうございます」

　ああ、と伊織さんが照れたように頷く。

「先日のお礼です。西宮さんのおかげで、物事が少し前に進みましたので。女性にプレゼントを選ぶのは、難しいですね。かなり悩みましたが、大丈夫でしたか」

　伊織さんが自信なさ気に尋ねるので、なんだか可笑しくなってしまった。私は笑いを堪えながら、ボールペンを両手に包む。

「ええ、とっても気に入りました。大切にしますね」

　よかった、と胸をなで下ろす伊織さんに愛おしさが込み上げた。

　もう少し話をしたいけれど、時間は待ってくれない。式場の扉を開き、今日の故人様のお写真に一礼した。灰を整え、焼香台を磨き、お線香を用意する。エレベーターの開く音がして、話し声が聞こえてきた。お客様を迎えるため、式場を出ると、伊織さんが深いお辞儀をしているのが見えた。私も隣に並ぶ。

「お疲れ様でございます」

　今宵もささやかながら、お客様をお手伝いする。想い残すことなく故人様のお見送りをしていただけるように。

# あとがき

『謎解き葬儀屋イオリの事件簿 ─いつかの想いをつなぐお仕事─』をお手に取っていただき、誠にありがとうございます。

『葬儀屋さん』というと、暗く物静かな人物を思い浮かべる方が多いかもしれません。でも実際は、他のサービス業と変わらず。性格もバックグラウンドもさまざまな人が、自分の人生と向き合い、恋をしたり、家族を養ったりしながら、日々仕事に取り組んでいます。仕事中におやつも食べますし、休日には誘い合って温泉旅行へ出掛けたりもします。本作は、そんなリアルな『葬儀屋さん』を多くの方に知ってほしくて生まれた物語です。

作中で主人公の輪花は、葬儀アシスタントに転職し、伊織と共に故人や遺族の謎に挑みます。本編の内容を覆すようですが、どんなに鋭い推理をしたとしても、真実が故人の口から語られることはありません。しかし、伊織の口から語られた『推理』を、遺された人が『真実』と思えるのは何故なのでしょうか。私は、故人との特別な絆を、お葬儀の場を通して（伊織との会話を通して）再発見するからではないか、と思っております。

さて、本作は多くの方のお力で出版に至ることができました。携わってくださったお一人お一人に感謝の気持ちを伝えたいと思います。特に、ご担当いただいた田口様には、改稿作業が私の出産と時期が被ったこともあり、足掛け三年に及ぶ長期間、お付き合いいただきました。私以上にキャラ想いで、様々な点でご助言やご配慮をいただきました。特に藤原さんが推しキャラのようです。本当にありがとうございました。

おかざきおか様には、カバーイラストをご担当いただきました。躍動感のある表紙はとても可愛らしく、自分にはもったいないような気分です。ありがとうございました。

また、WEB連載をしているエブリスタでいつも交流してくださっている方や、読者の方にも、お礼を申し上げたいと思います。皆様のおかげで、夢が叶いました。WEB版の表紙を描いてくださったまかろんK様には、何度お礼を言っても足りないと感じています。

執筆時間を作ってくれた夫には、最大限の感謝を伝えたいと思います。本当にありがとう。ベビーシッターの小村さんにも大変お世話になりました。コロナ禍で子供を預ける場所が限られるなか、二人がいなければ、最後まで書き切ることはできませんでした。

それでは、またいつかお目にかかれる日がやってくること祈っております。

二〇二二年　一月　　雪降る夜に　　持田ぐみ

ことのは文庫

# 謎《なぞ》解《と》き葬《そう》儀《ぎ》屋《や》イオリの事《じ》件《けん》簿《ぼ》

―いつかの想《おも》いをつなぐお仕事《しごと》―

2022年2月27日　初版発行

著者　持田ぐみ

発行人　子安喜美子

編集　田口絢子

印刷所　株式会社広済堂ネクスト

発行　株式会社マイクロマガジン社

URL：https://micromagazine.co.jp/

〒104-0041

東京都中央区新富1-3-7 ヨドコウビル

TEL.03-3206-1641 FAX.03-3551-1208（販売部）

TEL.03-3551-9563 FAX.03-3297-0180（編集部）

本書は、小説投稿サイト「エブリスタ」（https://estar.jp/）に掲載されていた作品を、加筆・修正の上、書籍化したものです。

定価はカバーに印刷されています。



ISBN978-4-86716-248-4　C0193

乱丁、落丁本はお取り替えいたします。